1

무림실록전신전설

무림실록전신전설 1

초판 인쇄 2025년 12월 22일
초판 발행 2025년 12월 28일

지은이　내가위
펴낸이　김태헌
펴낸곳　스타파이브

주소　　경기도 고양시 일산서구 덕이로 186 2층
출판등록　2021년 3월 11일 제2021-000062호
전화　　031-911-3416
팩스　　031-911-3417

무림실록전신전설

武林實錄戰神傳說

Contents

무림실록전신전설 1

산의 정상에 서서 바라보아도 접한 바다를 볼 수 없는 대륙을 본 적이 있다면 광활하다는 것의 느낌을 조금 알 수 있을까.

가도 가도 그 끝이 보이지 않는 사막 같은 그 거대한 중압감을 바로 중원에서 느낄 수 있다.

무공을 익힌 자들의 또 하나의 대륙인 중원.

나라의 개념까지도 초월해버린 이 중원은 사막의 모래 알갱이처럼 많은 이들을 담고 있다.

그들은 끊임없이 자신을 채찍질하면서 저 정상을 향하여 가지만, 저 냉혹한 중원은 그들에게 이름을 남기는 것조차 쉽게 허락해 주지 않는다.

그런 중원에서 스스로 광오하게 자신이 최고라고 자부할 수 있는 자가 얼마나 될 것인가?

어줍잖은 자신감으로는 칭송을 받기는커녕 스스로 내세우기조차 부끄러울 것이다.

물론 간혹 자신을 모르고 나대는 자들이 있기는 하지만 그런 자들은 제외하고 하는 말이다.

무적신권(無敵神拳) 당궤(唐軌).

그는 권법(拳法)으로 일가(一家)를 이룬 사내였다.

사람들은 그의 권(拳) 아래에선 '오호사해(五湖四海)가 숨을 죽이고 삼산오악(三山五岳)이 침묵한다.' 칭할 정도였고, 그의 일 권에는 철벽(鐵壁)일지라도 한줌의 모래로 스러질 것이라 믿어 의심치 않았다.

권법의 대가들이 여럿 있었지만, 그들조차도 그의 일 권을 겁냈으며, 그의 일 수에 경외감을 갖고 있었다. 당궤 앞에서는 자신들의 명호도 못 내밀 정도였다.

언젠가 그가 성난 백호(白虎)를 한 주먹에 혈우(血雨)로 만들어버렸고, 강남(江南)의 제일검(第一劍) 뇌독현(雷獨現)의 신검(神劍) 어장(魚腸)을 고철로 만들어버렸던 것은 중원인이라면 모를 수 없을 정도로 유명한 일화였다.

그런 그가 죽었다.

처참한 몰골이었다. 그가 쓰러져 있던 주변의 바위는 온통 모래가 되어 있었고, 그는 그 기운데 잠든 듯 누워 있었다.

알 수 없는 공포와 두려움으로 일그러진 얼굴을 한 채 그는 누워 있었고, 그가 누워 있던 자리에는 두 양동이는 나올 듯한 피가 엉겨 붙어 있었다.

더욱 놀라운 것은 그가 자랑하는 권법으로 심장이 터져 죽어 있었다.

단 일 권이었다.

그의 심장은 걸레가 되어 등에 작은 구멍을 뚫고, 시신의 삼 장 밖에 버려지듯 떨어져 있었다.

그리고 그의 옆에는 자그마한 장미가 핏빛으로 선명하게 그려진 손수건이 엽전 일 문에 꽂혀 나부끼고 있었다.

그 후 무림에는 풍운(風雲)이 일었다.

누구인가?

누가 이토록 혹독한 살인을 하는 것인가?

아니 그보다도, 어느 누가 권으로 당궤를 저렇게 만들 수 있다는 것인가?

사람들은 권의 대가들을 손으로 꼽아봤지만 곧 고개를 저어야만 했다. 알려진 그 누구도 당궤를 권으로 이길 수는 없을 것이라는 것이 결론이었다.

그 후 하남성 제일검수(第一劍手) 신검일비(神劍一批) 문인청(聞仁靑)이 단 일 검에 내부 사정을 훤히 드러내 놓고 죽어 있었고, 그 옆에는 한 장의 손수건과 엽전 일 문이 놓여 있었다.

그리고 남경(南京)의 철편서생(鐵鞭書生) 무휘(武揮).

그는 칠체철편으로 무적을 자랑하던 사내였지만 역시 한 많은 세상을 노려보며 자신이 애용하던 칠체철편에 가슴이 뚫려 있었고, 어김없이 그의 옆에는 손수건과 엽전 일 문이 놓여 있었다.

그 외에도 중원제일도를 자랑하던 봉황신도(鳳凰伸刀) 청유제강(靑釉製鋼), 암기의 달인인 비화노인(飛禍老人) 소백(小伯), 천잠사(天蠶사)와 철추(鐵椎)로 신산을 주름잡고 있던 철추신인(鐵錐神人) 적추(赤醜), 궁(弓)으로는 천 장 밖의 소의 눈도 맞춘다는 제일천궁(第一天弓) 호접비(胡蝶匕) 등이 모두 한 사람에 의해 생(生)에서 사(死)의 관문으로 전업(轉業)한 사내들이었다.

모두 한 사내에게 당한 이들을 바라보면서 중원인들의 의문은 점점 커져만 갔다. 도대체 그는 누구란 말인가?

그러나 그는 형태조차 없는 듯 그 모습을 드러내지 않았고, 날이 갈수록 시신만이 늘어날 뿐이었다.

남자인지 여자인지조차 알려진 바 없었고, 또한 그의 그림자도 본 사람이 존재하지 않았다.

그러나 그럴수록 더욱 신비하여 사람들의 입에 오르내리는 법이다. 사람들은 어느새 그를 홍화객(紅花客)이라 부르기 시작했다.

그의 살인행각 후에는 항상 주변에 붉은색 꽃이 수놓아진 손수건이 있었기 때문이다.

천하제일의 살수 홍화객(紅花客).

시간이 갈수록 그의 신기에 가까운 살인이 거듭되면서, 모든 이들의 시선이 그에게 쏠렸고, 그의 흔적을 쫓는 자들 또

한 늘어만 갔다.

어떤 자는 호기심에, 어떤 자는 복수를 하기 위해, 어떤 자는 무림 도의를 지키기 위해서라는 제각기 다른 이유를 가지고 있었지만 그들에겐 한 가지 공통점이 있었다. 바로 그의 정체를 밝히기 위해서 나섰다는 것이다.

그러나 그들 역시 돌아오지 않았다.

떠나갈 땐 눈빛을 빛내며 걸음을 재촉했던 그들이었지만, 보이지 않는 늪이 그들 전부를 꾸역꾸역 삼켜버린 듯 그들은 소리 소문도 없이 그렇게 사라져버렸다.

그렇게 사라져버린 사람들이 한 명씩 늘어날 때마다, 홍화객이란 그의 이름은 사람들의 머리에 공포로 자리 잡았고, 이젠 누구도 홍화객의 정체를 밝히려 들지 않았다. 숨어서 홍화객이 아직까지도 남기고 다니는 화려한 전적들을 숨죽여 얘기 나눌 뿐이었다.

홍화객, 그는 누구인가?

그의 진실한 정체를 알고 있는 사람은 아무도 없었다.

현재까지는 말이다.

전설(傳說)

어느 시대에나 전설이란 것이 존재하지 않은 적이 없지만, 중원의 모든 사람이 알 정도의 전설이라면 그 신빙성을 믿어 보아도 좋지 않을까?

언제부터인가 누구나 입에 올리는 하나의 전설이 있었다.

어떤 이는 그저 할 일 없는 자들이 만들어 놓은 얘깃거리로 치부했고, 어떤 이는 진실이라 믿고 그 뒤를 쫓느라 전생(全生)을 투자하는 그런 전설이었다.

할머니는 손자를 무릎에 앉혀 놓고 얘기하기도 했고, 주정뱅이가 술에 취해 일장 연설을 하기도 했다. 객잔마다 두서넛이 모이면 그 얘기로 밤이 새는 줄 몰랐으며, 누구나 한 번쯤 그 전설을 차지하는 꿈을 꾸기도 했다.

그러나 아직껏 그 누구도 전설의 진의를 밝혀내지 못했다.

늘 그렇듯이 옛날 얘기는 이렇게 시작을 한다.

아주 먼 옛날, 전신(戰神)이라 불리는 사나이가 있었다.

어디선가 홀연히 나타나더니 일순간에 신화를 만들어버린 사나이.

그는 오로지 싸움을 위해 사는 아수라 같았고, 그의 일 검에 죽지 않은 자가 없었으며, 그의 일 수를 막을 자도, 그의 걸음을 막을 단체도 없었다. 그는 그의 이름처럼 신(神)이었다. 피와 살을 가진 인간으로서 그를 상대한다는 건 불가능했다.

그가 나타나던 날부터 중원의 하늘에 태양은 보이지 않았고, 대지는 매일매일 피로 물들어갔다. 황하(黃河)에, 또 장강(長江)에 물이 아닌 피가 흘렀다.

하루는 일 년처럼 길었고, 언제 자신의 앞에 그가 나타날지 몰랐으며, 또 언제 자기도 모르게 자신의 목이 베어질지 아무도 예상할 수 없었다.

그가 왜 살인을 하고 다니는지 아는 자는 아무도 없었다. 허나, 그의 이름만으로도 사람들은 오금을 펴지 못했다.

한 명을 죽이면 살인자지만 수천을 죽이면 영웅이라 했던가?

무림이 생성된 이래로 손꼽혀지는 희대의 살성들 중에서 그를 능가할 자는 없었고, 후에도 없을 것이라고 사람들은 입을 모아 말했다.

그가 신이 되어 버린 이유는 그의 모든 업적이 그 혼자만으로 이루어졌다는 사실 때문이기도 했다.

그에게는 조직도, 동지도 없었다. 오직 적과 자기 자신뿐이었다. 누구에게 의지하지도 않았으며, 누구에게 도움을 청하지도 않았다.

그리고 그는 그 상대를 가리지 않았다. 관군이든, 관리든, 무인이든 한점의 거리낌 없이 죽였다.

그럼에도 그가 악마로 분류되지 않는 것은 무공이 없거나 힘없는 자들에게는 검을 들이대지 않았기 때문이었다.

이런 그가 전설이 될 수밖에 없었던 일화는 그가 사라지기 전에 있었던 전쟁 때문이었다. 전쟁이라고 부를 수 있다면 말이다.

그는 마지막 전투에서 천여 명의 정예 군사들을 향해 장검한 자루를 휘두르며 일신을 던졌다.

천대일(千對一)의 혈전(血戰).

해가 뜨고 지기를 네 번, 비명과 함성이 끊이지 않았고, 그동안은 혈우가 멎지 않았다.

그리고 그와의 대결에서 살아남은 자는 아무도 없었다. 전신 자신을 제외하고는. 어쩌면 전쟁이라기보다는 일방적인 도살에 가까웠다고 해야 할 것이다.

그 후 그는 사막의 열화처럼 피어오르는 혈향(血香) 속에 서 있었다고 했다.

아무런 행위도 하지 않고 자신이 일궈 놓은 논밭을 바라보는 농부처럼 그저 하염없이 서 있었다고 한다.

부러진 검 한 자루에 의지해 슬픈 눈빛으로 붉게 타오르는 하늘을 바라보며 그렇게 서 있었다고 했다.

그리고 이후 그는 사라졌다.

그는 그 피의 대지에서 무슨 생각을 했던 것일까……?

사람들의 입이 또 한차례 바빠졌다. 그가 어디로 갔는가, 왜 사라져야 했는가, 무엇을 위해 그 많은 사람들과 치열한 싸움을 해야만 했는가를 이야기했다. 그러나 아무도 명쾌하게 해답을 말해주지는 못했다.

단지 추측만이 난무할 뿐이었다.

그가 누군가에게 패해 은거했다거나, 그 전투에서 심한 중상을 입어 더 이상 무공을 쓸 수 없었을 거라는 등으로 말이다.

그러나 뉘라서 그 진실을 알 수 있겠는가?

그가 사라져 아무것도 알 수 있는 게 없는 그때에 사람들은 그의 과거담을 얘기하기에도 지쳤는지 전설을 만들어 냈다.

'언젠가 그의 후손이 나타나 다시 한 번 세상을 어지럽힐 것이고, 그의 후손은 천하를 지배할 것이다'라는 내용이었다.

만들어진 말이었으나, 누구도 쉬이 흘릴 수 없는 말이었다.

전신, 그가 어딘가에 무공 비급을 남겼거나, 자신의 전인을 만들었을 거라는 것이 전혀 신빙성이 없지는 않았기 때문이었다. 충분히 일어날 수 있는 일이었다.

사람들은 다시 나타날 전신의 후예를 두려워하기 시작했다.

그러나 백 년이란 세월이 흐르는 동안, 전설에 대한 아무런 징후도 일어나지 않았고, 사람들은 점점 전신에 대한 무서움을 잊어가기 시작했다.

전신이란 이름은 사람들의 머릿속에서 희미해져 갔다. 이제 전신의 전설은 말 그대로 전설일 뿐이었다.

제1장

자객(刺客)

풍뇌촌(風雷村).

본시 이 마을은 오십여 호의 가구에 백오십여 명의 주민이 모여 사는 작은 마을이었다.

오목한 분지 형태의 대지 위에 자리한 마을은 산 위에 올라서도 보이지 않을 정도로 은폐되어 있었다. 마치 거대한 호를 파고 은거해 있는 듯한 모습이었다.

장강(長江)의 줄기가 마을 옆으로 길게 뻗어져 있었고, 그 뒤로는 쌍둥산이라 불리는 두 개의 산이 형제라도 되는 양 나란히 서 있었다. 그리고 그 산 아래로 병풍을 두른 듯 대나무가 둘러쳐져 마치 마을을 감싸 안고 있는 것처럼 보인다.

산 깊숙이 자리해서 드나들기 어려운 때문인지 평상시에는 지나가는 사람이라고는 찾아보기 힘든 곳이었다. 간혹 타지

방으로 가기 위해 산을 넘는 장사치들이나 시인묵객들이 지나 곤 할 뿐이었다. 그러나 한 번 이곳을 지나간 이들은 호젓한 마을의 풍경과 그 어머니 같은 포근함에 이끌려 다시 이곳을 찾았다.

그렇게 평온하던 이 마을이 장마를 맞이해 벌써 삼 일째 비가 쉬지 않고 내리고 있었다.

쏴아아~.

어른 손가락만한 장대비가 도저히 그칠 생각을 안 했다. 이미 강물은 불어날 대로 불어 마을로 범람하려 하고 있었고, 그로 인해 마을 사람들은 가슴을 졸이고 있었다.

마을의 도로는 빗물에 씻기어 깊은 골이 파여 있었고, 그 사이로는 시커먼 흙탕물이 줄지어 흐르고 있었다.

그 중 가장 위험해 보이는 곳은 마을과 강 사이에 위치한 작은 나루터와 객점이었다. 그러나 언제 쌓았는지 나루터 앞에는 작은 둑이 쌓여 있었고, 그것으로 객점 안의 사람들은 안도를 하고 있었다.

본시 이 나루터에는 그다지 많은 사람들이 들지는 않았다.

그래도 이렇게 객점이 서 있는 것은 요즘처럼 배가 전혀 운항을 하지 못할 때에는 배가 이어질 때까지 기다리는 손님들이 제법 있기 때문일 것이다.

철 장사라 그런지 주점은 허술하기 짝이 없다. 바람만 불어도 지붕은 떨어져 나갈 것 같았다. 벽에는 커다란 구멍이 있어, 비가 새어들 정도였다.

그러나 이 객점이 마을에선 유일한 것이니 어찌 하겠는가? 이 빗속에서 노숙할 수는 없는 노릇이니 아무리 방 값이 비싸다 할지라도 마다할 수 없었다. 이런 실정이니 손님이 아무리 못마땅해도 마음껏 주인한테 불만을 얘기할 수 있는 입장이 못 되었다.

게다가 이 객점은 이 마을에 유일하게 자리한 주점이기도 해서, 이렇게 비가 많이 오는 날이면 자리 잡기도 힘들 지경이었다.

누구라도 비가 오는 날이면 술 한잔이 생각나지 않겠는가?

비는 술의 영원한 말벗인 듯하다.

객점 안은 비로 인해 끈적끈적함과 함께 곰팡이 냄새까지 피어올라 골치가 아플 지경이었다. 사람들이 내뱉는 거친 숨소리와 땀 냄새도 한몫을 했다.

끼익~.

습기를 먹은 문이 커다란 소리를 내며 안으로 밀렸다. 마치 문이 '아이고 죽겠다'하고 발악하는 것처럼 들렸다.

그 소리가 너무도 커 객점 안에 앉아 술을 마시거나 얘기를 나누던 사람들은 모두 문을 향해 돌아볼 정도였다.

문에는 스물서넛쯤 되어 보이는 청년이 서 있었다.

청년의 등에는 책 상자가 짊어져 있었고, 머리에는 흰색의 문사건이 질끈 동여매어져 있었다. 청년은 그저 글줄이나 아는 시골의 서생처럼 그렇게 화려하지도 남루하지도 않은 의복을 입고 있었다.

청년은 대나무 우산을 탁탁 문에 두드리고는 문가에 기대어 놓았다. 그러고는 자신을 바라보는 사람들에게 히죽 웃음을 지어 보였다.

키 크고 싱겁지 않은 사람 없다고 했던가?

키가 웬만한 어른보다 머리 하나 정도 차이가 날만큼 커서 모두 올려 보아야 할 지경이었는데, 몸이 마른 편이라서 더욱 장대처럼 길다랗게 보였다.

먼 길을 온 듯 청년의 몸은 온통 빗물에 젖어 물에 빠진 생쥐가 있다면 그와 같다고 했을 것이다.

아마도 비바람이 거세어 우산도 소용없는 듯했다.

청년은 사람들의 시선이 자신에게 모여 있자 멋쩍은 듯 두 손을 모으며 고개를 숙였다.

"이거 실례했습니다. 볼일들 보시지요."

청년은 부드럽게 웃으며 사람들에게 일일이 포권을 해 보였다.

사람들 역시 청년의 평범함에 그다지 큰 호기심을 느끼지는 못하는 듯 제각기 돌아앉아 술잔을 기울이기 시작했다.

청년은 주위를 둘러보다가 휘적휘적 걸어가 구석에 자리한 빈 탁자에 자신의 책 상자를 올려놓고 앉았다.

주점 안은 이미 정오를 넘긴 지 한참이 지났을 시간임에도 제법 사람들이 자리에 앉아 있었다. 하긴 움직이려 해도 어쩔 수 없으니 객방 안에서 심심하게 있는 것보다야 주점으로 나와 술이라도 걸치는 것이 더 좋을 것이다.

그러나 이는 어제 이맘때보다 오히려 적은 것이었다. 어제 이미 배를 기다리던 사람들 중에 몇몇이 지루함을 이기지 못해 상류를 향해 도보(徒步)로 떠났기 때문이다.

이곳에 있는 사람들 중 태반은 여행객들이었으며, 본고장 사람들은 그다지 많지 않았다.

찾아드는 손님도 없자 구석에서 꾸벅거리던 주인이 퉁기듯 일어나 청년에게 다가서서 물었다.

"손님, 무얼 드시겠습니까?"

주인은 보기 얄미울 정도로 살살거리는 자였다.

나름대로는 친절을 베풀려고 하는 것이겠지만, 구부정한 자세나 마치 먹이를 얻어먹으려고 꼬리를 치는 개처럼 보이는 표정이 그를 비굴해 보이게 했다.

"이 집에서 가장 독한 죽엽청 한 독만 가져다주시오."

주인은 청년의 말을 듣고는 놀라는 눈치였다.

"예? 누구 오실 분이라도……?"

"아니, 나 혼자요."

"그런데 독한 죽엽청을 한 독이나 가져오란 말씀이십니까?"

주인은 청년의 호리호리한 몸을 보고는 아무래도 미심쩍어했다. 그의 몸으로는 한 독은 고사하고 한 잔만 마셔도 금방 쓰러져 버릴 것만 같았다.

"그렇소."

주인은 고개를 가로저었다.

"저야 돈을 버니까 좋습니다만, 손님께서 너무 무리하는 것이 아닌지?"

그러자 청년은 호탕하게 웃으며 말했다.

"하하하. 본인은 어린 시절부터 가난하여 밥보다는 술 찌꺼기를 먹고 자랐기 때문에 본시 잘 취하지 않소이다. 그리고 만약 취한다 해도 어차피 이곳에서 빠져나갈 수도 없는 입장이고, 이곳에서 만나기로 한 사람도 오늘은 오지 않을 것 같은데 무엇이 걱정되겠소? 걱정 마시고 술독이나 하나 내어 오시오."

"예. 그, 그러지요."

주인은 아직도 걱정스럽다는 표정으로 떨떠름하게 대답하고는 주방으로 들어가 버렸다.

청년이 주인의 뒷모습을 바라보는 눈에는 어딘지 모르게

장난기가 서려 있었다. 그리고는 대단한 구경거리라도 보는 듯 눈에 호기심과 웃음을 가득 담고 주루를 한 번 둘러보았다.

주루 안에는 모두 열다섯 명이 자리하고 있었다.

문 옆으로는 우락부락하게 생긴 세 사나이가 마주 앉아 술을 마시고 있었는데, 누군가를 기다리는 듯 문만을 연신 힐끔거리고 있었다. 어깨를 움츠린 채 주위를 경계하는 듯한 그들의 모습은 죄 짓고 도망 다니는 죄수처럼 보였다. 그들은 가끔 말을 나눌 때도 귓속말을 주고받았다.

그리고 그 옆으로는 노화자 하나가 만취가 되어 탁자에 널브러져 잠이 들어 있었다.

그 노인이 코를 얼마나 기세 좋게 골아대는지 그의 옆 사람들은 이야기를 하기 위해서 상대방의 귀에 대고 말해야만 했다.

그들은 한 쌍의 남녀였는데, 대단히 사이가 좋은 듯 노인의 코고는 소리에 인상을 쓰면서도 서로에게 말 할 때에는 매우 즐거운 표정이었다.

그리고 청년의 바른편에는 얼굴에 검은색 휘장을 한 여인 넷이 앉아 식사를 하고 있었다.

그들은 기이하게 식사를 하면서도 자신들의 얼굴을 가린 휘장을 들추지 않았다. 그러면서도 용케 음식을 먹고 있었다.

청년의 왼편에는 마을 청년들인 듯한 다섯 명의 사람들이 웃고 떠들며 술을 즐기고 있었다. 그들은 큰소리로 떠들며 얘기하고 있었는데, 주로 마을의 여자들 얘기였다.

누구의 엉덩이가 펑퍼짐해서 애를 잘 낳을 것이라는 둥, 누구와 누구의 행동이 수상한데 정분이 난 것이 아니냐는 둥, 누구는 오래 전부터 어떤 여자를 짝사랑했었는데, 이제 시집을 가니 불쌍하다는 둥 전부 사소한 얘기들이었다.

청년이 흥미어린 눈으로 주위를 둘러보고 있을 때 주인장이 술을 내왔으며, 청년은 술을 사발에 따라 연거푸 석 잔을 들이켰다.

"좋다! 좋아!"

혼자 마시는 술에도 흥이 돋는지 그의 행동은 경쾌했다.

청년이 막 세 번째 "좋아!"를 외쳤을 때, 탁자에 엎드려 있던 노화자가 어기적거리면서 일어나더니 주위를 두리번거리다 청년에게 시선이 멈췄다.

청년이 가장 만만해 보이기도 했거니와 엄밀히 말하자면 청년의 옆에 놓인 술독이 그의 시선을 끌었기 때문이었다.

그리고는 물주라도 만난 양, 만면에 묘한 미소를 짓고 있었는데, 어떻게 보면 몹시 기뻐하는 것처럼 보이기도 했고, 어찌 보면 비굴해 보이기도 했다.

노화자는 조금의 망설임도 없이 청년에게 접근했다.

"하하하. 소형제, 내 이 자리에 앉아도 되겠는가?"

노화자가 제법 호탕함을 가장한 웃음을 터뜨렸다.

그러자 청년 역시 마주 웃었다.

"하하하. 문 밖을 나서면 사해가 모두 친구라고 하지 않습니까? 그런데 뭐가 어려울 게 있겠습니까? 앉으십시오."

그러고는 노화자의 속셈을 짐작하고 있는 듯 주인을 향해 외쳤다.

"여기 술잔 하나 가져다주시오."

그러나 청년의 말이 끝나기 무섭게 노화자는 자신의 허리춤에서 깨어진 쪽박 비슷한 것을 꺼내는 것이었다.

"허허. 관두게. 얻어먹는 주제에 다른 사람의 술잔마저 빌릴 것이 뭐 있나? 나는 여기다 먹으면 된다네."

청년은 술잔에 술을 가득 부어 주며 노화자에게 권했다.

"자, 드십시오."

술을 보자 노화자는 좀 전의 호탕한 웃음을 터뜨렸다.

"하하하. 내 관상을 좀 볼 줄 아는데, 소형제는 대길운(大吉運)을 타고났군. 게다가 이렇게 인심까지 후하니 이는 경탄할만한 일이야. 암, 경탄할만하고 말고."

"과찬이십니다. 과찬이십니다."

서로 마음이 맞았는지, 둘은 마주 앉아 연신 술을 주거니 받거니 하며 두 단지의 술을 비웠고, 이제 그들이 자리한 탁자에는 세 단지째의 술동이가 놓여 있었다.

"크으……."

둘은 마치 술에 원한이라도 진 사람처럼 그저 미친 듯이 마셔대고 있었다.

청년과 노인은 이미 취한 듯 눈이 풀려 있었다.

노인은 술기운이 올라 더운 듯 윗도리를 풀러 가슴을 드러내고 있었으며, 청년은 그저 의자에 기대앉아 있었다.

청년이 몇 순배의 술을 더 마셨으나 술에 취한 듯 보이는 것은 노화자였다.

이미 혀가 꼬여 발음마저 부정확했으나 그의 손은 정확하게 입으로 술을 퍼 나르고 있었다.

"낄낄낄. 동생, 어떠한가? 술에는 가무(歌舞)가 있어야 하는 법, 장단을 잡을 테니 자네는 노래를 하려는가?"

그들은 척 보기에도 나이 차이가 상당히 많이 나는데도 불구하고, 어느 샌가 이미 서로를 형과 동생이라 칭하기 시작했다.

술을 같이 마시면서 동료 의식이 생겨난 것인가?

"아닙니다. 아닙니다. 워낙 노래를 할 줄 몰라 동생은 감당하기 힘들군요. 그러니 제가 노래 대신 재미있는 옛날 얘기하나를 들려드리겠습니다."

"얘기라, 그거 좋군. 무릇 술에는 권주가가 있어야 하는 법이지만 한가락 이야기도 그 흥취가 있는 법, 그래 무슨 얘기인가?"

"하하하. 소인은 본시 떠돌기를 좋아해 여기저기를 유람하다 보니 세상의 많은 이야기를 들어 알고 있지요. 왕후장상(王侯將相)들의 비사에서부터 무림의 이야기까지 말입니다. 그러나 제가 이야기할 것은 저만이 아는 비사로 어떤 사나이들의 일대기입니다. 아마 이런 기회가 아니면 형님께서는 듣지 못할 아주 진기한 이야기일 것입니다."

노화자는 손뼉까지 마주치며 맞장구를 쳤다.

"호! 그런가? 좋네, 좋아! 그런데 무슨 이야기인가?"

"바로 무림의 비사입니다."

노화자는 눈을 반짝였다.

"무림이라, 동생은 무공을 하시는가?"

"무공이랄 것은 없고, 그저 가전무공을 조금 할 줄 압니다. 겨우 호신술 정도지요."

"그렇군. 여하튼 이야기를 들어봄세. 무슨 얘기인지 궁금하구먼."

청년은 술기운이 오른 듯 의자에 기대어 앉아 약간은 졸린 듯 눈을 감고 나른한 목소리로 이야기를 시작했다.

"노형은 전신이라는 사람의 전설을 들어보셨습니까?"

질문으로 시작된 이야기에 노화자는 과장되게 눈을 크게

뜨고는 대꾸했다.

"자네, 전신(戰神)이라 했는가? 허허. 내 이런 행색으로 비렁뱅이질을 해 먹고 살지만, 나 역시 그동안 중원을 두루 돌아다니며 많은 이야기를 들어 알고 있네. 그런데 세 살 먹은 어린아이도 알고 있는 이야기를 묻다니. 허허, 그런데 자네는 그 이야기를 왜 꺼내는가?"

청년은 황망히 두 손을 마주 잡고 역시 좀 과장되게 포권을 했다.

"죄송합니다. 노형을 무시하고자 하는 의도는 없었습니다. 다름이 아니라 그 전설의 이야기가 바로 제가 말하려는 세 사람들 중 하나와 너무도 밀접한 관계를 갖고 있어서 물어 보는 것입니다."

순간, 노화자는 흠칫했다.

"그, 그게 정말인가?"

"예."

청년의 얘기에 회가 동했는지, 주위에서 떠들며 술을 마시던 사람들이 그의 입에서 다음엔 무슨 말이 나올까하고 흥미진진한 표정으로 그를 바라보고 있었다.

특히, 문가에 앉아 있는 우락부락한 세 사나이는 마시려던 술잔까지 내려놓고는 말하는 청년을 유심히 바라보고 있었다.

"흠! 그럼 이제부터 그 이야기를 시작하겠습니다. 그러니까 사십 년 전으로 거슬러 올라갑니다. 아! 그렇군요. 정확히 사십이 년 전의 이야기입니다."

* * *

중국 속담에는 이런 말이 있다.

'미인을 보려거든 서주로 가고, 돈을 벌려거든 강남에 가고, 권력을 잡으려거든 북경에 가라.'

이렇듯 북경은 많은 기회가 있는 곳이었다.

북경은 당금 황제가 기거하는 거대한 황궁이 자리하고 있고, 역대의 무수한 환란들이 일어났던 곳이고, 중국을 좌지우지하는 절대 권력자들이 천하를 내려다보는 곳이고, 수많은 젊은 협사들이 자신의 기량을 내보여 기회를 잡으려 하는 곳이며, 또 수많은 문인들이 자신의 글재주를 펴기 위해 모여드는 곳이기도 하다. 다시 말해서 기회의 땅, 바로 중국이라 불리는 거대한 대륙의 중심축이었다.

그럼, 당금의 북경에 가면 제일 먼저 들을 수 있는 얘기는 무엇일까?

그건, 황제의 얘기도, 즐비하게 늘어선 유곽들과 주점의 얘기도, 거부나 왕후장상들의 비리나 추잡한 얘기도 아니며, 황궁에서도 골치를 썩고 있다는 대도의 이야기도 아니다.

북경의 성문을 들어서는 순간부터 들을 수 있는 이야기는 아마도 이 사람의 얘기일 것이다.

무황(武皇) 남태천(南太天).

정도(正道)의 사람이라면 그를 모를 수 없고, 정도의 모든 원로들이 차세대 맹주감으로 손꼽고 있다고 하는 바로 그가 무황 남태천이었다.

그의 학식은 천하에 모르는 것이 없다 할 정도였고, 그의 무공은 이미 후지기수들 속에서는 견줄 자가 없었다. 그러하니 정도의 늙은 지배자들이 그들의 후계자로 남태천을 찍고 있는 것은 당연한 일이리라.

남태천의 부친은 남천이었다.

몇십 년 전만 해도 철화검객이라 하면 모르는 사람이 없었으며, 무인은 물론이거니와 뭇 여인들의 선망의 대상이었다.

바로 한 자루의 철검과 단장화가 철화검객 남천을 나타내는 상징물들이었다.

그 누구도 부인 못할 협객이며, 또 모두가 두려워할 만한 실력을 지닌 검객 남천. 그러나 그는 강호를 떠돌며 협의를 행하고, 자신의 무공을 완성시키는 일에만 몰두했었다.

그런 남천이 어느덧 사랑이란 걸 알게 되었고, 바로 그 운명의 주인공은 남궁제일가의 남궁화였다.

남궁제일가 역시 오랜 전통과 세력을 자랑할 만한 가문이 아니겠는가. 남궁화는 그 중에서도 희대의 기녀(奇女)로 꼽히는 남궁세가의 꽃이었다.

그런 남궁화가 남천과의 운명적인 사랑에 의해 남태천을 임신하고 있을 즈음, 남궁화는 청천벽력과도 같은 소리를 들어야 했다.

그것은 바로 남천의 죽음이었다.

그는 무적철환(無敵鐵丸) 벽제웅(辟除雄)과의 혈투에서 천초를 겨루던 중 죽고 말았던 것이다.

그 소식을 들은 남궁화는 무려 열두 번이나 혼절을 하고 심한 고열을 앓아야 했다.

그러나 죽은 자가 돌아올 수 있는가?

또한 처녀의 몸으로 그의 아이를 잉태하고 있었으니 문제가 아니 될 수 없었다.

남궁제일가는 뒤늦게 그 소식을 듣고 그녀에게 아이를 지울 것을 강요했다.

이미 남편을 잃은 남궁화는 자식마저 잃을 수 없다는 이유로 완강히 거부했고, 어느 추운 겨울날, 남궁가 깊은 곳의 어느 밀실에서 남태천을 출산했다.

그렇게 태어난 남태천은 자신의 부모님들의 피를 그대로 이어 받았는지 어려서부터 뛰어난 오성을 보였다.

그는 세 살 때 검을 잡았고, 일곱 살 때는 소림(少林) 장문인 환우대사에게 개정대법을 시전 받았고, 기본검경(基本劍經)이라 할 수 있는 칠성파(七成派)의 칠성검(七成劍)과 무당파(武當派) 태극혜검(太極慧劍)을 완벽히 시전했다.

열 살에 이르러서는 하늘이 준 기재가 아니면 백 년을 연마해도 터득할 수 없다는 소림의 반야장(般若掌)과 백보신권(百步神拳)을 연성했고, 게다가 무당파의 진산절기인 육가괴권(六架乖拳)과 오성검진(五星劍陣)을 시전할 수 있는 오성검법(五星劍法)들을 십 성 수준으로 끌어올렸다.

올해 나이 삼십오 세에 이른 그의 무공수위란, 그 추측을 불허할 정도였다.

무당과 소림, 그리고 개방(丐幫), 칠성(七成), 아미(峨嵋) 등 오대문파의 절대적인 지지를 얻고 있었으며, 이미 다음 무림맹주로 추대되고 있는 실정이었으니, 그의 위엄이란 가히 천하를 진동시킬만하였다.

그런 남태천에게 어느 날 쪽지 한 장이 날아들었다.

〈무황 전.
사흘 뒤, 귀하의 목을 가지러 가겠소. 잘 닦아 두시오.
홍화객.〉

쪽지의 내용을 들은 사람들은 너무나도 기가 막힌 나머지 웃을 수밖에 없었다. 그러나 쪽지를 보낸 자가 누구인지에 대해 듣는 순간 그들은 웃음을 삼키고 말았다.

홍화객. 그가 다시 피바람을 예고하고 있는 것이다. 그라면 무황 남태천이라 해도 쉽게 생각할 수 없을 것이었다.

*　*　*

저자거리에 나가 세상에서 가장 부자이면서 가장 치사하고 악랄하면서도 좀스러운 자가 누구냐고 물어본다면 사람들은 이구동성으로 말할 것이다.

천태랑(天台郎).

그는 사람들에게 금귀(金鬼)라 불리고 있다. 아니 금노(金奴)라 해야 옳을 것이다.

사람들은 그에 대해 이렇게 말한다.

"그 자식은 아마 자신이 벌어 놓은 돈이 아까워 죽지도 못할 놈이야."

"저승사자가 와도 돈으로 흥정을 할 놈이지."

그는 돈을 사랑하고 힘을 숭상했다.

자신보다 힘 있고 돈 있는 자 앞에서는 마치 엉덩이라도 핥아 줄 듯하지만, 자신보다 못한 자라면 자신이 기르는 개만큼도 생각을 하지 않았다.

또한 그는 자신이 갖고 싶은 것이나 궁금한 것이 생긴다면 밤잠을 자지 못하는 버릇이 있다. 그것을 얻거나 궁금증이 풀리기 전까지는.

하남성 바로 아래에 자리 잡은 만리장(萬里牆).

장원을 둘러싼 담벼락이 만 리는 되어 보인다 해서 붙여진 이름이다.

말하기 좋아하는 사람들은 이렇게 말한다.

그 집을 한 바퀴 돌려고 한다면 식량을 짊어지고 가야 할 것이다 라고. 그렇지 않다면 굶어 죽게 될 테니까 말이다.

담이라 하기에는 너무 높고, 성벽이라 하기에는 조금 낮은 만리장의 담은 그 높이가 일 장이 넘었다.

그리고 담 곳곳에는 기관매복(機關埋伏)이 거미줄처럼 뒤덮여 있어 나는 새라도 넘지 못할 정도였다.

또, 담 위에는 그 권세를 더하듯이 청와가 덮여 있어 햇볕에 번들거렸다.

그 청와(靑瓦)는 흑토(黑土)와 취옥(翠玉)을 섞어 구워낸 것으로 그 굳기가 강철 같았고, 한 장의 가격은 중류층 사 인 가족의 하루 식사 값이었다.

외관상의 위용이 이 정도니 안의 풍광이야 이루 말할 필요가 있겠는가?

만리장 외각에만 오백여 채의 전각과 누각이 얽히고 설켜

있어 하루 종일 돌아다녀도 땅을 밟지 않을 수도 있었다.

게다가 건물의 배치가 일정한 진세를 이루고 있어 만약 기관이 작동한다면 그 위용이 자금성을 방불케 한다고 했다.

그렇다고 안이 비어 있겠는가?

안에는 전각과 누각이 삼백여 채가 있다.

이들이 늘어서 있는 것은 마치 청와로 만든 바다를 보는 듯한 느낌을 주었다.

만리장에 기거하는 자들만도 일만이 넘었다.

그 중 대다수가 고용되어 만리장을 지키는 무사들이니, 가히 철옹성이라고 해도 부족함이 없을 것이다.

그런데 오늘따라 만리장 주변이 삼엄하기 이를 데 없었다.

삼천이나 되는 무사들이 병장기를 번뜩이며 삼엄하게 경계를 펴고 있었다.

무슨 일이 있는 것일까?

시건은 삼 일 전으로 거슬러 올라간다.

천태랑에게는 여느 때와 같은 하루였다.

따스한 햇살에 눈을 뜨자마자, 옆에 자고 있던 애랑이 목에 안기며 애교를 떨어 기분도 좋은 편이었다.

애랑은 얼마 전에 황금 삼백 냥이나 주고 사들인 기녀로 다섯 번째 첩이었다.

꽉 깨물어 주고 싶을 정도로 귀여운 외모에, 마른 듯 보이지만 풍만한 몸매, 그리고 방중술까지 뛰어나 천태랑의 사랑을 한몸에 독차지하고 있는 여인이었다.

그런데 천태랑이 누리던 작은 평화는 그날 오후 깨어졌다.

정오가 조금 넘었을 땐가, 총관을 맡아 만리장 내의 작은 일 처리를 도맡고 있는 천문이 숨이 넘어갈 듯이 헐떡거리며 뛰어 들어 온 것이다.

그에게서는 좀처럼 볼 수 없는 다급한 모습이었다.

"무슨 일인가?"

약간 짜증이 어린 목소리였다.

다른 때 같으면 천태랑의 짜증스런 목소리만 들어도 눈치 살피기에 여념이 없던 천문이었지만, 지금은 전혀 고려를 하지 않은 채 발악하듯이 외쳤다.

"장주님, 이것을 보십시오."

인상을 쓰며 천문이 건네주는 쪽지를 바라보는 순간,

"헉!"

천태랑은 숨을 삼킬 수밖에 없었다. 얼굴은 바라보기 민망할 정도로 딱딱하게 굳어져버렸다. 아니, 아예 썩은 돼지 간처럼 흑빛으로 변해버렸다.

〈천 장주님 전.

본인은 장주님이 연일 계속되는 업무로 고민이 많아 밤잠을 이루지 못하고 있다는 소문을 들었소이다. 그래서 본인은 당신의 그 고민을 덜어 주리라 결심했소이다. 삼 일 뒤 첫닭이 울기 전, 당신 목 위의 물건을 떼어 드리려 하니 양해해 주시기 바랍니다.

홍화객.〉

천문은 근심스러운 듯이 천태랑을 올려다보았다.

"장주님 방비를 어떻게 해야 하겠습니까?"

차갑게 식어 있던 천태랑의 얼굴이 다시 제 색을 찾는 듯 싶더니 붉게 물들면서, 그는 쪽지를 잘게 찢어발겨 버렸다.

아마 잘 익은 홍시를 그의 옆에 가져다 놓아도 그보다는 붉게 보이지 않았을 것이다.

"감히 거지발싸개 같은 자객 따위가 나를 죽이겠다고? 이런 찢어 죽일! 삼 일 후랬냐?"

"예!"

"돈이 얼마가 들든지 상관치 않겠다. 사람이 필요하면 사라. 그리고 그 시건방진 자객 놈을 내 앞에 무릎 꿇려라! 내 친히 그놈을 심문하고 사지를 찢어놓고 말 것이다."

천태랑은 잠시 뭔가를 생각하는 듯 싶더니 말을 이었다.

"그리고 무휘와 선천비를 소환해라. 열두 시진을 철통 같이 방비하도록 하라! 본좌는 천극관에 들겠다."

"예!"

말을 마친 천태랑은 빠른 걸음으로 안으로 사라졌다.

멍청히 서 있던 천문은 그제야 정신을 차린 듯 문을 박차고 밖으로 뛰어나갔다.

그 후부터 만리장에는 더욱 삼엄한 경비가 세워졌다.

물론 오늘은 천태랑이 문 밖 출입을 하지 않은 지 딱 삼 일째 되는 날이기도 했다.

천극관(天極關).

천태랑이 만들어 놓은 하나의 거대한 요새인 이곳은 원래는 거대한 지하 암굴이었다.

그것을 천태랑이 발견하고 금고로 사용하기 위해 만들었는데, 유사시에 들어가 안에서 문을 닫으면 일 년간 밖에 나오지 않아도 될 정도의 준비가 되어 있었다.

이 일면만 보아도 천태랑이란 자가 얼마나 철두철미(徹頭徹尾)한 자인지 알 수 있다.

단단하기 이를 데가 없는 대리석질의 동굴 벽은 한 자 정도의 한철에 주석을 섞어 제조한 특수 재질의 철판이 대어져 있었다.

천태랑은 만 근의 폭약이 지상에서 터져도 이 천극관 만큼은 끄떡없다고 자부했다.

그 천태랑이 천극관에서 벌써 삼 일째 두문불출하고 있었다.

천극관은 하나의 일화를 갖고 있었는데, 그것은 전설적인 대도였던 무형신투가 이곳으로 숨어들려 하다가 천극관 바로 앞에서 철환에 두 토막이 난 채 발견되었다는 것이었다.

사람들은 속닥거리기 시작했다. 아무리 홍화객이라도 이번만큼은 어려울 것이라고 말이다.

드디어 밤이 되었다.

보름이니 달빛이 있어야 정상이겠지만, 두터운 구름이 천공을 가득 메우고 있어서 정말 자신의 코끝도 보이지 않을 정도로 어두운 밤이었다.

얼마나 어두운지 자신이 눈을 뜨고 있는 건지 감고 있는 것인지 분간이 가지 않을 정도였다.

그러나 무사들이 어디 눈으로 보고 적을 감지한단 말인가?

만리장의 고수들과 천태랑은 자신들의 모든 감각을 곤두세우고 피를 말리고 있었다.

바로 홍화개이 오기로 한 날이었기 때문이었다.

갑자기 한두 개씩 모래 떨어지는 소리가 들리기 시작했다. 그러더니 하늘에서 요란한 소리와 함께 굵은 빗방울이 쏟아졌다.

칠흑 같은 밤에 비마저 장대처럼 오니 주위의 분위기는 더욱 음산하게 변해버렸다.

무인들의 본능이 아우성치고 있었다. 바로 지척도 보이지 않는 어둠이 두려움으로 변하고, 곧 그것은 자기 보호 본능으로 이어졌다. 자신의 주위에 나뭇잎 하나가 떨어진다 해도, 단번에 칼이 뽑혀질 첨예한 살기가 내뿜어지고 있었다.

지금 만리장에는 전체적으로 짙은 살기가 흘렀다.

처마 밑에서, 혹은 연못 안에서, 심지어는 측간 안에서조차 살의를 품은 음산한 기운이 새어 나오고 있었다.

술시(戌時)를 넘어 해시(亥時)를 지나 자시(子時)에 접어들려는 찰나, 만리장의 동쪽 벽에 무언가 움직이는 물체가 있었다.

그 물체는 마치 고양이인 양 어떤 소리도 내지 않고 움직였다. 신묘한 움직임으로 담에서 뛰어내린 검은 그림자는 철저하게 주위를 살피면서 건물들 사이로 비집고 들어섰다.

그리고 거대한 건물 앞에 자리를 하고 서서, 등 뒤에 둘러멘 검을 뽑아들었다. 그 순간 갑자기 주위가 환해지면서 사방에서 불길이 일었다.

그 횃불들이 일사불란하게 간격을 좁혀오며 흑의인을 포위해 갔다.

흑의인은 움찔하며 주위를 돌아보았다. 무려 천여 명은 돼 보이는 잠행인들이 검, 도, 창 등을 들고 그를 포위하고 있었다.

퍼억!

몽둥이가 내질러졌다.

"크윽!"

짧은 신음소리와 함께 한 사내의 몸이 벽에 거칠게 밀어부쳐졌다.

적산은 오늘 바쁘기 짝이 없었다.

그는 평상시 그저 하는 일없이 빈둥대며 노는 것이 일이었다. 아마도 이 만리장에서 일을 하지 않고 밥을 얻어먹을 수 있는 유일한 사람이었을 것이다.

장주인 천태랑조차도 업무에 시달리고 있을 때, 그는 시원한 나무 그늘에 앉아 발이나 까딱거리다 술에 취해 낮잠을 즐길 수 있었다. 그런 그가 오늘은 눈코 뜰 새 없이 바쁘게 움직이고 있었다.

많게 잡아야 서너 평 정도의 공간 중간에 한 사내가 묶여 있었고, 양 옆의 벽에는 보기에도 섬뜩한 형구들이 가지런히 걸려 있었다.

"너에게 일을 의뢰한 자가 누구냐?"

그 시내 앞에 적산이 서 있었는데, 그의 손에는 지그미한 몽둥이가 들려있었다.

파혈봉(破血棒).

묘강에서 자라는 나무에서 채취한 액으로 만들어진 것이다.

적산이 즐겨 쓰는 물건이기도 했다.

기껏해야 한 자 정도 크기의 몽둥이가 뭐 그리 대단하냐고 반문할 수 있을 것이다.

그러나 이 자그마한 몽둥이는 고문을 하기에는 최상의 조건을 갖추고 있다.

고문의 최상 요건이 무엇이겠는가?

최고의 고통을 주되 대상자의 생명에 지장을 주어서는 안되는 것이 아닌가.

파혈봉은 한 번 칠 때마다 그 고통이 전신으로 파문처럼 번져가게 해서, 아픔은 점점 커지지만 생명에는 이상이 없게 하는 그런 고문 도구였다.

적산은 자신의 고문술을 철저히 믿었다. 자신의 고문에 걸리면 죽은 시신의 입이라도 열지 않고는 못 견딜 거라고 수도 없이 장담하곤 했다.

그는 고문을 심하게 해서 병신을 만들거나 죽이는 자들을 제일 경멸한다. 그들은 고문예술이라는 것이 무엇인지 티끌만큼도 모르는 하급의 고문관이라고 생각했다.

자신은 그런 자들과는 전혀 차원이 다른 고문관이라고 자부하고 있었다.

그런데 오늘 들어온 이자는 그의 그런 자만심에 금이 가게 하고 있었다.

그가 갖고 있는 백여 가지의 고문술 중 반 이상을 시전 했지만, 그자는 입도 뻥긋하지 않았을 뿐 아니라 오히려 그를 향해서 입가에 여유 있는 미소마저 띄우고 있었다.

적산으로서는 열불이 터질 노릇이었다.

적산은 이를 악물었다.

"좋다! 이제부터는 고문이 아닌 살형(殺形)을 가해 주겠다. 네놈이 어디까지 버티나 두고 보자."

그는 자신이 잘 사용하지 않는 면도를 꺼내들며 말했다.

"흐흐. 지금부터는 네놈이 말할 기회도 없을 것이다."

적산은 싸늘하게 웃고 있었다.

"지금까지 입을 열지 않은 것을 후회하며 기절하기에도 바쁠 테니까."

그러자 묶여 있던 흑의인이 처음으로 입을 열었다. 그러나 그것은 기대했던 자백의 말이 아니었다.

"꽤 말이 많군."

적산의 얼굴이 보기 민망할 정도로 굳어져버렸다.

"잇! 이노옴!"

그는 능숙한 솜씨로 면도를 들고는 흑의인에게 다가서며 고문을 시작하려 했다. 그의 전신에서는 살기가 뿜어져 나왔지만 적산은 뜻을 이룰 수 없었다.

바로 그때, 문이 열리며 흑포인이 들어와 허리를 굽히며 천태랑의 명령을 전했다.

"장주님이 이자를 데려 오랍니다."

"뭣이? 하필이면 이때라니. 크흐흐흐, 지독히 운 좋은 놈이군."

적산은 웃고 있었다.

그러나 적산의 눈은 웃고 있지 않았다.

거대한 광장, 아니 지하실이라고 해야 옳을 그런 곳이었다.

천연적으로 생긴 석벽을 뚫어 거대한 암전을 만들었는데 그 크기가 어마어마했다.

게다가 저 뒤에 쌓여 있는 금괴와 보석, 그리고 명화와 진산지보들은 눈이 부셨다. 어지간한 간담을 지닌 자가 아니면 기가 죽어서 제대로 말을 잇기조차 힘들어 할 것이다.

이곳이 바로 천극관이었다.

중앙에 호피가 덮여 있는 의자가 놓여 있었고, 그 위에는 피둥피둥 살이 찐 천태랑이 싱글거리며 웃고 있었다.

그 뒤에는 장포를 걸친 중년인과 언뜻 보기에 나이를 분간하기 힘들어 보이는 장년인이 시립해 있었다.

이들이 바로 천태랑이 천 관의 황금을 투자해 키운 무휘와 선천비였다.

이들은 오 년간 무술 수업을 위해 태산북두라 불리는 소림과 무당에서 무술 수업을 받고 하산하던 중 천태랑의 연락을 받고 급히 달려온 것이었다.

그들은 천태랑에게 무한한 믿음을 주었다.

"홍화객······."

천태랑은 뭔가를 음미하는 듯 홍화객을 불러보더니, 곧 특유의 느글느글한 미소로 그를 비웃듯 말했다.

"그래, 네가 나를 죽이겠다고 했던 놈이냐?"

아마 돼지의 웃음을 인간이 짓는다면 능히 이런 모습이 되지 않을까?

천태랑은 패배한 홍화객의 침울한 대답을 상상했다.

"그렇소."

담담하면서도 광장을 나직이 울리는 목소리. 천태랑은 홍화객의 당당한 모습에 얼굴이 벌겋게 달아올랐다.

"건방진 노옴!"

"네 녀석이 어떻게 나를 죽이겠다는 것이냐? 이렇게 잡혀 내 앞에 묶여 있는 주제에."

천태랑은 쩌렁쩌렁한 목소리로 훈계하듯 소리쳤지만, 홍화객은 엷은 미소를 지을 뿐이었다.

그 엷은 미소가 뭔가 알 수 없는 불길함을 천태랑의 뇌리에 심어주었지만, 천태랑의 자만심은 곧 그걸 털어 버리게 했다.

자객질에 실패하여 자신 앞에 무릎을 꿇고 있는 자에게 불안감을 느낀다는 건 당치 않았다.

"흐흘, 네놈이 아직도 기가 살았구나."

"아직 내가 예고한 시간은 오지 않았소."

그의 말에 천태랑은 대소를 터뜨렸다.

"좋아, 좋아! 자존심이 대단하군."

선천비와 무휘의 입에도 천태랑과 너무도 닮은 비웃음의 미소가 그려졌다.

그들은 분명 살업에 실패해서 초라하게 무릎 꿇고 있는 눈앞의 자객을 비웃고 있었다.

이따위 한 명 때문에 자신들이 긴급 호출을 받은 것도 자존심이 상했다.

"세상에서 가장 고통스러운 것이 무엇인지 아는가?"

천태랑이 갑자기 말의 방향을 바꾸었다.

"무엇이오?"

"나에게 가장 고통스러웠던 것은 굶주림도, 살벌하게 행해지는 고문도 아니었다. 바로 내가 갖고자 하는 것! 그것을 가질 수 없을 때 나는 가장 큰 고통을 느꼈다."

천태랑의 입가에서는 자신이 지독하게 살아온 날들을 회고하는 듯 자조의 미소가 스며 나왔다. 잔악하게만 느껴지던 분위기가 한순간 일소되고 있었다.

아주 짧은 한순간이었지만, 홍화객은 그의 또 다른 일면을 보았다고 생각했다.

"그래서 나는 그것을 갖기 위해 밤잠을 자지 않고 일을 해야 했고, 다른 이의 발이라도 핥아야 했다. 때에 따라서는 말이야. 나의 친구도 형제마저도 서슴없이 죽여야 했지. 지금의 내 지위에 오르기 위해서⋯⋯."

그가 말을 멈추자 묘한 정적이 일었다.

"이제는 모든 것을 이뤘다고 생각했다. 더 이상 나를 거스를 것은 없었지. 평화로운 나날이었다. 그러던 나에게는 갑작스레 또 다른 고통이 찾아왔지. 그걸 가져온 사람이 바로 너다!"

＊　＊　＊

사람들은 왜 차를 마시는가?

중원은 특히 차 문화가 발달한 곳이다. 이곳이 차 문화가 발달할 수밖에 없었던 이유는 황하의 물을 그대로는 마실 수 없기 때문이라고도 하지만, 그건 처음 차가 생겼을 때에나 맞는 말일 뿐이고 지금은 모두가 가양각색의 이유를 가지고 차를 즐긴다.

향기로운 향을 음미하기 위해서, 혹은 맛이 좋아서, 또 분위기 때문에 마시기도 하고, 그런가 하면 건강을 위해서 마시는 사람도 있을 것이다.

옛 성인들은 다(茶)를 다루는 것을 다도(茶道)라 하여 하나의 도(道)로 승화시켰다.

다도를 겉치레에 불과하다고 말하는 사람도 있지만, 예를 숭상함은 자신을 다스리는 것이고, 자신을 다스린다 함은 자기를 완성해 가는 것이므로, 차를 예로써 마신다는 것이 곧 자신의 수양 정도를 말해주는 하나의 도라 할 수 있을 것이다.

그래서 차를 마실 때에는 경건한 자세에서 마시고, 곧은 자세를 유지하려 하며 스스로를 인내하고자 한다.

이것이 다예(茶禮)이고, 다예에 의해 만들어지고 다져져 하나의 경지를 넘어서는 것을 다도(茶道)라 한다.

만류귀종(滿流歸宗), 그 모든 일은 시작은 다르되 그 근본은 같아 자신이 하는 일에 온 정신을 심어 넣으면 도의 경지에 이를 수 있다는 뜻이다.

학문은 지식 습득이라는 단순한 작업을 벗어나서, 그것을 이해하고 정립하는 것이 학문의 길이요, 학문을 알고 있으되 그것을 널리 표내지 않으며 부정에 대해서는 완고한 고집을 갖고 있으며, 자신을 스스로 다스리는 것이 학문의 예(禮)요, 스스로를 알고 고쳐 나가며 아무런 사심이 없는 것이 학문의 도(道)라 하겠다.

이처럼 무(武) 역시 그 길이 다르지 않다.

신체를 단련하고 정신을 수양하는 것이 그 목적일 수 있으나, 예를 알고 인간으로서 완성을 위해 노력하면 예가 된다.

그리고 인간의 심(心)과 신(身)이 하나가 되어 오욕(五慾)과 칠정(七情)을 초월하면 인간의 범주를 벗어나 도의 길로 접어들며 신인이 될 수 있을 것이다.

그러나 인간에게 욕심과 사심을 빼라하면 곧 백치를 뜻하는 것일진데 어찌 그런 인간이 나타날 수 있으며, 백치와 같은 인간이 어느 한 곳에 심취할 수 있겠는가?

그래서 인간은 무예(武禮)의 길에 들어서지 못하고, 무예(武藝)나 무술(武術)의 경지에서 벗어나지 못하는 것이리라.

다(茶)와 문(文), 그리고 무의 그 길은 시작은 다르나 그 끝에 이르는 경지에 있어서는 같다 할 수 있겠다.

파도가 굽이치는 듯한 산세가 금방이라도 살아 움직일 것처럼 험한데, 그것들에 둘러싸인 험준한 절벽 위에 세워진 하나의 정자가 있었는데, 세인들은 그 정자를 두고 천향정(天香亭)이라 일컬었다.

바로 이 천향정에 한 명의 인물이 앉아 있었다.

하나의 산맥인 양, 아니 자연 속에 동화되어 버린 바위인 양 자리에 앉아 있는 모습은 선풍도골의 신선을 보는 듯한 풍모였다.

정좌해 앉아 있는 그의 손 위에는 찻잔이 하나 얹혀 있어서 차를 마시는 중임을 알 수 있었는데, 눈을 감고 있는 모습이 다향(茶香)에 취해 있는 듯 보였다. 바로 이런 모습이 다예를

도의 경지에까지 올린 것이 아니겠는가.

그는 바로 문인들의 하늘이라는 문천(文天) 우문성(于文聖)이었다.

그는 벌써 십여 년 전부터 이곳에 정자를 짓고 은거 중이었는데, 소일이라고 해야 가끔 혼자서 바둑을 두는 것이 전부였다. 그러다가 가끔 산을 타는 사냥꾼이나 약초를 캐는 이라도 나타나면 몇 마디 주고받는 게 세속으로의 유일한 접촉이랄 수 있었다. 그리고 그의 옆에서 시중드는 소동이 유일한 말벗이었다.

그러나 십 년이 지났음에도 그는 잊혀지지 않고 있었다.

사람들은 강산이 한 번 변했을 만큼의 시간이 흐른 뒤에도 그를 칭송했고, 문인들의 뇌리에 그는 문선(文仙)으로 각인되어 있었다.

그는 이미 문의 그 경지를 벗어난 사람이었다.

앞에서도 장황하게 설명했듯이 그는 한 잔의 차에서 문의 그 근본을 바라보고 있는지도 모르겠다.

"흠."

그대로 우화등선할 듯한 모습이던 우문성의 입에서 약한 한숨소리가 새어나오더니 얼굴에 잠시 고뇌의 빛이 흘렀다.

그러나 그의 얼굴은 이내 평소의 신색을 찾으며 한 모금의 차로 입술을 적셨다.

그러고는 낭랑한 목소리로 한 자락의 시를 읊었다.

백 년의 영화(榮華)도 한낱 물거품이요

천 년의 권세(權勢)도 한줌의 모래와 같다.

나 이곳에서 한 잔의 차에 흠취(歆醉)해 있건만,

부질없는 사념(邪念)에 고통이 이는구나.

오호라, 세월이 약이려니

한잔의 차라도 나눠 마시며 등 두드려줄

이제는 진정한 친구 한 명이 기꺼웁구나.

"후우……."

그러나 좋아하는 시를 읊어도 기분이 나지 않는 듯, 우문성
의 입에서 다시 뜻 모를 한숨이 새어나왔다.

어디선가 불어온 한 줄기 바람이 그마저도 묻어버리고는
이디론가 시려져 버렸지만…….

우문성, 그는 무슨 고뇌에 싸여 있는 것인가?

* * *

"나는 내가 궁금한 것은 못 참는 성미지."

천태랑은 말하면서 홍화객의 얼굴을 살폈다.

홍화객, 그의 얼굴은 평범했다.

저자거리에 나서면 비슷한 사람을 하루에도 열은 찾을 수 있을 만큼 그는 아무런 특징도 없었다.

단지 눈매가 조금 매섭다는 정도일까?

"그런데 자네는 내가 상상하던 홍화객과는 조금은 다르군."

"당신이 상상한 내 모습은 어떤 것인가?"

천태랑은 장난기가 어린 얼굴을 들어 홍화객의 얼굴 가까이 들이대었다.

홍화객은 전혀 상관없다는 듯이 표정 하나 바꾸지 않고 있었다.

"흠! 글쎄, 조금 더 냉막한 얼굴이랄까? 한 점의 표정도 없는, 철저하게 죽음의 향기로 가득한 그런 얼굴을 하고 있을 것으로 생각하고 있었던 것 같군."

홍화객은 쓰게 웃었다.

"그렇다면 내가 미안하군. 당신의 상상을 망쳐 놓았으니 말이야. 그러나 내 자신이 이렇게 생겨 먹은 것을 낸들 어찌 하겠는가?"

천태랑은 곧 질문을 바꿨다.

"그런데 네놈의 이름은 뭐지?"

홍화객은 붉게 타오르는 듯한 눈을 들어 천태랑을 바라보며 입을 열었다. 입가에는 조소의 빛을 띤 미소를 담고서.

"내 이름이라……, 그토록 궁금해 하던 것이 겨우 이름인가? 내가 생각했던 것보다는 질문이 유치하군."

비웃음이 역력한 소리를 들었으니 마땅히 화를 내야 하는 천태랑이지만, 그는 그럴 수 없었다.

홍화객의 붉은 눈을 보며 알 수 없는 공포에 휩싸이고 있었기 때문이었다.

아마도 죽음에 향기가 있다면 이런 것일까?

그의 눈에서는 지옥의 마화(魔火)가 피어 나오는 것 같았다. 그 마화는 천태랑의 등에 식은땀이 맺히게 했다.

"당신은 내 이름을 듣는 순간 죽음을 예고 받는 것이나 다름없소."

그의 말이 끝나기가 무섭게 천태랑은 찜찜한 기분을 털어버리려는 듯 파안대소를 터뜨렸다.

"크하하하하하! 자네는 지금 자신의 처지를 몰라도 너무 모르는군."

그리고는 느긋하게 의자에 기댔다. 등엔 계속 땀이 맺히고 있었지만, 애써 마음의 평정을 유지하고 있었다.

"내 뒤에 장승 같이 서 있는 이 친구들은 허수아비가 아닐세. 내 옆에 선 이 친구는 선천비라 하지. 소림에서 나온 지겨우 오 일밖에 되지 않았다네. 그는 소림의 이십사 절기 중 금강권(金剛拳)과 반야장(般若掌), 그리고 원, 호, 웅, 사, 학권 등 십이 절기를 습득하고 각종 약물로 도움을 받은 그의 내공은 소림의 십팔나한 중 그 어느 누구와 싸워도 지지 않을 정도네. 초일류의 고수라 할 수 있지.”

자랑을 하는 동안 좀 전의 불안함이 우스워져갔다. 득의양양한 얼굴로 홍화객을 내려다 본 천태랑은 말을 이었다.

“그리고 이 친구 무휘는 무당의 속가제자인 천월검성(仟月劒聖) 냉야월의 직전제자로 무당의 태허진인의 밑에서 수업을 하고 나왔지. 아마 검을 든 그를 벨 수 있는 사람을 찾으라면 무황 남태천을 비롯하여 이 중원에서 한 열댓 명 정도를 꼽을 수 있을까? 황금 앞에서는 무당의 위명도 소용없더군. 몇 푼 집어주자 자신들의 절기를 서슴없이 내어놓더란 말이야. 이 둘을 키우기 위해 천 냥의 황금을 투자했다네.”

그는 웃음을 머금은 얼굴을 들어 홍화객을 내려다보며 말했다.

“나는 이들을 믿고 있다네. 어떤가? 자넨 자네 몸을 묶어놓은 천잠사를 끊고 이들을 물리친 후 나를 죽일 수 있겠나? 흐흘, 그것이 가능하다고 생각하나?”

홍화객의 눈에서 차가운 한광이 새어나왔다.

“자, 그럼 이제 자네의 이름부터 말해 보게. 이름이 뭔가?”

“내 이름은 사마천인…… 이오.”

“사마천인이라. 흠, 좋아.”

천태랑은 득의에 찬 웃음을 보였다.

승리자의 모습이었다.

그는 느긋하게 물었다.

"그럼 내가 궁금한 것은 석 달 전 무적신권(無敵神權) 당궤를 죽였을 때의 상황이다. 그것에 대해 소상히 알고 싶다."

천태랑은 거드름을 한껏 피우고 있었다.

사마천인은 그런 천태랑을 바라보았다.

무심해 보이기도 하고, 어쩌면 싸늘해 보이기도 하는 눈빛이었다.

사마천인은 입가에 엷은 미소를 머금고 있었다.

왜인지는 어느 누구도 알 수 없었다.

그 순간 그는 차분한 음성으로 입을 열었다.

"그렇소? 흐흐."

사마천인은 실소까지 흘리고 있었다.

천태랑은 움찔했지만 그를 제지하지는 않았다. 그의 입에서 곧 기다리던 말이 나왔기 때문이었다.

"그럼 얘기해 드리지. 아직 시간은 많으니까."

방 안에는 음침한 기운의 빛이 잔잔히 흐르고 있었고, 삼인의 사나이는 그의 말을 기다리며 숨을 죽이고 있었다.

제2장

만남

쏴아아~!

빗줄기는 더욱 거세어졌다. 이제는 아예 폭포수가 떨어지는 듯한 굉음에 귀가 다 멍멍할 지경이었다.

그러나 어느 누구 하나 빗소리에 신경을 쓰지 못하고 있었다. 모두들 청년의 이야기에 혼을 빼앗긴 채 듣기에 열중하고 있었다.

후두둑!

빗물로 묵직해진 대나무가 바람에 흔들리자 흡사 북소리처럼 요란한 소리를 내며 물방울이 사방으로 튀었고, 허름한 객점의 낡은 나무문이 금방이라도 떨어져 나갈 듯 덜컹거리며, 금세 귀신이라도 나올 것처럼 주위의 분위기는 어둡기만 했다.

객점 안은 비가 만들어 내는 소음을 제외하곤 아무도 살지 않는 폐가처럼 고요했다.

이따금 귓속말을 하며 히히덕거리던 남녀마저 청년의 말에 귀를 기울이는지 조용히 하고 있었다.

이렇게 객점 안의 모든 사람들은 그의 말에 귀를 기울이고 있었지만, 단 한 사람, 주인만은 의자에 기대어 앉아 기세 좋게 코까지 골아대며 잠이 들어 있었다.

"그래서 어떻게 되었는가?"

노화자는 참을 수 없는 듯 청년의 말을 재촉했다.

"그는 자신이 왜 당궤를 살해하게 되었는지, 그 모든 것을 천태랑에게 털어놓기 시작했소이다."

노화자는 고개를 설레설레 흔들었다.

"에이. 그자는 영웅이 아니군, 그래. 외부의 힘에 의해 굴복하다니. 본시 영웅은 어느 누구의 협박에도 굴하지 않아야 하지. 그게 진짜 영웅인데 말이야. 안 그런가?"

청년은 미소 지었다.

"그렇지요. 그는 영웅이 아닙니다. 하지만 그렇다고 힘에 의해 굴복할 사람은 아니지요. 절대로 말입니다."

청년은 다짐하듯이 힘차게 말했다. 홍화객이 눈앞에 있어 당장이라도 보여줄 수 있다는 투였다.

그러자 노화자가 이해가 되지 않는다는 얼굴로 물었다.

"그럼 그는 왜 천태랑에게 굴복했지?"

"다 그럴만한 이유가 있었습니다."

"이유라니?"

"그는 천태랑의 목숨을 노리고 그곳으로 들어갔습니다. 그런데 자신의 얘기를 이실직고하는 이유가 무엇이겠습니까?"

"그럼 설마……! 홍화객은 천태랑의 곁으로 다가서기 위해서 일부러 잡혔단 말인가? 허어, 만약 그의 곁에 가기도 전에 죽임을 당하면 어떻게 하려고 그렇게 무모한 짓을……."

노화자는 고개를 절레절레 흔들었다.

"그런데 홍화객은 왜 천태랑의 목숨을 노린 것인가?"

청년은 노화자가 조급해 하는 것을 보고는 슬며시 웃었다.

"노 형님은 너무도 조급하시군요. 이제부터 제가 말하려고 하는 것이 바로 그것이 아닙니까. 그러니까, 그것이 한 여인을 만남으로부터 시작된 것입니다."

* * *

만한루(滿恨樓).

누가 지었는지 음산하기 짝이 없는 이름이었다.

한이 가득한 집이라니, 어느 누가 이런 곳에 들어 식사를 하며 술을 마시려 하겠는가?

게다가 주인은 어떤 괴팍한 사람이기에 좋은 이름을 모두 버리고 저런 섬뜩한 이름을 걸어 놓은 것인가?

많은 질문이 있을 것이지만, 그 질문에 답을 할 만한 사람도, 그 질문을 던질만한 사람도 없었다.

그 이유는 이곳에 이런 이상한 이름의 주루가 선지 족히 삼 년이 흘러갔지만 이 근방의 어느 누구도 주인의 모습을 보지 못했기 때문이다.

거기에다 이곳에 드나드는 사람들은 무인이나 인근의 건달들이 전부여서, 마을 사람들은 이곳을 신기한 듯 바라보기만 할뿐 발을 들여놓을 생각 따위는 갖지도 못했다.

쏴~ 쏴아아~~.

칠월 한여름의 무더위를 식혀 주려는 듯이 시원스레 빗방울이 대지 위에 놓인 모든 것을 적셔주고 있었다.

이런 날이면 그 어느 누구라도 일을 하기 싫어 할 것이고, 사람들은 주루에 모여 술을 나누게 된다. 그로 인해 수입을 올릴 수 있는 곳은 아무래도 주루가 아니겠는가.

그 중에서도 만한루는 때 아닌 호황으로 사람이 앉을 곳이 부족할 지경이었다.

그 중에서도 유난히 유별난 사내가 한 명 앉아 있었다.

그는 헐렁한 청의를 걸치고 있었고, 다 헤어진 가죽신발을 신고 있었다.

하나 신기할 것 없는 복장이지만, 그에게 그 복장은 너무나
도 어색했다.

남자의 몸 같지 않게 너무나도 가냘픈 몸매에 얼굴선은 갸
름했으며, 그의 얼굴은 여인의 그것보다 더욱 아름다웠다.

남성에게 아름답다는 말을 쓰기에는 좀 어색하지만 이 사
내에게는 너무나도 어울리는 말이었다.

이때, 점소이가 다가서며 작은 주루의 점소이 답지 않게 정
중히 말했다.

"뭘 주문하시겠습니까?"

그러자 청년의 입에서는 가녀린 모습과는 어울리지 않는
굵은 목소리가 흘러나왔다.

"화전 한 접시와 죽엽청 한 병, 그런데 화전은 붉은 것으로
하고 설익혀도 좋으니 빨리 가져오게. 그리고 죽엽청은 가장
병목이 높은 것으로 하는 것이 좋겠네."

점소이는 알았다는 듯이 고개를 숙이고는 잰걸음으로 주방
을 향해 들어갔다.

그런데 이들의 말을 들으면 단순히 음식을 시킨 것처럼 보
이나 어딘가 조금 이상하지 않은가?

어찌 한여름에 화전이 나올 수 있는가?

또, 화전에 쓰이는 꽃은 그 쓴맛이 덜하고 독성이 없으며,
향기를 머금고 있는 것으로 해야 하는 것이 원칙이고, 또 화

전에 쓰이는 꽃들 중 붉은색을 띤 것은 진달래가 있으나 이는 붉은색이 아닌 분홍색이라 해야 맞을 듯싶다.

그리고 무릇 술병은 병목이 짧아야 술을 따르기가 좋은 것인데, 굳이 불편한 목이 긴 것을 달라하니 이 또한 이상하다.

그것은 지금의 대화가 바로 암호이기 때문이다.

그 청년이 붉은색 화전을 얘기한 것은 홍화객을 의미하는 것이며, 목이 긴 죽엽청은 바로 가장 높은 자를 만나게 해 달라는 뜻이 내포되어 있었다.

그런데 이곳에서 암호로 주인을 찾는 이자는 누구인가?

알 수 없는 일이었다.

얼마가 지났을까?

초조와 불안으로 두리번거리던 청년 앞에 세 사람의 장년인이 나타났다. 문을 열고 들어선 그들은 그 청년을 보자마자 곧바로 그에게 다가섰다.

그들은 챙이 넓은 죽간모를 쓰고 있었으며, 얼굴 전체에 검은 천을 두르고 있었고, 그의 몸에 붙은 장신구에서부터 옷에 이르기까지 온통 검은색 일색이었다.

그들에게서는 무언가 알 수 없는 음습한 냄새가 피어 나오고 있었다. 마치 괴상한 사교 집단에서 나온 것 같지 아니한가?

그 중 하나가 의자에 앉아 있는 사내에게 다가섰다.

"흐흐. 화혼녀(華婚女) 진주영, 네 목을 거두고자 왔다."

사내는 흠칫 놀랐다.

"당신들은 누구시오?"

사내의 입에서는 예의 굵은 목소리가 새어나왔다.

"화혼녀, 네가 목소리와 모습을 바꾼다 하여 우리들의 눈을 속일 수 있을 거라 생각했단 말이냐?"

이 사내가 여자였단 말인가?

화혼녀 진주영(眞珠影).

그 이름은 녹녹치 않은 이름이었다.

중원에는 사선녀(四仙女)로 통하는 천하절색들이 있었다.

천녀(天女) 신예원(愼禮元), 화화녀(花火女) 남궁선(南宮仙), 월기신녀(月旗神女) 조약빙(朝弱氷), 그리고 화혼녀(華婚女) 진주영(眞珠影)이 그들이었다.

이들은 지(知), 덕(德), 미(美)를 갖춘 중원 사대천녀(四大天女)로 불리기도 했다.

그런데 그 중 일 인이 이곳 만한루에 왜 나타난 것인가?

"사, 사람을 잘못 보았소."

사내는 굵은 목소리를 내고 있었으나, 어딘지 모르게 어색하였고 음성이 떨리고 있었다. 그는 자신이 여자가 아니라고 극구 부인했다.

그러나 그의 얼굴은 참혹할 정도로 굳어 있었고, 식은땀이 쉴 새 없이 흘러내리고 있었다.

세 흑포인은 품에서 극(戟)을 꺼내어 들었다.

"크흐흐흐. 가소로운 몸부림. 죽어라!"

휭~.

극이 소리를 질렀다.

그들의 손에서 떠난 극은 눈에 보이지도 않을 정도의 회전을 하며 사내를 향해 짓이겨 들어갔다.

"아악!"

사내는 본능적으로 얼굴을 가리며 무서울 정도로 빠르게 다가오는 극을 피하려고 허둥대보았으나, 무공(武功)의 무(武)자도 모르는 그가 피할 수 있다는 것은 어불성설(語不成 說)이었다.

그러나 곧 들릴 것이라고 여겨졌던, 사람을 파고드는 소리가 아닌 무언가가 서로 부딪히는 소리가 들렸다.

챙~.

사내를 향해 날아가던 극이 어디선가 날아온 사발에 맞으며 도로 튕겨져 나온 것이다.

물론, 그 사발은 공중에서 바스러져 가루로 화해 흩어져버렸다.

"누, 누구냐?"

흑포인들은 날아 돌아오는 극을 받으면서 외쳤다.

주위를 둘러보던 그들은 눈살을 찌푸렸다.

그 많던 사람들은 어느새 모두 도망가 버렸고, 남은 자라고는 한쪽 구석에서 술에 잔뜩 절어 엎드려 자고 있는 늙은 노인 하나가 전부였다.

일견하기에 술에 절은 거렁뱅이가 틀림없었다.

종업원과 주인마저 주루를 버리고 달아났는지 보이지 않았다.

"어떤 쥐새끼가 나오지도 못하고 숨어서 지랄하는 것이냐?"

흑포인들은 다시 한 번 소리를 질렀다.

"끌끌. 시끄러워서 잠을 잘 수가 있어야지."

그 목소리는 마치 쇳덩이와 쇳덩이를 마주 비비는 듯 듣기가 거북했다. 목소리와 함께 움직인 사람은 다름 아닌 노인이었다.

"후아암."

노인은 찢어질 듯한 하품을 하며 후줄근하게 일어나 앉더니 술병을 들어 한 모금 마시고는 비틀거리며 일어났다.

흑포인의 눈가에서 이채가 흘렀다.

'그렇다면, 이자가?'

흑포인의 마음속에는 설마 하는 생각이 들었다.

그러나 세상에 얼마나 많은 기인이사들이 있는가?

겉은 후줄근해 보이지만, 혹시라도 이자가 전대고수라도 된다면 낭패가 아닌가?

그래서 그는 최대한 예의를 갖추었다.

"어느 고인(古人)이신데 우리가 하는 일을 방해하는 것이오?"

"고인? 흐흐흐, 고인이라……. 네놈들은 죽기를 자처하는구나."

순간 흑포인들은 할 말을 잃었다.

이 거렁뱅이가 자신들에게 시비를 걸어오는 것이 아닌가?

"그게 아니고……."

"시끄럽다."

"윽!"

노인이 가볍게 내지른 소리에 고막을 베어내는 듯한 고통을 느꼈고, 그들은 한 발 물러 설 수밖에 없었다.

'가공할 내가 고수다.'

흑포인들은 순간 흠칫했다.

"너희는 나에게 세 가지 죄를 지었다."

노인은 구부정한 모습으로 비틀거리며 걷던 걸음을 멈추고 진주영 옆에서 그들과 마주서며 말을 이었다.

"켈켈. 하나는 나의 단잠을 방해한 것이고, 둘째는 신성한 술집에서 소란을 피운 것! 그리고 이렇게 아리따운 아가씨를 핍박한 것. 음! 또한 나를 움직이게 한 것…….”

잠시 말을 끊고 뭔가를 생각하는 듯싶더니, 장난스러운 어조로 말했다.

“이런 넷이었군. 여하튼, 나는 죄를 지은 너희를 용서하고 싶지 않으나, 오늘은 마음이 울적하니 한 팔씩 내어놓고 가는 것으로 너희 죄는 더 이상 묻지 않겠다.”

그 노인의 말이 끝나기 무섭게 세 번째 흑포인의 입에서 욕설이 뿜어져 나왔다.

“이런 개 같은 늙은이를 봤나. 우리를 졸(卒)로 보는 게냐?”

“말로 해서는 안 될 늙은이로군”

삼 인 중 첫 번째 흑포인이 그들을 포위하며 외쳤다.

“이 계집과 늙은이를 단칼에 끝내 버리자!”

노인은 서늘한 눈빛으로 사내들을 바라보았다.

노인의 입가에 엷은 주름이 생겼다.

“끌, 말로 해서는 안 될 아해들이로구만. 그렇다면 내 몸소 재미있는 놀이를 가르쳐 주지. 끌끌끌.”

노인은 술을 한 모금 들이키더니 팔을 늘이면서 무방비 상태로 서 있었다.

마치 움직이기 귀찮아 그렇게 서 있는 것처럼 보였다.

“남화선풍극(南畵仙風戟) 환(環)!”

이때, 흑포인들 중 하나가 소리치자 삼 인은 한몸이라도 되는 양 몸을 움직여 나갔다.

삼 인이 빙글빙글 돌면서 극을 돌리자 나선형의 강기가 노인과 진주영의 몸을 감싸고돌았다.

"천뇌난화(天雷亂花)."

"꺄악!"

진주영이 자지러지는 듯한 비명을 질렀다.

그도 그럴 것이, 빙글빙글 돌던 강기가 그들을 향해 쏟아지듯이 들어 왔으니, 무공을 모르는 그녀로서 죽음의 공포를 느끼지 않았을 수 있겠는가?

오히려 금방이라도 자신을 쪼갤 듯이 다가드는 강기에 놀라 기절하지 않는 것만 해도 가상할 지경이었다.

시시각각 다가드는 강기 속에서도 노인은 태연히 술병을 기울이고 있었다.

그런데 강기가 노인과 여인의 머리 위로 쏟아져 내리려는 순간 노인의 입에서는 노래가 터져 나왔다.

"청춘은 어제런가. 나 이제 이곳에 서서 뒤돌아 보건만은 험난한 가시밭 인생길을 헤치고 온 것이 신기하기만 하구나……."

노인이 노래를 하며 가볍게 술병을 흔들자, 쩅! 하는 소리와 함께 극이 튕겨져 나가고 강기는 산산이 흩어져 버렸다.

"크윽, 취권(醉拳)!"

술기운에 기운 없이 쓰러져 누워버리는 노인의 입에서는 노래 소리가 끊이지 않았다.

"하나련다. 이 빌어먹을 인생은 하나련다. 개똥밭의 이승이 저승보다야 낫다고 하지만, 내 이 인생은 어찌하여 개똥만도 못한고……."

쓰러져 있던 노인을 향해 흑포인들이 다시 극을 내려찍자 노인은 선풍각(仙風脚)을 시전해 다시 극을 발끝으로 튕겨 내면서 일어서더니 두 손을 꺾어 삼 인의 허리와 턱, 그리고 정강이를 쳐 쓰러뜨렸다.

우당탕!

쿵탕!

"컥!"

"크윽."

족히 삼 장은 날아가 멈추지 못하고 벽에 쳐 박힌 흑포인들은 입가에서 새어나오는 피를 소매로 닦으며 일어섰다.

다시 한 모금의 술을 들어 입에 부어 넣으며 자세를 바로하던 노인의 입에서 다시 끊어졌던 노래가 새어나왔다.

"하늘이여! 빌어먹을 하늘이여, 내 손에서는 피가 마를 날이 없구나. 차라리 미물이나 범부로서 태어났다면 다른 이의 손에 죽더라도 웃을 수 있을 텐데……. 죽지조차 못할 인생 만들어 인고(人苦)를 겪게 하는가."

노인의 노래는 뭔지 모를 인생의 비애감마저 들게 하였다.

흑포인들은 일순 공중으로 튀어 올라 노인에게 동귀어진(同歸御眞)의 수법으로 삼 면에서 다가들었다.

"주병선풍(酒瓶旋風)!"

직각으로 삼면에서 노인의 머리를 향해 떨어져 내리던 흑포인들의 극(戟)이 노인의 머리를 두 조각 낼 듯이 다가드는 순간이었다.

노인은 자신이 마시던 술병을 풍차 돌리듯 휘두르며 뛰어올랐다.

콰앙!

천지가 개벽하는 소리가 이러할까?

엄청난 진동과 함께 노인이 뛰어내렸다.

노인이 가볍게 내려서는 순간 세 개의 둔탁한 마찰음이 일었다.

쿵!

쿵!

털썩~!

"흠……."

노인의 입가에서도 얇은 실핏줄이 새어나왔으나, 순간 노인의 소매에 의해서 사라졌다.

진주영은 이 놀라운 광경에 할 말을 잊고 말았다.

노인은 자신의 손에 의해 죽은 자들을 위해 합장을 하고는 다시 구석진 자리에 앉아 술병을 기울였다.

이때 안으로 들어갔던 점소이가 그제야 나와 아무런 일도 없었다는 듯이 말했다.

"손님! 안으로 들어오시랍니다."

점소이의 손에 이끌린 진주영은 노인에게 감사하다는 말도 못한 채 점소이의 손에 이끌려 안으로 들어섰다.

이를 본 노인의 입가에는 의미심장한 미소가 피어올랐다.

'진주영, 이로써 또 하나가 이루어지는가……'

무슨 생각을 하는 것일까? 일순 노인의 얼굴이 흔들리며, 인상이 변하고 있었다. 현기가 서린 맑은 눈이 잠시 보이는 듯하더니 어느새 다시 초라한 노인의 모습으로 돌아갔다.

아무도 노인의 그런 변화를 눈치 채지 못 할 만큼 순간적인 일이었다.

다시 노인의 모습을 한 그는 왠지 모를 슬픈 표정으로 침울해 하였다.

"끌끌끌. 빌어먹을! 오늘따라 하늘이 더 우울해 보이는군."

진주영은 자신이 왜 이런 일을 당해야 했는지 알 수 없었다.

그녀는 무려 보름 전만 해도 그저 평범한 생활을 했던 십팔 세의 꿈 많은 소녀였다. 꽃을 좋아하고 한 줄의 시를 사랑했으며, 한 잔의 차를 음미하기 좋아하는 그런 소녀였다.

중원에서 자신을 사대천녀라 일컫는 것조차 그녀에겐 별반 관심 없는 일이었을 뿐이었다.

그런데 보름 전 어느 날 밤 그녀는 아버지의 진노한 음성에 설들었던 잠에서 깨어났다.

"이 불한당 같은 놈들! 내가 네놈들에게 나의 딸을 내줄 듯 싶으냐? 못한다. 나는 죽어도 못한다!"

"크흐흐흐, 공손 노인. 우리 천마무림맹(天魔武林盟)의 서천지부장님이 당신의 딸을 어여삐 여기시어 제 일첩으로 간택하시었소. 기쁘게 받아들이는 것이 좋을 것이오. 그대와 이 집안 식구들의 목숨을 위해서 말이오."

자신의 아버지 방에서 들었던 소리였다.

그녀를 누군가 원하고 있다는 것이었고, 아버지는 그녀를 줄 수 없다고 완강히 거부하고 계셨다.

방금 잠에서 깨어난 진주영은 사태를 제대로 파악할 수 없었다.

천품제일예관(天禀第一禮官), 바로 아버지의 직함이었다.

아버지는 조정관리로 육두품 중 제 일품에 해당하는 조정 최고의 관리였다.

그것도 직함에서 말하듯, 조정에서 일어나는 대소사의 예법을 담당했다.

황제와 공주, 혹은 대신들이 주관하는 다과회에서부터 황제의 등극(登極)시 혹은 서거(逝去)시에 조정의 예법이란 모든 예법을 주관하고, 관리에서부터 궁궐의 대소사, 종묘사직에 이르기까지 모든 것이 그의 지시에 따라 행해졌다.

그러기에 유학자 중 천품제일관은 최고 중의 최고이자 황제의 측근이 될 만한 자로 청렴한 자를 뽑는 것이 원칙이다.

그렇기에 이토록 화를 내어 본 적이 없는 그런 분이시기도 했다.

그러나 지금은 마치 상처 입은 호랑이의 포효 같은 발악을 하고 계시지 않은가?

"이 개만도 못한 것들. 하늘에도 법도가 있거늘 감히 너희 같은 사갈(蛇蝎)의 무리들에게 나의 금지옥엽(金枝玉葉)을 내어 줄 듯 싶으냐? 이놈들!"

"크흐흐, 말로 해서는 안 될 노친네구만."

"이 짐승만도 못한!"

우당탕!

뭔가 넘어지는 소리가 났다.

"컥! 이⋯⋯."

"크흐흐흐."

쿵!

둔탁한 소리와 함께 뭔가 넘어지는 소리를 들을 수 있었다.

진주영은 그것이 무엇을 의미하는 것인지 알 수 있었다.

충격에서 헤어나지 못한 진주영의 귀에 뒤이어 청천벽력 같은 소리가 들려왔다.

"울 안에 있는 것은 뭐든지 죽여라! 그 계집만 빼놓고."

"옛!"

그 후 진주영은 봐야 했다.

인간이 얼마나 잔인한 동물인지 그녀는 뼈저리게 느낄 수 있었다.

자신의 가족들이 피를 토하고 쓰러지고 있었고, 어머니는 윤간을 당하다 분함을 못 이겨 자결을 했으며, 동생은 사지가 잘려 나가면서 고통 속에 몸부림치며 뒹굴다가 흑의인의 장난스러운 발길질에 머리가 으스러져 날아가 버리고 말았다.

그녀는 지저분한 흙탕물이 흐르는 하수구에 엎드려 이 모든 것을 다 바라보았다.

머리에선 이 모든 상황들이 헝클어져 맴돌았고, 너무나도 강한 충격에 그녀는 혼절하고 말았다.

그리고 정신을 잃었다 깨어났을 때는 이미 모든 것이 끝나 있었다.

철저하게 타버려 잿더미가 되어버린 자신의 집과 한 줌의 고깃덩이가 되어버린 가족들의 시신 앞에서 그녀는 오열을 터뜨려야 했다.

그리고 천지신명에게 자신의 몸뚱이를 팔아서라도 복수할 것을 맹세했다.

그때부터 고통의 연속이었다.

그녀가 무엇을 알겠는가?

온실 속에서 잘 가꾸어진 화초는 바깥의 공기에 견디어 내지 못하는 법이 아닌가.

그녀는 자신이 얼마나 강호의 비정함에 대해 모르고 있었는지를 깨달았다.

몇 번의 죽음의 위기를 넘겼는지 모른다.

어떤 서러움을 당했는지 아무도 모른다.

길가에서 건달들에게 강간당하고 창녀촌에 팔려 갈 뻔했을 때도 있었고, 산적에게 쫓겨 절벽에서 굴러 떨어졌을 때도 있었으며, 배가 고파 개가 먹던 고기 조각을 빼앗아 먹을 때도 있었다.

그러나 그녀는 울지 않았다. 한 번 울면 그대로 무너져 죽어버릴 것만 같았다.

그녀는 이를 악물었다. 세상 누구를 죽인다고 해도 자신만은 살아남아야만 했기 때문이다.

복수를 하기 전에는 그녀의 목숨과 몸뚱이는 그녀의 몸이 아니었다.

그렇게 떠돌아다니던 중 그녀는 만한루에 대해 이야기를

듣게 되었고, 자신이 했던 맹세를 떠올리며 갈 길을 정했다.

그리고 지금 이곳에 서 있는 것이다.

작은 방 안이었다.

특별한 장식도, 가구도 없는 방의 유일한 장식이라곤 벽에 걸린 싸구려 족자(簇子)가 다였고, 가구라고 해봐야 가운데 놓인 탁자와 의자가 전부였다.

그리고 어디서 주워 왔는지 모를 한 십 년은 쓴 듯한 양탄자가 하나 있었다.

하지만 그곳엔 왠지 모를 아늑함이 어려 있었다. 고향의 집에 돌아온 편안함이라고 해야 할 그런 아늑함.

벽에 난 작은 창에서는 비가 그쳤는지 손바닥만 한 저녁 햇살이 새어 들어왔다.

탁자에 기댄 그녀는 지난 십오 일 간을 잊고 평안한 얼굴로 잠이 들어있었다.

어머니의 모태(母胎)인 양 편안함이 밀려왔고, 바닥의 낡은 양탄자의 털은 마치 아버지의 수염인 양 까칠한 감촉으로 와 닿았다.

그녀의 눈에서는 어느새 누구도 모를 눈물이 배어 나오고 있었다.

꿈에서 헤어진 가족이라도 만나고 있는 것인가?

그런 그녀를 언제부터인가 한 쌍의 눈동자가 쳐다보고 있었으니…….

사마천인은 그녀가 주루에 들어서는 순간부터 알고 있었다.

그녀의 가문이 멸문당한 것은 십오 일 전의 일이었고, 워낙에 많은 일이 일어나는 강호인지라 사람들의 뇌리에서는 이미 지워져버린 옛 일이었지만, 사마천인 그만은 그녀가 나타나는 순간, 그 사실을 기억해내었다.

그런데 아니나 다를까?

흑포인들 셋이 나타나 그녀를 죽이려 하는 것이 아닌가?

'그들 셋은 예전 마교 절기인 철인마극(鐵人魔戟)을 시전했다.'

그의 눈은 진주영을 바라보고 있었다.

그러나 그의 생각은 다른 곳을 향하고 있었다.

'마교의 부활인가? 골치 아프게 되었군.'

어느 샌가 떠오른 달빛이 은은히 새어 들어와 잠들어 있는 그녀를 감싸안고 있었다.

밤공기가 차서 그런지 진주영은 잔뜩 웅크리고 있었다.

그런 그녀가 측은해 보였을까?

사마천인은 자신의 웃옷을 벗어 그녀의 어깨를 감싸주고 창문으로 새어 들어오는 달빛을 막아 주었다.

옷이 닿는 느낌에 잠깐 움찔했던 그녀는 다시 깊은 잠의 나락으로 빠져들었고, 그녀의 눈가에 매달려 있던 눈물은 탁자

위에 떨어져 내렸다.

*　*　*

무적신권 당궤.

그에 관한 일화는 셀 수 없이 많았다.

당궤가 십오 세에 권법을 수련하러 산에 올라갔다가 호랑이를 만나, 단 일 권(一拳)으로 황소만한 호랑이를 때려잡은 이야기는 권과 장(掌)을 수련하는 사람들에게는 하나의 신화였다.

들리는 소문에 의하면 그 호랑이는 전신에 온전한 뼈가 하나도 없었다고 했다. 그의 일 권에 모두 으스러져 가루가 되어 버린 것이다.

그런데도 호랑이의 외형에는 긁힌 상처 하나 없었다고 하니, 당궤의 권이 얼마만한 경지에 올라있는지 가히 짐작이 가고도 남지 않겠는가.

그 후 그는 외호 대신 무적신권이라는 호칭으로 불리고 있었다. 그의 손에 걸리면 거석이 모래가 되었고, 모래는 먼지가 되었다.

또한 그의 일 권에 쓰러져간 무수히 많은 인물들 역시 다 셀 수조차 없을 정도로 많았다.

그는 가히 권계(拳界)에 군림한다 할 수 있었다.

그런데 어느 날 그에게 한 장의 쪽지가 날아들었다.

당궤가 오래간만에 야외에서 애첩이 내어온 용정차를 음미하고 있을 때였다.

휘익!

허공을 가르며 당궤의 미간을 향해 무언가가 날아오는 것이 아닌가?

서늘한 기운, 그것은 분명 살기였다.

갑작스런 암습에 위기감을 느낀 당궤는 그대로 몸을 굴리며 그 물체를 피했다.

당시에는 막 눈이 녹아 땅이 질퍽했다. 당연히 그는 새로 차려 입은 비단옷을 염려할 틈이 없었고, 옷은 질퍽한 눈과 흙덩이들이 묻어 크게 더럽혀졌다.

그런데 막상 날아온 물체는 다름 아닌 작은 나뭇가지가 아닌가?

나뭇가지는 바람결에 날리는 먼지처럼 힘없이 날아와 그가 마시던 찻잔에 떨어졌고, 수선을 떨었던 당궤는 애첩과 하인들 앞에서 낭패를 보았다.

그 나뭇가지의 끝에는 한 장의 종이가 매어있었는데 거기에는 이렇게 쓰여 있었다.

〈당궤나리.

당신의 주먹이 대단하다는 소리를 들었소이다.

다음 달 보름, 당신을 찾아가 일 장을 겨루고 싶소. 부디 응해 주시기 바라오.

홍화객.〉

이는 아무리 좋게 보아도 선전포고가 분명했다.

이에 당궤는 분통을 터뜨렸고, 그는 그 종이쪽지를 던져버렸다. 자신이 애첩 앞에서 추태를 부렸다는 사실에 분노한 것이다.

그러나 그런 성급한 분노로 인해 당궤는 한 가지를 간과하고 말았다.

당시 그가 있던 자리는 몸을 숨길만한 장소가 없었음에도 불구하고 홍화객이 다가와 그에게 나뭇가지를 던졌다는 것, 게다가 그런 자가 있다는 것을 알아챌 수 없었다는 것은 이미 홍화객의 무공이 무시해도 좋을 정도의 무공은 아니라는 것을 의미하고 있었다.

당궤는 어떤 상황인지도 모른 채 호기롭게 소리쳤다.

"좋다. 네놈이 누군지 모르나 진정 간이 부은 놈임에는 틀림없구나! 네가 그렇게 원한다면 받아준다. 하지만 너의 목숨은 책임 질 수 없다."

＊　＊　＊

넓은 정원이었다.

사람 하나쯤은 어느 곳에 숨어 있어도 찾기가 힘들 정도로 넓고도 훌륭하게 손질이 되어 있는 정원이었다.

마치 꽃으로 만든 동산이 하늘과 맞닿을 것처럼 펼쳐진 곳에 한 사나이가 서 있었다.

문천(文天) 우문성.

그의 손끝에는 전지도(前支刀)가 들려 있었고, 그의 앞에는 동백나무가 한 그루 서 있었다.

한쪽 가지가 누렇게 변해 있는 병든 나무였다.

투둑!

그의 전지도가 지나가고 나뭇가지들은 바닥에 떨어져 내렸다.

그의 뒤에는 열 살 정도의 소동이 그동안 정원을 손보면서 모은 것인 한아름의 나뭇가지들을 두 손으로 꼭 끌어안고 있었다.

"소하야."

"예. 스승님."

"병든 가지는 애초에 베어버려야 하는 법이다."

"예?"

소동은 천진한 눈으로 고개를 갸웃거리며 스승의 갑작스러운 말에 의아해했다.

"나무 하나를 전부 버릴 수는 없는 일이 아니냐?"

"네에……?"

그래도 소하는 어떤 뜻으로 우문성이 그런 말을 하는지 알 수 없었다. 단지 뭔가 심오한 말을 하나보다라고 생각했을 뿐이었다.

우문성은 동편 하늘을 바라보았다.

한 줄기 소슬바람이 정원을 휩쓸고 지나갔다.

"아니다. 바람이 차구나. 이만 들어가자."

"예, 스승님."

"이젠 가을이 얼마 남지 않았군. 음……!"

수많은 상념이 우문성을 괴롭히고 있었다.

그리고 그가 가지를 자른 동백나무는 그 생기를 더하고 있었다.

그러나 정원에서 풍기는 이 기이한 기운은 결코 생기만이 아니었다.

이는 살기가 분명했다.

우문성!

이자를 주목해야 할 것이다.

금세 이십여 일이 지나 보름이 다가왔다.

시간이 여삼추와 같다고 하는 말은 결코 그냥 생겨난 말이 아닌 것이다.

운명의 화살은 누구에게로 돌아갈 것인가?

당대 최고의 권왕과 당대 최고의 자객의 대결로 사람들의 이목이 주목되고 있었다.

천우산(天宇山).

하늘의 처마 끝이라 불릴 만큼 험하고 또한 높이가 이루 헤아릴 수조차 없을 정도로 높아 천우산이라는 말이 붙을 정도로 기골장대(氣骨壯大)한 산이었다.

취룡곡(聚龍谷) 천룡폭포(天龍瀑布).

용이 모인다고 하는 그 이름 그대로 이곳저곳이 다 용이 솟아오르는 듯한 절경을 이루고 있는 폭포였다.

웅대한 물결이 지축을 뒤흔들 정도로 떨어져 내리고 있었다.

그곳에 언제부턴가 기골이 장대하고 눈망울이 투박한 장년인 한 명이 서 있었다.

천하명인이 이곳에 조각이라도 해 놓은 것일까?

언제나 그 자리에 서 있었던 듯한 그 모습은 용의 머리를 뚫고 나온 뿔처럼 강해 보였다.

그 기운이 험한 산세에도 꿇림이 없으며, 천룡폭의 굉음에도 흔들림이 없었다.

대자연에 맞서도 일점 뒤지지 않는 기세를 지닌, 그 안에 자연의 준엄함을 내포한 바로 그가 무적신권 당궤였다.

그의 굳건한 두 주먹은 어느 누구라도 쓰러뜨릴 수 있을 정도로 강해 보였다.

그런 그가 지금 누구를 기다리는 것일까?

"이제까지 나오지 못하는 것을 보니 겁먹었나보군."

당궤의 나직한 울림성이 천룡폭을 진동하자마자 왼쪽 숲속에서 한 사나이가 걸어 나왔다.

"하하하하! 무슨 그런 섭섭한 말씀입니까?"

당궤의 눈에서는 이채가 흘러나왔다.

홍화객, 그는 당궤가 상상하던 그런 유의 인간이 아니었다.

'분멍 자객이리 그랬기늘……?'

당궤의 상상을 뒤집어엎어 놓을 만큼 너무도 평범하게 생기지 않았는가?

"생각과는 다른 인상이군."

"미안하오. 다들 그럽디다. 하지만 어쩌겠소? 원판이 이러니. 하하."

당궤는 다소 긴장하고 있었다.

'쉽게 생각하다가는 당한다.'

싱글거리며 다가서는 그를 보면서 알 수 없는 불안감과 함께 묘한 떨림이 전해져왔다.

'자객의 특성을 살려 나를 공격했더라면 더욱 쉬웠을 터인데, 굳이 내 앞에 나서다니……'

거기까지 생각했을 때다.

"마교에 대해 아시오?"

흠칫!

당궤는 자신의 귀를 의심할 만큼 놀랐다.

그만이 아는 사실을 홍화객이 어찌 안단 말인가?

당궤는 자신의 등에서 식은땀이 흘러내리는 것을 느껴야 했다.

'이자가 무엇을 알고 있기에?'

그는 기이한 위기의식에 빠졌다. 이 사실이 다른 사람들에게 알려진다면 파멸은 불을 보듯 자명한 것이다.

자신만이 홀로 이곳에 온 것이 다행이라고 생각되었다. 생각이 거기까지 미치자 그의 기세는 사뭇 달라졌다.

둘만이 아는 일이고, 여차하면 그를 죽이면 되는 일이라는 생각이 그의 불안감을 일소시킨 것이다.

"무슨 말이냐?"

"아니오. 그냥 갑자기 궁금해졌소. 혹시 마교에 대해서 아는지?"

"물론이다."

사마천인은 기이한 표정을 띄우면서 말을 이었다.

"오호, 그래 얼마나 아시오?"

당궤의 눈가에 잔주름이 일었다.

"사교집단이란 건 알고 있다. 누구나 알고 있는 사실이 아닌가? 겨우 그것을 알아보려고 나를 이곳까지 불렀나?"

"하하하. 그럴 리가 있겠소? 단지……."

"단지?"

"한 가지 의문이 들었기 때문이오."

당궤는 굳은 얼굴로 사마천인을 노려보고 있었다. 그가 다음에 무슨 말을 꺼낼 것인지가 심히 염려스러웠다.

그러나 사마천인 역시 마주 보고 있었지만 그와는 다르게 무엇이 즐거운지 웃고 있었다.

"서천 지역에서 무림인도 아닌 한 일족이 몰살하는 사건이 있었소. 당신이 잘 알고 있을 것이란 느낌이 들어서 말이오. 화혼녀 진주영에 대해서도."

"윽!"

당궤의 얼굴이 붉게 물들어가고 있었다.

"싸우러 왔으면 싸워야지. 웬 잔말이 많은가?"

"왜 그렇게 흥분하시오. 천마무림맹 서천 지부장님?"

"뭐, 뭐라고?"

우두두둑!

그는 채 놀람이 가시기도 전에 온몸의 기를 끌어 모으기 시작했다.

어느새 당궤의 두 주먹이 굳게 뭉쳐지며 푸른 기가 넘실거리고 있었다. 당궤의 얼굴에는 필살(必殺)의 각오와 살기가 넘실거리고 있었다. 이렇게 된 이상 그에게 남은 길은 홍화객, 그를 죽이는 일밖에는 없었다.

"당신은 진주영을 넘봐 그 집안을 몰살시키지 않았는가? 흠. 그리고 그것도 모자라 자신의 죄상을 감추기 위해 그녀를 죽이려 하다니!"

사마천인의 목소리에는 살기가 어려 있었다.

그의 말에 당궤의 얼굴은 벌겋게 달아올랐다.

"큭. 죽어라!"

일순 뻗어 나오는 일 권의 강기는 산처럼 사마천인을 향해 뒤덮어왔다.

우르릉~!

엄청난 압력에 의해 주위의 돌들이 밖으로 튕겨져 나가고 있었다.

권기(拳氣)에 격중 당하려는 찰라 사마천인은 좌우로 갈라지는 듯싶더니 사라져버리고, 그 뒤에 놓여 있던 애꿎은 거석만 우수수 먼지로 화해버렸다.

"왜? 자신이 마교인 것이 탄로나 부끄러운가?"

자신의 공격이 실패하자 당궤는 더욱 강공을 펼쳤다.

"거석투공(巨石透功)!"

그의 주먹에서 순간순간 권풍이 휩쓸고 권기가 뻗어 나왔다.

퍼엉!

파직!

연속적인 권기로 취룡곡과 천룡폭포 주변은 바윗덩이들이 자갈덩이로 화해가고 있었다.

그런데 사마천인은 단 일 권도 공격은 하지 않고 신기막측한 보법으로 당궤의 권을 피하고 있었고, 오히려 그의 권의 위력이 떨어지면 뛰어난 언변으로 다시 흥을 돋우어 주기도 하는 게 아닌가!

"허어, 허어."

얼마가 지났을까?

당궤는 지칠 대로 지쳐 숨을 몰아쉬고 있었고, 그의 권도 이미 위력을 잃어가고 있었다.

그러나 사마천인은 그런 그를 비웃기라도 하듯이 전혀 지치지 않은 모습으로 그의 앞에 다소곳이 서 있었다.

"그러고 보니 당신은 밭가는 데는 천부적인 소질을 갖고 있구려!”

미소까지 실실 흘리며 사마천인은 과장된 몸짓으로 주위를 둘러보았다.

그 많던 기암괴석들이 작은 돌멩이가 되어버리고 울퉁불퉁하던 지면이 고르게 펴져 있는 것이 아닌가?

“허억! 주, 죽인다!”

가쁜 숨을 몰아쉬던 그가 갑자기 숨을 고르며 외쳤다.

“으득. 죽인다. 천마파천권(天魔破天拳)!”

아마도 세인이 이 광경을 목격했다면 열이면 열, 모두 탈혼(脫魂)했을 것이다.

―천마파천권.

마교 십대 절기의 말석을 차지하고 있다.

그러나 말석이라고 우습게 본다면 큰 오산이다. 수를 셀 수 없을 정도로 많은 무공들 중에서 십 위라는 것은 녹록한 것이 아니었다.

천마파천권은 광마(狂魔)의 절기로 이 절기 하나로 인해 무려 이천여 명이 넘는 목숨이 세상과 이별을 했다.

광마는 어린 시절 충격으로 반절은 광인이고 반은 정상인이었다.

그는 시간에 따라 수시로 변하는 괴상한 성격을 지니고 있어 그가 하는 행동은 괴이하기 짝이 없었다.

강아지 한 마리를 가지고 어린아이처럼 좋아하며 뒹굴다가도 어느 순간에는 그 강아지를 갈기갈기 찢어 놓는 종잡을 수 없는 사람이었다.

그런 그가 어떻게 된 일인지 패도적인 무공을 하나 익히게 되었다.

그 이름이 바로 천마파천권이었다.

어디에서 배웠는지, 스승은 누구인지, 알려지지 않았지만 그 위력만큼은 세상에 널리 알려져 있었다.

그가 가는 길은 혈로였고, 그가 발을 딛는 순간 혈해(血海)가 되었다. 시산혈해(屍山血海)란 말은 바로 그 순간을 위해서 탄생한 말일 것이다.

그로 인해 그는 사람들의 뇌리에 공포라는 이름으로 각인되어 버렸다.

그는 생전에 이런 말을 했다.

"크하하하! 어느 누가 나와 대적 할 수 있으랴. 내 주먹은 신이라도 가를 수 있다!"

사람들은 그의 말을 결코 광오하다 할 수 없었다.

"그렇지! 나는 이것을 찾고 있었다."

엄청난 강기의 벽이 밀려오고 있었고, 느리게 다가오는 강기는 깊은 골을 파며 사마천인의 앞으로 달려오고 있었다.

콰아아아아아아앙~!

무서운 소리와 함께 주위의 돌들이 회오리바람에 빨려 들었다.

피하더라도 조금만 늦으면 절대 절명의 순간, 그러나 사마천인은 마치 그것을 기다렸다는 듯이 앞으로 달려나가고 있었다.

"벽력권(霹靂拳)! 천뢰(天雷)!"

순간 사마천인의 두 주먹에서 밝은 빛이 터져 나왔다.

그리고 일순간 당궤가 시전한 천마파천권의 권기에 묻혀버렸다.

퍼펑~ 콰앙!

압력의 폭풍에 의해 천우산이 흔들리는 듯 보였다.

회백색의 먼지가 푸석푸석 일었다가 산야에 낮게 깔렸다.

그때 어디선가 불어오는 바람에 먼지가 서서히 걷히더니 이내 두 사람의 그림자가 모습을 드러냈다.

두 사람 모두 자신들의 가슴팍에서 한 사발이나 되는 피를 쏟고 있었다.

"그, 그것이 무슨 권인가?"

"벽력권이오."

"대단…… 하군."

당궤는 말을 채 끝맺지도 못한 채 거산(巨山)이 무너지듯이 쓰러져 버렸다.

광마에게는 비사가 하나 있었다.

벽력권은 삼백 년 전 인물인 벽력대제(霹靂大帝) 소양춘이 만든 권공(拳功)으로 당시 일세를 풍미했던 기인이었다.

특히 마교의 창시자였던 마천태자(魔天太子) 조양소와의 대결에서 사용했던 권으로 천여 합의 싸움 도중 벽력대제의 반 초 차이 승으로 끝이 났다.

그러나 세인들에게 훗날 전해지기를 그 싸움이 끝난 후 하나의 바위산이 사라지고 그 자리에 평야가 생겼다는 것이었다.

훗날 마천태자는 이렇게 말했다 한다.

"벽력제일가의 사람을 만나면 훗날을 노려라! 반드시 패할 테니까."

그 정도로 마교에서도 인정하던 권법이었다.

어쨌든 무적신권이라 호칭되며 당대를 풍미(風靡)하던 마인 당궤익 칙후는 이처럼 매우 초라했다.

그리고 그의 옆에는 붉은 손수건 한 장이 엽전 일 문에 꽂혀 나부끼고 있었다.

＊　＊　＊

"그것이 끝인가?"

"그렇소."

천태랑은 만면에 미소를 띠고 있었다.

"그래."

그의 얼굴에 비친 미소는 승자의 미소였다.

마치 자신이 원하는 것을 얻었을 때의 어린아이가 짓는 미소처럼 천진함마저 묻어 나왔다.

"그런데 나는 한 가지 궁금증이 더 생겼다."

"무엇이오?"

"너는 새벽 첫 닭이 울기 전 나를 죽이겠다고 했다."

이렇게 말을 하는 천태랑의 얼굴은 방금 전과는 다르게 싸늘하게 식어 있었다.

"그런데 너는 나에게 잡혀 있다."

"그렇소."

"그럼 나를 어떻게 죽일 수 있단 말이냐?"

"할 수 있소."

사마천인의 말이 끝나기도 전에 천태랑을 뒤에서 호위하고 서 있던 선천비와 무휘의 눈가가 일순 꿈틀거렸다.

그러나 그런 그들을 바라보면서도 사마천인은 싱글거리고 있었다.

천태랑은 또 다시 호기심이 발작하여 사마천인을 향해 물었다.

죽음을 당할 수도 있는 상황에서 이렇듯 태연한 것은 천잠사와 선천비, 무휘에 대한 믿음이 사마천인의 말보다 컸던 탓이었다.

"흐흘, 천잠사가 너를 묶고 있는데 어찌 풀겠다는 것이냐?"

"천잠사라, 이 줄의 효용을 아시오?"

"알다마다. 어떠한 내가공력으로도 끊을 수 없고, 탄력을 갖고 있어 축골공으로도 빠져 나올 수 없는 것이 아니냐?"

"그렇소. 그런 효용 때문에 고수나 중요 인물을 포박할 때 이 천잠사를 많이 사용하곤 하지."

사마천인의 입가에 알 수 없는 미소가 피어났다.

"하지만! 나는 이 천잠사를 풀 수 있소."

일순 천태랑을 비롯한 선천비와 무휘의 눈에 수많은 의문이 피어올랐다.

"호, 어떻게?"

이 순간까지도 천태랑은 느긋했다.

"들어 봤을지 모르겠소. 저 먼 나라 서역에는 요가라는 정신무(正身武)가 있다오."

"요가?"

"그렇소. 어떠한 상태에서도 자신의 정신을 하나로 모을 수 있으니, 이런 것은 식은 죽 먹기보다도 쉽지."

순간, 무릎을 꿇고 있던 사마천인이 자리를 박차고 일어서며 뒤로 묶여 있던 두 팔을 한 바퀴 빙글 돌려 앞으로 모았다. 그리고는 두 손을 맞잡고 천잠사를 풀어버렸다.

"이, 이런!"

"제길!"

순간 정신이 번쩍 든 선천비와 무휘가 합공을 펼쳤다.

선천비의 쌍장에선 반야대장력(般若大掌力)이 시전되어 사마천인의 가슴을 향해 날아갔다.

섬전이라 불릴만한 속력으로 무섭게 쏘아가는 선천비의 뒤에는 무휘가 신검합일의 신법으로 천월검성 냉야월의 비전지기인 천뇌야참(天雷夜斬)을 시전하면서 사마천인의 목을 노리고 쏘아갔다.

그들 개개인만으로도 일류 고수의 반열에 들 수 있을 터이니, 둘이 함께 한 합격술이 능히 태산을 꺾을만한 위력을 담고 있음은 말할 필요도 없을 것이다.

그들의 기세가 막 사마천인의 몸에 격중 되려는 찰라, 사마천인의 입에서 벽력같은 소리가 터져 나왔다.

"하이앗!"

그의 몸에서는 웅후한 빛과 함께 천수대장력(千手大掌力)의 인자결(印字結)이 터져 나왔다.

쾅~ 우르릉!

동굴이 무너져 내리는 것 같은 소리가 들리더니, 곧이어 뭔가 떨어져 내리는 소리가 천극관을 울렸다.

한철로 이루어진 벽이 들썩거리며 먼지가 자욱이 쏟아져 내렸다. 잠깐의 시간이 지난 후, 먼지가 가라앉자 그곳에는 두 구의 시신이 있었다.

"아! 아!"

천태랑은 너무도 놀라운 무위에 말을 잇지 못한 채 죽어 넘어진 두 수하들만 하염없이 내려다보고 있었고, 그의 입에서는 경악성만이 터져 나왔다.

"이제 당신 차례요. 마교 제일 자금, 아니 천마무림맹 대내 총관 나리!"

이 말을 들은 천태랑의 얼굴이 벌개 지며 뭐라 말을 하려 했지만, 이미 그의 목구멍으로는 자신의 수하였던 무휘가 지녔던 검이 들어와 그의 몸과 머리를 분리하고 있었다.

"억…… 컥!"

인제 그의 미리를 베어 들었는지 사마천인의 손에는 핏물이 흘러넘치고 있는 천태랑의 거대한 머리가 들려 있었고, 그의 입에서는 뜻 모를 소리가 흘러나오고 있었다.

"이제, 무황 남태천, 기다려라."

금귀라 불리며 평생 돈을 모으기 위해 보내야 했던 천태랑은 사십오 세의 나이로 그 한 많은 생을 끝냈다.

자신이 그동안 벌어들인 돈을, 죽어서조차 감지 못한 부릅

뜬 두 눈으로 노려보며 싸늘히 식어가고 있었다.

중원 최고 거부의 최후였다.

이때 멀리서 여명을 알리는 수탉의 우렁찬 울음소리가 들려오고 있었다.

＊　＊　＊

"아!"

주루 안에서 청년의 말을 귀담아 듣던 사람들의 입에서 낮은 탄성이 터져 나왔다.

청년은 무슨 생각을 하는지 사람들을 한 차례 둘러보고는 어깨를 으쓱하더니 술을 한 잔 들이켰다.

노화자는 입술에 침이 마르는 듯 입술을 핥으며 물었다.

"그런데 동생, 홍화객이란 자는 어떻게 무공을 익혔길래 그렇게 고강할 수 있단 말인가?"

"아! 그렇군요. 그가 어떤 사나이라는 것은 어느 정도 눈치를 채셨을 것입니다. 혹시, 살수탑이란 곳을 알고 계십니까?"

"살수탑?"

노화자는 경악성을 터뜨렸다.

놀란 건 노화자만이 아니었다. 객잔 안의 사람들이 웅성거리기 시작했다.

"자, 자네. 살수탑이라고 했는가?"

청년은 묵묵히 고개를 끄덕였다.

"물론, 잘 알고 있네. 암, 불과 백 년 전까지만 해도 그들의 위명을 모르는 자가 없을 정도였지 않은가? 이 중원은 물론 저 멀리 대막이나 사해에까지 알려져 있었지."

살수탑(殺手塔).

그들의 역사는 권력이란 것이 생겨나면서부터이다.

권력에는 늘 보이지 않는 암투와 그에 따른 위험에 대비해야만 했다. 필요에 따라서는 상대의 목을 쳐야만 할 때도 있는 법이다.

그러기 위해서는 살수가 필요했다.

그래서 하나둘 생기기 시작한 것이, 당금에 이르러서는 전 중원에 천여 곳이 넘는 살수단체가 생기고, 세외에서 흘러든 특수한 무리들까지 더하면 그 수를 파악하기 힘들 정도였다.

그런데 인제부턴가 그들 살수에게 보이지 않는 그림자가 어렸다.

아무리 조그만 단체라도 우두머리는 필요한 법이다.

살수라고 다르지 않았다. 만약 이들에게 명령 체계가 존재하지 않는다면 이들은 자멸하고 말 것이다.

다른 것보다도 살행(殺行)에는 단결과 무조건적인 믿음이 절대적으로 필요하다. 그렇지 않다면 살업(殺業)을 실행할 수 없는 법이고, 실행한다 해도 대부분이 실패로 끝나는 것이 자명한 일이기 때문이다.

암흑을 지배하는 제황들의 모임, 그 탑이 어느 곳에 존재하고 있는지는 알려져 있지 않았다. 그러나 살수라면 자신이 알던 모르던 그 살수탑에 의해 움직여지고 있었다.

그들은 보이지 않은 그림자처럼 권력자들의 도구 노릇을 하며 암중에 활동해 왔다. 중원의 역사 역시 권력자들이 아닌 그들이 만들었다고 해야 옳을 것이다.

그들은 자신들의 의지와 철저한 이익에 따라 최고의 권력에 기생충처럼 붙어 생존해 왔고, 그 권력의 힘을 지키며 이용해 왔다.

그들은 본능처럼 피를 그리워했으며, 그들은 자신들의 이익을 위해 난세를 만들어왔다.

영원히 사라지지 않을 그림자라 여겨졌던 자들, 그러나 그들은 어느 순간에 모습을 감춰버렸다.

혹자들은 그들이 권력의 암투로 인해 자멸했다고도 하고, 어떤 이는 천자의 힘에 의해서 사라져 버렸다고도 했다.

이제 세월은 많이 흘러 그들은 잊혀져 버렸지만, 아직도 그들이 중원에 뿌려 놓은 그림자는 걷히지 않고 있었고, 다른 형태지만 그들의 살업 역시 끝나지 않은 것으로 사람들은 믿고 있었다.

"그렇습니다. 제법 자세히 아시는군요. 그들은 백여 년 전 갑자기 사라져 버렸기에 많은 의혹을 남겼습니다."

"그럼 홍화객이 그 살수탑의 살수인가?"

노화자의 음성은 은은하게 떨리고 있었다.

"그렇습니다. 그는 그 살수탑의 마지막 생존자이며, 마지막 탑주였습니다."

"아!"

주루 안의 사람들 사이에서 또 다시 작은 소요가 일었다.

만약 이곳에 무림인이 있었다면 이 정도의 소요가 아니었을 것이다. 아마도 대단한 난리가 일어났을 것이다.

"그럼, 그 살수탑은 어떻게 된 것인가?"

"후후후. 그들은 배반을 당했습니다. 권력을 옹호한 필연적인 결과였지요. 그들은 태조(太祖) 홍무제를 도와 당금 명을 세웠습니다. 물론 그 모습을 드러내지는 않았습니다. 그러나 그들이 명을 세우려는 홍무제를 위해 많은 일을 한 것은 사실입니다. 아니, 그 말로는 부족한 감이 있군요. 원을 물리치기 위해 살수탑의 정예 삼천을 잃었으니까요. 그런 그들을 홍무제는 자신이 권력을 잡자마자 배반해버렸습니다."

"그런데 왜 그 살수탑은 무너지게 된 것인가? 홍무제는 왜 일등공신인 살수탑을 그렇게 없애버렸지?"

청년은 목이 타는 듯 시원스럽게 술을 한 잔 마시더니, 회상하듯 그의 눈은 창밖을 향했다.

"겁이 났던 것입니다. 그들의 잠재력에 대해서 말이죠. 자신이 권력을 잡자마자 살수탑이 자신의 권력에 위협이 된다고 생각한 겁니다. 그래서 그들을 모두 없애버리기로 작정을 했습니다."

청년이 말을 이어가자 주루 안은 숨소리조차 들리지 않았다.

* * *

"황상. 모든 것이 준비되었습니다."

구룡포(九龍袍)를 입은 사나이가 계곡 아래 서 있는 거대한 석탑을 바라보고 서 있었다.

검은빛의 탑은 산그늘에 가리어져 달빛이 닿지 않고 있었다.

그 모습은 몹시도 기분 나쁜 형상이어서 보는 이의 마음을 좋지 않게 할뿐만 아니라 사악함마저도 깃들여 있는 것처럼 보였다.

"무창. 내가 어떻게 이 대륙을 일통(一統)시켰다고 생각하는가?"

"예?"

"사람들은 말하지. 나를 지독한 기회주의자라고 말이야. 나의 모든 것이 백련교의 힘에 의해서 이루어진 것으로 알고 있지만, 살수탑의 저들이 없었다면 아마도 오 할의 가능성도 보이지 않았을 것이네. 저들이 있어 지금의 내가 있는 것이지. 그대는 궁금하지 않은가? 그런데 내가 왜 저들을 치려는가 하는 것이 말이네."

"무엇이옵니까?"

태조는 두 손을 꼭 쥐고 있었다.

그의 두 손은 비록 육안으로 확인하기 힘들 정도였지만 떨리고 있었다.

"나는 그들이 두렵네. 저들은 천 년의 중원 역사와 함께 살아남았고, 앞으로도 없어지지 않을 것이라 믿네. 자네는 모르지. 저들의 잔혹성과 그 철저함을 말이네."

태조는 두 눈을 꼭 감고 있었다.

자신의 마음을 진정시키려는 듯 두 손을 가슴에까지 끌어올려 마주 잡고 있었다.

철의 황제라 알려진 그가 이토록 두려워하는 대상이라니, 무창은 이해가 되지 않았다.

삼만의 군사를 단 일만으로 막아낼 때도 그는 당당했었다.

"나는 지금에도 떨림이 멈추지 않고 있다네. 저들을 치기로 마음먹은 순간부터 떨리기 시작했지. 지금 저들 오백을 치기 위해 나는 일만의 정예무사들을 사방에 풀어놓았네. 자네는 웃을지 모르네. 어찌 저들 오백을 향해 이렇게 많은 장수들을 불러 놓았는가 하고 말일세. 그러나 그렇지가 않아. 나는 지금 백만 대군으로 이곳을 둘러쌓고 싶다네. 조금만 여유가 있었다고 한다면 말이네. 저 변방에 자리한 군사들이라도 불러들여서 말이야."

무창은 장검을 땅에 짚고 조용히 서서 읍을 하고 있었다.

"저들은 오만하지. 그들에게는 하늘도 없네, 이 대지마저도 안중에 두지 않아. 그런데 황제를 안중에 두겠는가? 자네는 신중에 신중을 기하게. 저들은 모두 없어져야 한다네. 황실의 백년대계(百年大計)를 위해서는 말이야."

"예, 알겠습니다."

황제의 눈은 시종 살수탑에 고정되어 떠나지 않았다. 그의 얼굴에는 은은한 두려움이 떠나지 않고 있었다.

그 시각, 태조와는 반대로 하늘의 달을 바라보고 있는 한 사나이가 있었다.

그는 서른 정도의 사내로 그 나이에 비해 너무도 침착한 눈빛을 지니고 있었다.

"탑주. 일만의 군사가 성의 외각 기문진 부근에서 포위하고 서 있습니다. 어서 결정을 내리셔야 합니다."

사내의 뒤에는 육순의 노인이 엎드려 애절한 목소리로 재촉하고 있었다.

그러나 탑주라 불리는 사나이는 그저 묵묵히 하늘만을 바라보고 서 있었다.

"천노."

"예."

"자네는 저 하늘의 달을 두 손으로 가릴 수가 있겠는가?"

순간 천노의 몸은 움찔했다.

"나는 누구보다도 주원장을 잘 알지. 이 세상의 그 누구보다도 말일세. 내 이미 이렇게 되리라는 것을 짐작하고 있었는지도 모르네. 아니, 알고 있었다고 해야 정확하겠지. 자네는 내가 왜 갑자기 우리 정예들을 중원의 각처에 분산시켜 놓았고, 삼단을 해외로 돌려놓았는지 아는가?"

"무슨 말씀이신지?"

천노의 눈은 이해할 수 없다고 말하고 있었다.

"오늘 우리는 이곳에서 죽어야 한다네. 너무 하내지는 마시게. 나로서도 어렵게 결정한 일이니. 우리의 죽음으로 우리 형제들의 목숨은 구할 수 있으니 얼마나 다행한 일인가. 그렇지 않은가?"

"……!"

사내는 하늘을 바라보며 허허로운 웃음을 터뜨렸다.

"오늘따라 유난히 하늘이 밝으이."

천노로서는 황망한 일이 아닐 수 없었다. 그런데도 탑주는 모든 것을 포기한 듯 하늘만 바라보니 뭐라 더 말을 하겠는가? 그러나 천노는 한 가지 걸리는 것이 있었다.

"탑주, 그렇다면 소공자님은 어찌 하시렵니까?"

"그 아이는 지금쯤 삼백 리 밖으로 피신해 있을 것이네. 허허. 나는 후일 그 아이가 우리의 복수를 해줄 것이라 믿고 있네만, 마음 한구석에서 그 아이가 그저 평범하게 살아주었으면 싶기도 하다네. 아버지 된 마음으로 그 아이가 편하게 살기를 바라네만 어디 세상이 그리 놔두겠는가? 죽을 고비도 많이 넘기게 되겠지. 못난 마음이지만 내 아이가 불쌍하네 그려. 허허허……."

"탑주……."

천노는 그의 말을 듣고 바닥에 쓰러지듯 꿇어앉았다. 주군의 아픔과 근심을 헤아리지 못했던 자신이 원망스럽고 부끄러웠다.

"달빛 하늘에 가득하고, 한 조각 구름에 근심은 쌓여간다. 술잔에 달빛을 받아 가득 채우고 가슴은 한 잔 술로 적시니, 만천하를 호령한들 이보다 기쁠손가."

사내는 한 잔의 술을 높이 들어 시를 읊고는 입 안에 쏟아 넣었다.

"허허허. 자네도 한 잔 하시려는가?"

이때 그들이 서 있는 머리 위로 한 대의 화전(火箭)이 천공을 가르며 솟아올랐다.

쾅! 콰르릉~!

멀리서 폭약 터지는 소리와 함성소리가 들려왔다.

"이렇게 허망한 것을 어찌 그렇게 버둥대며 살아왔는지……. 허허, 인간사 정말 공수래공수거로다."

사내는 씁쓸한 미소와 함께 한 잔의 술을 다시 털어 넣고는 탑 아래 개미 떼처럼 몰려드는 사람들을 바라보고 있었다.

"내게 검을 주게. 술에 취했으니 이제는 죽음에 취해봐야 하지 않겠는가?"

천노는 장검을 가져다 사내에게 바쳤다. 그의 눈에는 어느새 눈물이 흐르고 있었고, 그것은 마를 새 없이 떨어져 내렸다.

자신이 죽는 것 따위는 두렵지 않았다.

그러나 자신의 앞에 서 있는 이 사내, 신이라 여기며 목숨마저도 아끼지 않던 사내가 동지들을 살리기 위해 죽음을 결심 한 것이 안타까울 뿐이었다.

사내는 다시 한 잔의 술을 마시고는 술잔에 다시 한 잔의 술을 따라 창가에 내려놓았다.

"한때 동지였던 원장이 이곳에서 이 술잔을 발견했으면 좋겠구만. 아마도 이 한 잔으로 저들의 피 값을 감당하기는 부족하겠지만 말이네. 운명인 것이야. 그래 운명으로 치부해야 겠어……."

사내는 검 집을 벗겨 술잔 옆에 세워놓았다.

그러고는 유령처럼 빠져나가 몰려드는 군졸들 속으로 뛰어 들었다.

군졸들은 삽시간에 그를 에워쌌다.

그러나 그 개미 떼 같은 적의 틈에서 사내는 자신의 자리를 고수하며 적들을 베어갔다. 그 모습은 아수라, 싸움을 위하여 탄생한 신, 아수라의 모습이었다.

그렇게 얼마의 시간이 흘렀을까?

베고, 찌르고, 긋고, 많은 움직임과 함께 많은 군졸들이 죽어갔지만, 어느 틈엔가 그의 몸에도 상처가 하나 둘 생겨나기 시작했다.

살수 탑주를 호위하던 사내들 역시 자신의 목숨을 돌보지는 않았지만, 오백 대 만 명이란 것은 중과부적이었다.

천노는 그렇게 밀리는 중에서도 앞으로 앞으로 나아갔다. 이제 그에게 목숨이란 더 이상 미련을 둘만한 것이 못 되었다.

"내 평생에 이토록 통쾌하게 싸우다 죽게 될 줄은 몰랐다. 하하하. 탑주님! 내가 죽거든 지옥에서 술 한 잔 나눠주시구 려. 내 옥황상제의 목이라도 비틀라면 비틀어 드릴 테니."

천노는 미친 듯이 전장을 헤집고 다녔다.

누군가를 찾기 위해, 자신들을 배반한 반역자 그를 찾기 위해, 자신의 살이 갈라지고 뼈가 부러지는 것을 느끼지 못한 듯 미친 듯이 돌아다녔다.

그러다가 언덕 위에 서 있는 한 사내, 구룡포의 사내를 발견했다.

"크하하하. 드디어 찾았구나! 내 너만은 용서하지 않으려 한다. 가자, 나와 같이 가자!"

천노는 미친 듯이 언덕 위로 달려 올라갔다. 하지만 그의 앞을 가로막는 오백여 군사들은 필사적이었다.

"주군을 보호해라."

"황제폐하의 안전을 지켜라!"

베고 또 베었다.

그러나 끝이 보이지 않았고, 이미 지칠 대로 지치고 상처투성이인 몸으로는 더 이상 버텨낼 수가 없었다.

그는 주원장과 겨우 열 걸음을 남겨두고 그대로 쓰러져버렸다.

희미해지는 의식 속에서 주원장의 얼굴이 어른거렸고, 이내 천노의 뇌리에서 주원장의 얼굴은 지워질 수밖에 없었다.

밤은 그렇게 깊어가고 있었다.

＊　＊　＊

"그렇게 된 것입니다. 그날 밤 이 지상에서 살수탑은 사라져 버렸습니다. 태조는 그 계곡에 수천 관의 폭약을 터뜨려 일시에 살수탑을 땅 속으로 묻어버렸습니다. 그리고 그 후 중원에서 활동하던 살수탑의 살수들은 모두 자취를 감춰버렸던 것입니다. 물론 지금은 많은 살수들이 생겨나 활동을 하고 있지만 당시 몇 년간 살수는 그림자도 볼 수가 없었습니다. 이것만 보아도 사람들은 살수들이 돈으로 목숨을 사는 천한 자들이라고 생각하는 것이 편견임을 알 수 있지요. 오히려 그들의 의리가 저 권력을 쥐고 자기만 살겠다고 하는 자들보다 낫지 않습니까?"

청년은 연거푸 술잔을 기울이더니 얼굴이 발그스레해졌다. 이제야 술기운이 오르는 듯 보였다.

"그럼 홍화객이 백 살 정도의 노마두란 말인가?"

"그건 아닙니다. 홍화객이 활동한 것은 그 뒤로 오십 년이 지난 후였습니다. 그러나 그의 나이는 스물일곱 정도였습니다."

"그럼?"

노화자는 그의 말을 이해할 수 없다는 듯이 갸웃거렸다.

"그럼 탑에서 탈출한 소공자는 어떻게 된 것인가?"

"그가 바로 홍화객의 부친입니다."

"아~!"

주루 안의 모든 사람들은 이미 청년의 말재간에 빠져있었다. 단지 주인만이 그 청년의 말에 관심이 없는 듯 의자에 기대어 꾸벅꾸벅 졸고 있을 뿐이었다.

파리들이 주루 안을 왱왱거리며 날아다니고 있었다.

"허허. 그럼 왜 홍화객의 부친이 직접 원한을 갚지 않았는가?"

노화자는 그래도 이해가 가지 않는 게 많았다.

"그것은 다름이 아닌 태조 때문이었습니다. 태조는 살수탑의 그 누구도 살아남는 것을 원치 않았기 때문입니다. 그래서 천하에 널린 살수들을 모두 죽이라 했고, 또한 살수탑에서 도망친 이들이나 살아남은 생존자들을 찾아 죽이기 시작했던 것입니다. 그랬으니 함부로 움직일 수는 없는 노릇이었을 것입니다."

"그랬었군, 그래서 한때 실종자들이 그렇게 무수히 많았던 것이었어. 그런데 왜 홍화객은 그렇게 마교 인물들을 증오했는가?"

청년은 묵묵히 고개를 끄덕였다. 생각이 어디까지 미쳤는지 그의 목소리는 조금 가라앉아 있었다.

"흠. 좀 더 깊이 파고 들어가자면, 그것에도 더 커다란 비밀이 숨어 있습니다. 그렇게 할 수밖에 없었던 것이지요. 그 모든 것은 하나의 원흉으로 귀결됩니다. 어쩌면 마교도 피해자인지……."

그러고는 숨을 한 번 돌리더니, 분위기를 쇄신하려는 듯 밝은 목소리로 말을 이었다.

"아! 얘기가 빗나갔군요. 그럼 다시 홍화객의 이야기로 돌아가겠습니다. 홍화객이 그렇게 마교를 미워하며 살인을 한 것에는 다 그럴만한 이유가 있었습니다. 그것은 바로 그가 한 여인을 사랑하게 되었기 때문입니다."

제3장

사랑 앞에서

거대한 광장을 연상케 하는 대전이었다. 어찌나 큰지 천 명은 누울 수 있어 보였다. 하지만 주위가 전부 어두컴컴하고 눅눅한 것이 음침해서 암전(暗殿)이라고 해야 옳을 듯싶었다. 지하에 자리하고 있기 때문일 것이다.

이곳은 한 점의 밝은 빛조차도 허락되지 않고 있었다. 단지 군데군데에서 피어오르고 있는 마화(魔火)만이 암전을 흐릿하게 비추고 있었다. 그리고 흐릿한 빛 속에서 보이는 거대한 석단(石壇), 그 위에 놓인 족히 삼 인은 앉을 수 있을 것 같은 거대한 의자에 한 사나이가 앉아 있었다.

이때 그의 앞에 누군가가 한 줄기 바람처럼 홀연히 나타나 부복을 했다.

"총령님, 중원 곳곳에 숨어 있던 우리 지부들이 하나씩 발각되어 누군가에 의해 파해 되어가고 있습니다.”

그러자 영원히 움직이지 않을 듯이 보이던 총령이라 불리는 사나이가 입을 열었다.

“그래. 어르신은 어떤 말씀을 하시더냐?”

“아무 연락 없으셨습니다.”

“흠.”

잠시 철벽같은 침묵이 흘렀다.

“흉수는?”

“예! 홍화객이라 불리는 강호 살수라고 합니다.”

“음! 살수라. 그래, 다음 목표 예상자는?”

“저, 그것이…….”

부복한 자의 입에서 난감한 듯한 목소리가 흘러나왔다.

“환인(煥人), 말하라.”

“저! 말씀드리기 죄송스러우나, 무황 남태천으로 예상되고 있습니다.”

일순 총령의 눈살이 찌푸려지는 듯싶더니, 그마저 바람 앞에 촛불처럼 금세 사라져버렸다.

“흠! 그래, 홍화객이라는 자를 조사해 봐라.”

“예!”

말을 마친 환인은 나타났을 때처럼 바람처럼 사라져버렸다.

"흠! 홍화객이라⋯⋯."

그는 또 다른 상념에 빠져 있었고, 다시 대전은 무거운 침묵만이 내려앉았다.

* * *

맑은 냇물이 길게 뻗친 산길을 수레는 한가롭게 달린다.
저 물도 내 맘을 아는가.
황혼 녘 새들도 나와 함께 가는가.
황성은 옛 나루터랑 가깝고
석양은 가을 산을 물들였네.
나 멀리 숭산까지 왔으니 예서 문 닫고 지낼거나.

왕유(王維)의 〈숭산(嵩山)에 와〉라는 시로 잠시 속세를 벗어나 숭산으로 돌아간 작자의 희열과 실연의 애통한 등의 감정을 드러내고 있다.

숭산은 하남성(河南省) 등봉현(登封縣) 북쪽에 자리 잡고 있고, 숭산 소실봉 밑자락에 자리 잡은 소림사로 인해 그 이름이 널리 알려져 있다.

소림사는 중국 불문의 발생지로 달마조사가 남천축국(南天竺國)에서 건너와 무술과 선종을 전파하여 그 위명을 날렸다.

멀리 소림사가 보이는 소실봉, 그 봉우리 끝에 한 사나이가 소림사를 내려다보고 있었다.

그 사나이는 호랑이의 눈과 사자의 몸, 그리고 승천하는 듯한 용의 기세를 갖고 있었다.

무황 남태천.

그가 왜 이곳에 서 있는가?

그러나 그는 고뇌의 표정을 한 채 소림을 노려보며 서 있었다.

'뭇 사람들은 내가 화려한 인생을 살아온 줄 알고 있다.'

우울함이 그의 얼굴에 떠올랐다.

무엇이 무황의 얼굴에 우울한 그늘을 만들고 있는가?

'그러나 사람들은 모를 것이다. 부친이 없는 나에게 가해졌던 모진 핍박과 무시, 그리고 처녀의 몸으로 나를 출산해야 했던 어머니가 받아야 했던 그 천대. 누가 알겠는가? 소위 백도인들이라 포장된 사람들의 그 위선을 감히 누가 알 수 있겠는가? 나는 증오한다. 이 세상을, 아니 인간을! 나는 이 세상을 철저히 피로 씻으리라. 철저히!'

아니, 이것이 무슨 말인가?

그가 자신의 외가에, 아니 백도무림에 갖고 있는 이 증오는 무엇인가?

그가 드러내고 있는 것은 단순한 적의가 아니었다. 소림을 바라보고 있는 그의 눈은 싸늘히 식어 있었다.

"흠."

그리고 그의 신영(身影)은 일순 무서운 속도로 소림을 향해 쏘아져갔다.

왠지 모를 서글픈 눈빛을 뒤로 한 채.

＊　＊　＊

붉게 물든 하늘이 펼쳐진 그 아래에 역시 붉은 장미들이 살랑살랑 흔들리는 드넓은 화원이 있었다.

그 한쪽 끝에 한 폭의 그림 같이 서 있는 한 여인이 보였다. 타는 듯 붉은 장미와 어우러져 있으면서도, 순결하고 성결해 보이는 이 여인. 그녀의 가냘픈 허리 뒤로 흘러내린 긴 머릿결이 그녀의 창백미를 더해주고 있었고, 그녀의 가녀린 손은 장미의 가지 끝을 조심스레 어루만지고 있었다.

그리고 그녀를 바라보고 있는 한 사나이가 있었다.

"주영, 공기가 차갑소."

주영, 화혼녀(華婚女) 진주영이란 말인가?

"장미가 아름다워요. 하지만 이들에게도 죽음이 있겠지요. 부토(腐土)가 되어 썩어버리겠죠. 사람들의 발에 혹은 짐승의 발길에 채이며…….."

그녀의 눈가에 작은 이슬이 맺혔다.

사마천인은 그녀에게 다가서면서 말을 이었다.

"그렇소! 아마도 그렇게 되겠지. 하지만 꽃잎은 그렇게 끝나겠지만 줄기와 뿌리는 남아 있잖소. 꽃잎은 썩어 훌륭한 거름이 되고, 다음 해에는 더욱 생생하고 아름다운 꽃을 피우게 되는 것이오."

"하지만, 아!"

꽃을 어루만지다 가시를 건드려 진주영의 새하얀 옥수에서는 빨간 피가 새어나오고 있었다.

사마천인은 망설임 없이 그녀의 생채기를 핥아주었다. 그리곤 그녀의 눈을 보는 순간 그는 알 수 없는 기이한 충격을 받았다.

그가 지금 느끼고 있는 건 너무도 생소한 것이었다.

무릇 사랑의 감정이란 형식이나 절차가 필요하지 않는 법이라고 했다.

이것을 사랑이라고 할 수 있을까?

그는 그녀에게 일어난 일을 알고 그녀를 연민의 감정으로 바라보게 되었다.

그리고 얼마 후 그의 감정은 연민에서 사랑이 되어버렸다.

"나, 나는……."

"아무 말도 하지 마세요."

진주영은 붉게 물든 얼굴을 하고 도망가듯이 후원으로 사라져버렸다.

사마천인의 눈은 그녀에게서 떨어질 줄을 몰랐다.

'알아요. 당신의 마음, 하지만…… 하지만, 저는 당신과 사랑 할 수 없는 여자랍니다. 이제는 세상에 남아 있는 것 자체가 부담스러운 그런 여자랍니다. 부디 제게 더 이상 세상에 남아 있을만한 이유를 만들어주지 마세요. 제발, 당신을 사랑하게 되는 것이 두렵습니다. 너무나도 더러운 여자이기 때문입니다. 이 몸이…….'

싸늘한 바람이 정원을 덮고 있었고, 그것이 정원 중간에 서 있는 사마천인의 가슴을 더욱 무겁게 누르고 있었다.

님이시여,

나의 사랑하는 님이시여, 이제는 잊으려 해도 잊을 수 없는 세상에 하나뿐인 님이시여.

당신을 기다리는 마음이 고통이 되어 나의 가슴을 예리하게 도리고 있습니다.

님이시여,

내가 죽어 한 줌의 흙이 되고

넋이 구천 지옥 끝에 떨어져 내릴지라도 잊지 못할 님이시여…….

제게 흐르는 내 눈물을 정녕 닦아주실 수는 없습니까?

당신에게 제가 바라는 단 하나의 소망은

그대 곁에 서고, 그대를 바라 볼 수 있게 되는 것입니다.

천하를 원하는 것도,

절대를 바라는 것도 아닙니다.

단지, 당신을 가리고 있는 안개가 걷히고,

당신을 뒤덮은 먹구름이 사라지기를 바랄 뿐입니다.

님이시여,

아픔을 간직한 당신의 마음을 위해 내가 해줄 수 있는 것은 단 한마디는 오직 당신만을 사랑합니다.

마음이 어째서 이토록 산란한지 자신도 알 수 없었다.

왜라는 질문을 해봐도 아무런 답도 나오지 않았다.

그저 계속되는 그리움과 알 수 없는 서러움이 가슴 가득히 차올라 이제는 어찌 해야 할 바를 모르고 있었다.

"흠……."

사마천인은 무거운 발걸음을 떼고 있었다. 그녀가 사라진 곳을 향해서. 그의 발걸음은 무거웠다. 마치 천근추를 시전하고 있는 듯.

그러나 그 스스로도 그녀의 뒤를 쫓는 자신을 이해 할 수 없었다.

"크!"

차가운 술이 목 줄기를 타고 넘어가자 조금 정신이 맑아지는 것을 느낄 수 있었다.

"모두 없애주세요. 그렇게 한다면 이 쓸모없는 몸뚱이나마 당신에게 드리겠어요."

사마천인은 진주영이 했던 이 말이 아직도 그의 귓가에 울리는 것이었다. 그녀를 처음 만난 다음 날, 오랜만의 휴식에서 깨어난 그녀는 그렇게 말했었다.

그로서는 그녀의 말이 약간 우스웠으나 애처로워 보이는 그녀의 부탁을 그대로 묵살할 수도 없는 노릇이었다. 그렇게 처음에는 동정으로 시작한 일이었다. 그녀의 부탁을 들어주기로 한 것은.

그녀가 복수를 하기 위해 걸어온 그 길들이 너무나도 애처로워서 그녀가 만족할 정도로만 부탁을 들어줄 생각이었다.

그러나 한 사람을 죽이고, 두 사람을 죽이고…….

그때마다 보이던 그녀의 눈물과 가녀리게 떨리는 몸짓은 시간이 지날수록 그에게 다른 의미로 다가왔다.

시시각각 그의 눈에 각인되어 오는 그녀를 위해 그는 미친 듯이 살인을 했다.

아니, 어쩌면 자신의 아버지에 대한 복수도 하지 못하는 그가 그녀로 인해 울분을 토하듯이 살인을 해대고 있는 것이었다.

그리고 그녀에게 점점 빠져들고 있는 자신의 감정을 깨달았다.

그에게 그녀는 늪과도 같았다.

도망하려고 몸부림치면 몸부림칠수록 더욱 빠져드는 거대한 늪과도 같았다.

우지직~!

그의 손에 들려있던 술잔이 모래알처럼 부서져 내렸다.

그는 지금 이 비참하면서도 주체할 수 없을 정도로 혼란스러운 기분을 억누를 수 없었다.

사마천인은 눈을 감았다.

어린 시절의 일이 환영처럼 눈앞에 일어났다.

＊　＊　＊

사마제위, 그는 얼마나 많은 시각을 쫓겨 다녀야 했는지 몰랐다. 때론 정체를 알 수 없는 자들이, 때론 황궁의 자들이, 그들 부자의 목숨을 노리며 항시 뒤쫓고 있었기 때문이었다.

그러던 어느 날이었다.

"사마제위, 그만 검을 버려라. 왜 죽음을 재촉하는가?"

다섯 명의 사내들이 상처투성이의 사내를 골목 한쪽에 몰아세우고는 검을 들이대고 있었다.

상대의 수가 너무 많았고, 자신의 상처도 많았지만, 그럼에도 사마제위라 불리는 사나이는 조금도 굴하지 않고 있었다.

사마제위의 등에는 약 십이삼 세 정도의 소년이 매달려 있었다. 사마제위는 소년이 등에서 떨어지지 않게 끈을 이용해 자신의 몸에 동여매 놓았다.

"어떤가? 이제는 포기하시겠는가?"

사마제위의 눈은 그들을 향해 있지 않았다. 그들의 존재를 무시하듯 그는 아들에게로 고개를 돌렸다.

다섯 명의 사람들은 눈을 꿈틀거리면서 사마제위를 포위하여 반원을 그리면서 그를 향해 서서히 다가서고 있었다.

"아들아! 무섭느냐?"

소년은 고개를 저었다.

"하하하하. 그래야지. 과연 내 아들이구나. 저따위 오합지졸들 앞에서 떤다면 나 사마제위의 아들 될 자격이 없지. 거정하지 말거라. 내 일거에 저 파리들을 치워주겠다."

사마제위는 검을 자신의 발끝으로 늘어뜨렸다.

"와라!"

그의 벼락같은 소리에 그를 포위하고 다가서던 사나이들이 순간 움찔했다.

"제 스스로 무덤을 파다니, 어리석은…… 죽여라!"

오 인의 사나이들은 완벽하게 방위를 차단하면서 사마제위를 향해 검을 겨누어왔다.

그들은 동창위들로 궁중무술을 시전하고 있었다.

궁중무술은 다수로 소수를 상대하는 것에서부터 소수로 다수를 사용하는 것 등, 중원 각 대문파의 비전지기들을 흡수해 독창적으로 만들어져 그 위세가 나는 새라도 떨어뜨릴 듯했다.

거기에 철저하게 살인을 하게 훈련되어 있어, 그들의 손속에는 조금의 양보나 자비도 들어있지 않았다.

횡~!

대감도가 아슬아슬하게 사마제위의 눈앞을 스쳐 지나갔다.

"아직 멀었다."

사마제위는 이를 악물고 방위를 밟으며 몸을 교묘히 틀더니 상대들의 무릎을 노리며 자세를 낮췄다.

그러자 무사들은 벽력 같이 소리를 지르며 장작 패듯 검을 위에서 아래로 내리쳐왔다.

"흠! 어림없다."

사마제위는 몸을 회전시키며 상대들의 무릎을 노려갔고, 그들은 자신의 무릎을 잃지 않으려고 몸을 공중으로 띄우며 피할 수밖에 없었다.

사마제위는 그 틈을 노려 몸을 굴려 그들의 공격권 내에서 벗어나려 했다.

그러나 그의 등 뒤에 매달린 어린아이 때문에 그것조차 여의치 않았다.

그래서 한 팔을 의지해 몸을 회전시켜 그들의 진세를 흩트리려고 하는데, 동창위 중 한 무사가 사마제위의 등 뒤를 박도(朴刀)로 내리쳐왔다.

사마제위는 서늘한 기운과 함께 등골에 식은땀이 흘렀다.

등에는 아들이 묶여 있지 않은가?

사마제위는 진기를 끌어올릴 사이도 없이 몸을 일으켜, 검을 들어 그 사내의 도를 막아갔다.

창~!

묵직한 기운이 손바닥에 일었다. 손바닥 전체를 울리는 통증에 사마제위는 손에 들린 검을 떨어뜨릴 뻔했다.

"크윽."

사마제위는 그 충격으로 한 걸음 물러섰다.

그러나 내려치는 사내의 힘이 워낙 강했고, 너무나도 창졸간에 일어난 일이라 그 도를 막는데도 허점이 있어, 도는 사마제위의 어깨를 파고들어 갔다.

"하앗!"

상대는 기압과 함께 도를 힘껏 내려 그어 사마제위의 팔을 몸통에서 떼어버리려고 했다.

그러나 사마제위는 재빨리 검을 밀어내며 상대방의 손목을 베어갔고, 상대는 더 이상 버티지 못하고 일 보를 물러섰다.

자신의 손을 감싸 쥔 채 물러선 그자의 흉측한 비명소리가 듣는 이의 가슴을 섬뜩하게 했다.

그러나 사마제위의 어깨에 박힌 도를 뽑아 갈 수는 없었다.

사마제위는 그 여세를 몰아쳐 상대의 목을 베어갔다.

상대는 움직이지도 못할 듯이 보이는 사내가 갑자기 자신을 노려오자 긴장을 풀고 있다 다급히 두 손을 휘저으며 막으려 했다.

그러나 검을 맨 손으로는 막을 수 없었다.

사내는 더욱 허둥대다 쓰러졌고, 사마제위의 검은 그 사내의 목을 향해 발출되었다.

사내의 목숨은 풍전등화(風前燈火).

촤앙~~!

이때 옆의 사내가 그의 검을 막았다.

그리고 다른 삼 인 역시 일시에 검과 도를 휘둘러 사마제위를 노려왔고, 사마제위는 다시 일 보를 물러서 벽에 기대야 했다.

동창위들 중 우두머리인 듯 보이는 사내가 소리쳤다.

"저자를 놓치면 우리가 추궁을 받게 된다. 수단을 가리지 마라!"

그러자 잠시 물러 서 있던 위사들이 일정한 진세를 이루며 사마제위를 둘러쌌다.

그들은 일 검에 사마제위의 몸을 양단 하려는 듯 목과 가슴 등에 요혈을 노리며 쳐왔다.

파앙~!

파바박~!

챵~!

촤좌쫭~!

"크윽"

사마제위의 몸에서는 쉴 새 없이 선혈이 솟구쳤지만 지혈은 꿈도 꿀 수 없을 만큼 상황은 급박했다.

순간순간이 매서운 공격으로 이어졌다.

상대의 공세는 더욱 거세어졌고, 사마제위는 거친 숨을 몰아쉬며 간신히 그 순간순간을 넘기고 있었다.

"허어, 허어!"

이미 정신까지 혼미해지고 있는 사마제위는 더 이상 버틸 만한 여유가 없었다.

동창위들은 회심의 미소를 지으면서 마지막 일격을 가하기 위하여 모여들었다.

그때 그들 뒤로 몇 개의 그림자들이 내려섰다.

우지직~!

끄르륵!

"크어어억."

수채 구멍에서 물 빠지는 소리가 들리며 동창위들 중 한 사
내가 목이 부러져 그냥 풀썩 쓰러졌다.

"흥! 황궁의 쥐새끼들."

사람 서넛을 뭉쳐놓은 듯 보이는 거인이었다. 그 사내의 옆
으로 두 명의 사내들이 서 있었다.

걸인처럼 더러운 베옷을 입고 등에는 헝겊으로 싼 길쭉한
막대를 들고 있는 사내와 이미 환갑을 넘긴 듯 보이는 사내가
서 있었다. 이 나이 많은 사내는 무엇이 좋은지 계속 싱글거
리며 웃고 있었다.

"모두 죽여주마!"

거인은 다시 일 수를 휘둘렀다.

"켈켈켈. 내 몫도 있어야지."

"더러운 놈들."

삼 인이 움직이자 동창위들은 마치 허수아비 같았다.

그들의 움직임을 다 파악할 사이도 없이 동창위들은 그 자
리에 쓰러져 내렸다. 삼 인의 일 수에 그들은 쓰러지기 바빴
다.

"웨, 웬놈들이냐?"

"웬놈이라니……. 어르신이다!"

"크악!"

거지 차림의 사내가 휘두른 일 검에 두 명의 위사들은 목이 잘려 날아가 버렸다.

거인의 일 수에 한 동창위의 머리가 바스러져 버렸고, 거인은 자신의 손에 묻은 허연 뇌수를 핥으며 웃고 있었다.

"킥!"

늙은 노인은 일 장에 한 사내의 가슴을 으스러뜨려 죽이더니 다시 일 장에 다른 사내의 머리를 으스러뜨려 버렸다.

"소주."

"너무 늦게 도착하였습니다."

다섯 명의 위사들을 차례대로 처치한 세 사나이는 사마제위를 향해 무릎을 꿇었다.

사마제위는 그들을 바라보았다.

"광노. 소평. 호귀!"

그러나 그 순간 사마제위는 다리에 힘이 풀리머 쓰러졌고, 세 사람은 비조처럼 날아 사마제위와 사마천인을 받아들었다.

그리고는 어느 샌가 자취를 감춰버렸다.

소평의 음산한 목소리를 남겨 놓은 채…….

"황제 이놈, 내 친히 너의 모가지를 비틀어 놓고 말겠다! 크하하하하!"

＊　＊　＊

"후우~!"

사마천인의 입에서는 낮은 한숨이 새어나왔다. 복수도 하고 있지 못한 자신을 아버님이 뭐라 하실까 한심스러웠다.

이때 그의 뒤쪽에서 가벼운 발자국 소리가 있었다.

사마천인의 몸은 흠칫했다. 그러나 그는 이미 그 발자국 소리의 주인이 누구인지 알고 있었다.

'그녀다.'

천 명의 적에게 둘러싸였을 때에도 그는 놀라지 않았다. 그 혹독했던 수련과 시련에 맞부딪혀 자살만을 꿈꿔왔을 때에도 적어도 태연을 가장할 수는 있었다.

그런데 그는 그녀의 발자국 소리만 들려도 흠칫 놀라곤 했다. 숨길 수도 없을 만큼 뚜렷한 반응이었다.

'이렇게 한심한 모습이라니……'

뭔가를 그녀에게 말해야겠다고 생각했으나 그가 원하는 말은 나오지 않았다.

"무슨 근심이 있나요?"

"아, 아니오."

사마천인은 자리에서 일어서며 진주영을 바라보았다.

때로는 천 마디의 말보다 하나의 눈빛이 더욱더 큰 감동을 주기도 한다.

사마천인은 조용히 두 눈을 들어 탁자 뒤에 다소곳이 서 있는 진주영의 눈을 바라보았다.

그는 말로 표현 못하는 자신의 심정을 진주영이 자신의 애타는 눈을 통해서라도 알아주었으면 싶었다.

그러나 그녀를 바라보는 순간, 마음먹었던 모든 것은 사라져버렸다. 머릿속에서 수많은 폭죽이 터지는 듯한 충격을 받아버린 것이다.

잘 절제된 몸짓에 삶의 애착이 없는 듯한 진주영의 애처로운 표정이 그의 가슴을 쿵쾅거리게 했다.

한 명의 여인으로 인해 이렇게나 혼란스러워 한다는 것은 철저히 훈련된 자에게서는 있을 수 없는 변화였기에 더욱 놀라움이 컸다.

사마천인이 필사적으로 뭔가를 말하려고 입을 달싹였다.

그때 진주영이 말문을 막았다.

"그렇게 저를 사랑하고 있나요?"

진주영의 물음 뒤로 얼마간의 정적이 흘렀다.

그에게 이 질문은 너무도 뜻밖이었다.

그러나 그는 지금 이 기회를 놓치면 안 된다는 사실을 알고 있었고, 그래서 대답을 하기 위해 필사적이었다. 그러나 그는 대답 한 번이 수십 명의 목숨을 빼앗는 것보다도 힘들다는 사실을 처음으로 알았다.

드디어 그의 입이 열렸다. 그러나 대답을 하는 순간에도 자신은 왜 그녀 앞에 서면 작아지는지 알 수 없었다.

"그렇소."

사마천인은 그녀를 바라볼 수 없었다.

"그렇다면……."

진주영은 자리에서 몸을 일으키며 자신의 허리에 감긴 요대를 풀고는 겉옷을 벗어 바닥에 떨어뜨렸다.

그러자 진주영의 알몸이 적나라하게 드러났다. 여러 개의 곡선과 굴곡이 이어져 있었다. 한 줄기 촛불에 비쳐진 진주영의 알몸은 성스러웠다. 여신이 하강한 듯한 그 아름다움을 무엇으로 표현할 수 있을까?

신의 예술이라 극찬할 수 있을 만큼 완벽한 허리의 곡선, 작은 흠집만 있어도 깨져버릴 듯한 유방, 그리고 투명하리만큼 처연한 얼굴, 그런 그녀의 몸을 자연스럽게 덮고 있는 굽이치는 골짜기의 세류(細流)를 닮은 그녀의 머리카락, 그리고 작은 불빛이 어른거릴 때마다 반짝이는 그녀의 신비지.

자신이 사랑하는 여인이 앞에 발가벗고 서 있는 모습을 대한다면 어느 누구나 느낄 수 있을 것이다. 사마천인은 쥐가 날 정도로 꽉 쥔 손이 은근히 떨리고 있는 것을 느낄 수 있었다.

"저를 가지세요. 당신 뜻대로 하세요."

순간 사마천인의 얼굴이 심각하게 굳어졌다.

"자, 저를 안아 보세요. 그게 당신이 바라는 것 아닌가요?"

진주영은 자신의 양팔을 들어 마치 안아달라는 듯이 다가섰다.

"옷을 걸치시오."

그러나 진주영은 그의 말을 듣지 않았다.

"당신은 바보로군요. 이렇게 좋은 기회도 없는데."

찰싹!

그의 손이 진주영의 얼굴을 후려갈겼고, 진주영의 입에서는 한 줄기 핏물이 새어나왔다.

그는 그런 진주영을 더 이상 볼 수 없다는 듯이 돌아서서 문을 향해 걸어갔다.

진주영은 마치 믿을 수 없다는 얼굴이 되어 돌아서 나가고 있는 그의 뒷모습을 보았다.

"깔깔깔. 병신. 당신은 병신이야! 주는 밥도 떠먹지 못하는 병신. 호호호호!"

진주영의 입에서는 일순 요기스러운 웃음이 터져 나왔다.

문고리를 잡고 밖으로 나가려던 사마천인이 멈칫하며 말했다.

"자기 자신을 함부로 대하지 마시오. 당신이 하는 짓은 어리광에 불과하오. 강해지시오. 당신이 하는 그런 자학이야말로 당신을 더욱 깊은 나락으로 떨어뜨릴 뿐이오. 그대는 살아야 하오. 생이 다하는 날까지……. 그것이 당신을 이렇게 만든 자들에 대한 복수요."

그는 마치 벽을 향해 말하듯 무미건조한 음성으로 말을 마치고는 문을 닫고 나가버렸다.

문은 부서질 듯 닫히며 부르르 떨렸다.

"깔깔깔깔!"

그가 나갈 때까지 미친 듯이 웃고 있던 진주영은 그가 문을 닫고 나가자마자 무너지듯 쓰러져 울음을 터뜨렸다.

"흐흐흐흑……!"

진주영의 몸은 보기 민망할 정도로 처절하게 떨고 있었다.

자신이 사랑하는 남자 앞에서 일순간의 감정에 의해 벌인 추태에 대한 부끄러움인가?

아니면 철저하게 강해질 수 없는 자신에 대한 학대인가?

알 수 없었다. 아마 그녀 자신도 알 수 없었을 것이다.

단지 지금은 이렇게 우는 것만이 그녀가 해야 할 일이고, 할 수 있는 모든 일인 것 같기에 그녀는 하염없이 울었다.

진주영의 슬픔이 무엇인지 안다는 듯 촛불이 일순 부르르 떨었다.

그리고 문 밖에서 그녀의 울음을 듣고 있는 한 사나이가 있었다.

그의 손아귀에 의해 문의 손잡이가 바스러져 나갔다.

＊　＊　＊

백제성의 한편에 자리한 이름 없는 주점.

언제부터인지 모르지만 한 사나이는 앞만을 노려 본 채 쉴 새 없이 술잔을 들이키고 있었다.

미친 자인가?

독하기로 소문난 사천의 죽엽청을 마치 아이가 우유 마시 듯, 아니 물을 찾아 사막을 헤매던 사람이 오아시스를 발견하 고 미친 듯이 물을 마시는 것처럼, 숨 쉴 틈 없이 술을 입에다 쏟아 붓고 있었다.

사마천인이었다.

그는 자신의 마음이 왜 이토록 고통스럽고 괴로운 줄 모르 고 있었다. 아니, 알고 있었지만 모른 척 하고 싶었다.

수십 번의 죽음 속에서조차 살아남은 그였다.

자객 수업을 하기 위해 자신의 목숨을 과감하게 내던졌을 때도 그는 이토록 괴롭지 않았다.

이상이 있고, 기약할만한 미래가 있었으며, 다시 떠오를 내 일의 태양을 꿈꾸었으니까.

살아남으리라는 희망과 복수의 대상이 있었으니까.

그런데 그녀를 만난 후부터는 고통의 연속이었다.

칼로 에이는 듯한 아픔이 가슴에서 지워지지 않고 있었다. 그의 복수심마저도 희미해질 지경이었다.

"우웩!"

쉴 새 없이 마시던 그도 더 이상 참지 못하고 토해버렸다.

그러나 술기운이 가시는 듯하자 그는 또 가슴이 허전해왔다.

"주인장! 술, 술 가져와."

그러자 점소이가 다가서며 말했다.

"저 손님, 밤이 늦었습니다. 이제 그만……."

점소이는 난처한 듯 그의 눈빛을 보았다.

이미 제정신이 아닌 듯한 몸짓이었지만 굶주린 이리의 눈빛처럼 강렬한 빛이 쏟아져 나왔다.

점소이는 자신이 식은땀을 흘리고 있음을 느꼈다.

그의 눈을 피하며 우물쭈물하던 점소이는 그가 황금 한 냥을 바닥에 떨어뜨리는 것을 보았다.

점소이는 다음 순간 정신을 번쩍 차리면서 술 창고로 뛰어갔다. 그의 뇌리 속에 이미 그의 모습은 눈빛이 무서운 손님이 아니었다.

단지 황금 한 냥을 서슴없이 내는 훌륭한 손님일 따름이었다.

돈은 훌륭한 해결사였다.

점소이가 눈썹이 휘날리도록 뛰어가 가져온 술독을 사마천 인은 술독 채 입에 퍼부어 대고 있었다.

마치 술에 원수진 사람인 냥…….

"으음."

"우웩, 우억!"

술에 절어 걸어가던 한 젊은이가 갑자기 벽에다 대고 토사 (吐瀉)를 하고 있었다.

흔치는 않지만 간혹 이런 자들이 있다. 그저 할 일 없이 빈둥거리며 벌건 대낮에 술에 취해 비틀거리는 자들, 뭐 그다지 특이할 만한 일도 아니었다.

그런 모습을 본 사람들은 혀를 차고 있었다.

"에그! 겉보기엔 멀쩡해 보이는 사람이…….'

"젊은 사람이 왜 지런데. 에잉. 쯧쯧쯧!"

지나가는 사람들은 모두 한마디씩 해대고 있었다.

백제성을 잡고 있는 건달패거리가 있었다.

하는 일 없이 빈둥거리는 오 인의 건달패거리들이었다.

강한 자에게는 한없이 비굴하고, 약한 자에게는 한없이 강한 그런 자들이었다.

그들은 스스로 패랑대(覇郞隊)라 칭하고 있었다.

하지만 그들은 백제성 사람들에게는 깡패며 협잡꾼들이었다.

패랑대의 대장격인 왕호는 오늘 기분이 몹시 좋았다.

술 취한 놈이 둘이나 걸려 마음껏 패고 제법 두둑한 돈도 벌 수 있었기 때문이었다.

그런 그에게 또 한 사나이가 걸렸다.

채 자시(子時)도 지나지 않았는데, 또 술이 잔뜩 취한 채 벽에다 대고 토사를 하고 있는 한 사람이 보였다.

그는 재빠르게 동료들과 함께 축 늘어져 있는 그를 메고 어두운 골목으로 끌고 갔다.

"욱!"

패랑대의 오 인은 이 재수 없는 한 사나이를 사정없이 패대기치고 있었다.

끊임없이 복부를 내지르자 사내는 몸 안의 모든 것을 게워낼 듯했다.

"끄윽, 우웩!"

사정없이 맞은 그 사나이가 일어서려고 바둥거리는 순간, 왕호의 천각현퇴(千却玄退)라는 강호에서는 하류에 속하는 각법이 사나이의 턱에 작렬했고, 왕호의 입가에는 자랑스러움이 어렸다.

구석에 널브러져 있는 사내의 가슴을 뒤지던 수하 중 하나가 말했다.

"대장! 이 녀석, 제법 두둑이 갖고 있는데요."

"그래, 그럼 오늘은 이만 해주지."

전대를 바라보며 입이 쫙 찢어진 왕호는 제법 거들먹거리며 선심 쓰듯이 말하고는 골목에서 사라져버렸다.

이때 죽은 듯 쓰러져 있던 사나이가 꿈틀거리다 몸을 돌렸다.

그는 바로 사마천인이었다!

홍화객이라 불리는 천하제일의 살수가 겨우 길거리의 불량배들에게 곤죽이 되도록 맞다니, 아마 누가 들었다면 믿지 못했을 것이다.

"크크크. 재미있는 세상이야."

그의 눈은 하늘을 바라보고 있었다.

"저 하늘의 반만큼이라도 의연할 수 있다면……!"

바다 위에 명월 떠오르니 멀리 계신 님이랑 함께 보리.

님께서 긴 밤이 한스럽고 밤새도록 그리움만 있다더니.

달빛이 애처로워 촛불도 꺼버리고 저고리 걸치니 이슬에 촉촉하다.

저 달 손수 떠다 드리지 못하니 꿈에서나 님 뵈올까.

장구령(張九齡)이라는 시인이 쓴 〈그리움〉이라는 시가 어느 늙은 창기의 목소리와 비파소리에 어우러져 새어나오고 있었다.

창기의 목소리에서는 세월이 가져다주는 서러움과 이미 퇴기가 되어버린 비애가 서려있었다.

아마도 명월(明月)을 바라보며 자신을 한탄하고 있는 것이리라.

그리고 쓰러져 있는 사마천인의 눈에는 한없는 고뇌가 흘러내리고 있었다.

* * *

황궁(皇宮).

자금성(紫禁城)이라는 다른 이름을 갖고 있는 곳이었다.

자금성은 북경의 중심부에 위치하고 있으며, 모두 네 곳의 출구를 가지고 있는데, 천안문(天安門), 동화문(東和門), 서화문(西和門), 신무문(神武門)으로 사방을 점해 배치되어 있는데, 이 중 천안문이 바로 황궁의 대문이었다.

황궁은 구천여 칸의 방과 삼천여 칸의 전각, 누각들로 이루어져 있고, 영화전, 홍향전 등 궁인들과 황족들, 그리고 후궁이 기거하는 전각 등이 있다.

황궁의 삼대전각으로는 태화전(太和殿), 중화전(中和殿), 보화전(保和殿)으로 황궁의 중심부에 자리하고 있다.

태화전(太和殿).

민간에서는 금란전이라 부르며 황궁의 정 중앙에 자리하고 있는데, 이곳은 봉천전이라는 이름과 황극전이라는 이름으로도 불렸다.

이곳에서는 황궁에서 가장 중요한 의식인 황제의 등극이나 황제의 생일, 설, 동지의 행사와 명절 경축행사들을 하기도 한다.

태화전은 황궁에서 가장 웅장한 건축이며, 또한 중원에서 제일 큰 목조전당이다.

태화전은 천안문의 뒤쪽에 자리해 있고, 천안문과 태화전 사이에는 화려한 석재물로 장식되어져 있다.

중화전(中和殿).

태화전의 뒤쪽에 자리한 고궁으로서 이곳은 황제가 정사를 돌보러 태화전으로 나갈 때 휴식하며 내각 내부와 시위집사들을 배알하는 곳이다.

이곳에서 황제는 황태후의 휘호를 정하거나 각종 큰 의식을 거행할 때마다 여기에서 상주서와 축사를 심열한다.

보화전(保和殿).

중화전의 뒤쪽에 자리한 궁전으로 주로 명절이나 조촐한

주연을 여는 곳이다.

이곳에서는 여러 중신들과 황궁 귀족, 장안의 문무대신들을 불러 주연을 열거나 시화를 나누기도 하는 곳이다.

그러나 겉으로는 평화로운 이 황궁은 무수한 암투와 권력을 향한 자들의 처절한 혈투가 벌어지는 곳이었다.

권력무상(權力無常)이라는 말을 하고 죽은 황제가 있지만 그래도 야심가들에게 권력은 꿈이자 희망인 것이다.

그래서 황궁은 더욱 신비하고도 은밀한 곳이었다.

만상의 최고 일좌(一座)를 차지하고 있는 전 중국 대륙을 통치하는 황제가 살고 있는 곳인 황궁의 깊숙한 곳, 구중천(九重天)의 태자전(太子殿)에도 한 줄기 달빛은 새어 들어오고 있었다.

태자전은 당금을 통치하는 최고의 지위자가 기거하고 있는 곳이었다.

그 주위로는 열 겹, 스무 겹의 매복과 잠행인들이 깔려 있었고, 기관진식이 거미줄처럼 얽혀 있어, 나는 새라도 함부로 들어 설 수 없는 그런 곳이었다.

만력제(萬曆帝) 주익균.

그는 자리에 정좌를 하고 앉아 검을 닦고 있었다. 명주 천으로 검 날을 세밀히 닦아 내려갔다.

그의 모습은 문사이나 기세는 무사의 것이었다.

그는 달빛에 검을 들어 검의 날 하나하나를 세밀하게 살피다 입을 열었다.

"천위."

그의 입에서 잔잔한 음성이 흘러나왔다.

"옛! 황상."

무복(武服)을 입은 한 사내가 천장과 바닥의 중간 부분에서 떨어지듯이 나타나 부복했다.

동창(東廠), 본시 황궁에는 동창과 서창(西廠)으로 나뉘는 사조직이 있다.

동창은 대내적으로 황제의 경호와 황족의 보호를 위해서만 존재하는 특수조직이다. 그들은 반란자들을 물색하고 황제를 비밀리에 호위하는 것을 주 업무로 하고 있다.

그 중 동창위는 동창을 관리하는 우두머리로 황제의 명 외에는 어느 누구의 명도 받지 않는다.

서창은 대외적으로 활동하는 조직으로 주로 해외의 침략 방지를 위해, 혹은 정세를 살피기 위해 숨어 있는 자들이다.

이 외에 영반이나 금군, 그리고 호위대 등이 있고 화포대, 기갑대, 전차대, 전병대 등이 황제의 명에 움직이는 공적인 조직으로 세상에 알려져 있다.

"그들의 동태는?"

"아직이옵니다. 그러나 곧 그들이 어둠 속에서 모습을 드러낼 것 같습니다."

주익균은 조용히 말했다. 그러나 그 목소리에는 거부할 수 없는 힘이 담겨있었다.

"천명단(天命團)을 무림에 출두시켜라. 은밀히!"

"존명(尊命)."

대답을 마친 천위는 가볍게 예를 올린 후 바닥으로 꺼지듯이 사라져버렸다. 마치 눈사람이 녹아 사라지듯이 스르르 꺼져버렸다.

"바람이 일고 있다. 풍랑을 예견하는……."

구름에 갇힌 달은 나올 줄을 모르고 있었다.

* * *

"아, 아, 아……."

사마천인은 술에 잔뜩 절어 들어왔다. 밤을 꼬박 새우고 정오가 되어서야 들어올 수 있었다.

그것도 여기저기 먼지와 그다지 대단치는 않았지만 상처가 가득한 몸을 이끌고 이제야 겨우 돌아온 것이다.

그런 그가 보아야만 했던 것은 도저히 믿을 수 없는 광경이었다. 아니, 믿고 싶지 않다고 해야 옳을 것이다.

끝없는 나락으로 떨어지고 있는 듯한 자신을 바로 세우려고 아무리 몸부림을 쳐도 몸이 말을 듣지 않았다.

"아, 아……!"

단지 뜻을 알 수 없는 소리만 내지르며 두 손을 허우적거릴 뿐이었다.

이대로 자신도 죽어가고 있는 것인가 하는 생각이 들었다. 그렇지 않다면 왜 이다지도 발걸음이 무겁게 느껴지는 것인가.

일 장의 거리가 너무도 멀었다. 믿을 수 없는, 믿고 싶지 않은 광경이 일 장 앞에 펼쳐져 있었다.

싸늘한 주검이 되어버린 진주영, 그녀가 그곳에 누워 있었다.

"안 돼, 안 돼!"

그는 극렬하게 외치고 있었지만, 어느 누가 들어 줄 수 있단 말인가?

아무도 없었다.

그는 자신의 유일한 혈육이었던 아버지가 세상을 떠날 때도, 자신을 낳은 어머니가 이미 이 세상 사람이 아니란 것을 알았을 때에도 이토록 고통스럽지는 않았다.

그러나 그는 이 순간 죽음을 떠올려 보았다.

차갑게 식어버린 그녀의 시신을 보며 자신도 같이 그곳에 누워있고 싶었다.

그의 눈에서는 아까부터 눈물이 쏟아졌고, 그 눈물은 진주영의 옷을 적셔갔다.

세상에 태어나 이렇게 많이 울어본 적이 있을까?

그의 이런 마음을 아는지 모르는지, 진주영의 몸은 그의 흐느낌에 같이 떨릴 뿐이었다.

그리고 그녀의 모습은 결코 고통스러워 보이지 않았다. 아주 평온해 보였다.

생의 모든 고통을 잊어버린 듯이…….

언제였던가?

처음 그녀의 부탁을 받고, 그녀를 위한 첫 살인을 하고 돌아오던 날이었을 것이다.

밤을 하얗게 지새운 듯 처연한 모습으로 자신을 기다리던 진주영은 창틈으로 들어오는 햇살에 먼지처럼 부서질 것 같이 보이기도 했었다.

왠지 금방 사라질 것만 같은 그녀의 모습에 처음 조급함을 느꼈었다.

그리고 일의 성공 여부를 제쳐두고 그의 상처를 보자 놀라서 뛰어오던 모습, 떨리는 손으로 피가 조금 내비치는 그의 팔에 손수건을 감아주던 그 모습, 미안한 마음이 가득한 얼굴 표정을 어찌 잊을 수 있을까?

그때 이미 사마천인은 그녀를 사랑해버린 것 같았다.

그녀의 그런 모습에 떨리는 가슴이 처음에는 무엇인지도

몰라 당황한 그였지만 이제 확실히 알 수 있었다.

"주영. 난 그때부터 이미⋯⋯."

항상 슬픈 모습이었던 그녀, 그것은 그에게는 아픔이었고, 그에게 새로운 소망 하나를 가지게 했었다.

"내가 보고 싶었던 건 당신의 정말 밝은 웃음 하나였는데, 그 소원이 그토록 컸단 말이오? 왜 당신은 나에게 마지막 희망까지도 빼앗아 가는 것이오. 왜!"

그는 오열했다. 그녀가 미웠다. 자신의 마음도 다 헤아리지 못한 채, 삶의 희망까지 꺾어버리고 도망가 버린 그녀가 너무도 미웠다.

"왜 이런 바보 같은 선택을 하느냔 말이오. 주영. 흑흑, 당신의 미소가 보고 싶소. 주영⋯⋯."

사마천인의 외침이 들렸던 것일까?

항상 불안해하고 고통스러워하던 진주영의 얼굴은 지금 너무도 평온해 보였다.

비록 시퍼렇게 마른 입술이었지만 미소를 짓고 있는 것처럼 보이기까지 했다.

"주영. 알겠소. 당신을 편하게 해주겠소."

사마천인은 그녀를 안아들었다.

비가 내리고 있다.

추적추적 내리는 비가 대지를 감싸안으면서 뿌연 물안개를 피어오르게 하고 있었고, 주위를 더욱 음산하게 만들고 있었다.

그리고 한 사나이가 지금 이곳에 서 있었다.

차가운 겨울비가 온몸을 적시고 있었지만 그는 한 점의 미동도 하지 않고 그의 앞에 금방 만들어 놓은 듯한 봉분만을 쳐다볼 뿐이었다.

빗방울이 그의 얼굴을 때릴 때마다 그는 칼로 베어내는 듯한 고통을 느꼈다. 그러나 그 느낌마저도 그에게는 고통이 아니었다.

아마도 자신의 살을 한 덩어리씩 베어내도 그는 이 순간 웃을 수 있을 것 같았다.

그러나 빗물인지 눈물인지 모를 물방울들이 그의 얼굴을 타고 계속해서 흘러내리고 있었다.

"사랑하오. 왜 이 말을 미리 하지 못했는지 후회되는구려. 내 처음으로 사랑이란 말을 내 입에 담아보오. 주영, 그곳은 편안하오? 부디 잘 가시오. 나도 언젠가 따라가겠소. 기다려 주겠소?"

그의 말은 너무도 나직했다.

"허허. 어쩐지 술이 한 잔 마시고 싶구나……."

하늘이여,

당신이 나의 모든 것이었던 단 한사람을 빼앗아 갔으므로 제 손에는 한 자루의 철검만이 남았습니다.

당신이 내 앞에 있다면 나는 이 철검을 들어 서슴없이 베어 버렸을 것입니다.

아무것도 갖고 태어나지 못한 나이지만, 오직 그녀만은 나의 것이라 여겼는데.

하늘이여,

당신은 내게 너무나도 소중한 것 하나를 빼앗아 갔습니다.

이렇게 차가운 비를 내려 나의 슬픔을 식히려 하지만…….

불타오르는 분노와 슬픔은 단 한줌도 사그라뜨릴 수 없습니다.

내 눈에 흐르는 눈물은 그녀를 다시 볼 수 없다는 절망감에 의한 것도, 고된 삶을 살아야 했던 그녀가 불쌍해서도 아닙니다.

디시 차기운 흙 속에 누워 잊혀져야 할 그녀가 애처로워 그런 것입니다.

하늘이여…….

이젠, 불쌍한 그녀를 그대에게 보냅니다.

"주영."

사마천인은 떨리는 손을 들어 진주영의 묘비를 한 번 쓰다듬어 보았다.

그 묘비에는 이런 글귀가 씌어있었다.

〈단 한줌의 사랑도 제대로 받아보지 못했던 한 순결한 여인이 이곳에 잠들다.〉

그리곤 무너지듯이 쓰러져버린 사마천인은 통렬하게 그녀의 이름을 외쳐 불렀다.

"주영!"

그의 목소리가 메아리쳐 나갔다.

하늘마저도 그의 슬픔에 동조하듯 겨울비는 더욱 무섭게 쏟아져 내리고 있었다.

* * *

무황 남태천.

그의 손에서 작은 종이 조각 하나가 그가 일으킨 삼매진화에 의해 바스러져 한줌의 먼지가 되었다.

"흠, 드디어 내 차례인가?"

너무도 덤덤한 그의 반응은 그가 무슨 생각을 하고 있는지 모르게 했다. 단지 허공을 응시하는 그의 눈이 투명하게 반짝이고 있었을 뿐.

숭산 소실봉.

태산북두(泰山北斗)라 불리는 소림사가 훤히 내려다보였다.

그리고 한 사나이가 이곳에 서 있었다.

저 아래 내려다보이는 소림사는 그 웅장함을 드러내고 있었다.

수많은 법당(法堂)과 불전(佛殿), 석탑(石塔) 그리고 줄지어 건립되어 있는 법사, 소림사의 규모는 방대하기 이를 데 없었다.

소림사는 당 초엽, 혹은 남북조(南北朝) 시대에 세워졌다고 알려졌다.

달마대사(達磨大師)가 천축에서 선종(禪宗)의 불경을 가지고 소림에 들어옴으로써 소림사는 수천 년 무림사를 영도해 나가는 태산북두격인 존재가 되었다.

면벽구년(面壁九年).

선종을 이끈 달마대사가 토굴에서 구 년이라는 면벽을 하는 동안 마침내 소림무공의 총화라고 할 수 있는 두 권의 기서를 남겼고, 그로 인해 소림은 무의 본산이라는 칭호를 얻게 되었다.

이른바 역근경(易筋經)과 세수경(洗髓經)이 그것이다. 이

두 권의 기서로 인해 소림의 역사는 시작되었다.

천 년이라는 유구한 세월 동안 사십이대(四十二代)의 수많은 고승들이 명멸했으며, 그동안 소림의 무학은 눈부신 발전을 했다.

특히, 소림칠십이비전절예(少林七十二秘傳絶藝)는 달마대사 이래로 소림 최고의 무공으로 손꼽히고 있었다.

그 밖에도 소림에는 세인들의 수많은 무공과 절공비기들이 잠들어 있다고 했다.

실제로 작게 나누면 근 천팔백육십 종의 비학(秘學)이 소림에 있었으니 그야말로 중원무학의 보고라 할 수 있었다.

소림의 역사는 곧 무림의 역사와도 같았다.

불과 수 년 전 마교를 잠재웠던 것 역시 소림이었고, 수많은 전란과 혈세를 겪으면서도 그 자리를 지켜온 소림이었기에 경외감이 이는 것이 당연했다.

소림사의 요지는 소림 오각(少林五閣)으로 불심각(佛心閣), 장경각(藏經閣), 세심각(洗心閣), 법화각(法華閣), 천수각(千手閣)으로 이루어져 있다.

소림 오원(少林五院)으로는 달마원(達磨院), 수계원(授戒院), 계도원(戒導院), 선좌원(禪坐院), 지객원(知客院)이 있다.

소림에서 가장 중요하게 여기는 곳들로 특히 이 오각 오원(五閣五院)은 전 선대의 장로들과 현 장문인과 동배의 대사들이 관장한다.

그 밖에도 삼전(三殿)과 팔당(八堂), 삼십육방(三十六房)이 있는데 모두 소림에서 손꼽히는 고수들이 관장을 하고 있었다.

특히 삼전 중 나한전(羅漢殿)은 소림사의 중들이 무학을 익히는 곳으로, 그 유명한 소림백팔나한대진(少林百八羅漢大陣)이 이곳의 주력이다.

이렇듯 장엄무비한 소림사를 과연 누가 있어 넘볼 수 있을 것인가?

소림의 역사는 끝없이 되풀이되는 승들의 불경소리에서부터 시작되었다.

그러한 소림사를 남태천은 오만하게 내려다보고 있었다. 팔짱을 끼고 세상을 오시한 채, 마치 자신이 천자라도 된 듯한 약간의 교만함이 남태천을 더욱 빛나게 했다.

지금 이곳엔 무황 남태천과 삼 인의 선승들이 있었다. 그들은 하얗게 서리 내린 눈썹과 수염을 단정히 내리고 결가부좌를 한 채였다.

반안(半眼)의 모습을 하고 있고, 비록 다 떨어진 법의(法衣)를 몸에 걸치고 있었지만 그들의 모습은 우화등선한 신선의 그것이었다.

탈속한 모습, 무심무념무아(無心無念無我)한 마치 갓 태어난 어린아이를 보는 듯한 표정이었지만, 그들에게서 은연중 뿜어져 나오는 기도는 결코 평범한 것이 아니었다.

이들 소림의 삼 선승(三仙僧)은 반선(半仙)의 경지에 올랐다고 세인들에게 알려져 있었다. 그들은 현 소림 장문보다도 한 배분 이상 높은 배분을 갖고 있었고, 그들이 은거한지 삼십 년이 넘어서고 있었다.

그동안 단 한시도 밖에 모습을 드러내지 않아, 말하기 좋아하는 자들은 그들이 이미 우화등선(羽化登仙)했다고도 했고, 혹자는 이미 입적했을 것이라고 말하는 자도 있었다.

하긴 그들 중 가장 배분이 낮은 불선대사(佛仙大師)가 이미 백삼십 세를 넘기고 있었으니, 가히 살아있는 인간화석이라고 할만 했다.

불선(佛仙) 한우백이 입을 열었다.

"허어. 왜 이리도 마음이 답답한지. 사형, 우리가 하는 일이 잘하는 것일까요?"

둘째인 불인대사(佛仁大師)가 말했다.

"사제, 잊지 말아야 하네. 이것이 탕마멸사(蕩魔滅邪)와 무림 백년대계(百年大計)를 위해 태천을 보호하기 위함임을. 어쩔 수 없는 일이네."

그러자 반안을 하고 있던 첫째 무한대사(無限大師)가 가벼이 불호를 읊었다.

"아미타불……. 다 하늘의 뜻이다."

"허어. 중생을 위해 우리가 아수라가 되어야 하는군요. 그러나 정녕 마음이 내키지 않습니다."

불선의 눈빛이 어두워졌다.

횡~!

바람이 한 차례 이는가 싶더니 사 인 앞에 한 사나이가 내려섰다.

"그대가 홍화객인가?"

일순 사 인의 눈에서는 긴장이 스쳤다.

"그렇소."

"그럼 자객으로 온 것인가?"

사마천인은 눈을 들어 남태천을 바라보았다.

"아니오. 나는 그대와 정당한 대결을 위해 왔소."

그의 말을 들은 삼 선승의 눈가에 이채와 함께 잠시 고통의 그림자가 어렸다.

그 중 불선 한우백의 눈빛이 더욱 심하게 흔들렸다.

남태천이 말을 이었다.

"그렇다면 이분들은 소림의 고승들로 우리 대결을 지켜볼 참관인이다."

그러자 첫째인 무한대사가 말했다.

"아미타불. 무한이라 합니다."

"불인이라 하오."

"불선이오."

세 사람의 자기소개가 끝나자 남태천이 말했다.

"좋다. 이제 네가 얼마나 대단한지 우리 한번 일 수(一手)를 나누어 보자."

"좋소!"

그들은 서로를 바라보고 있었다.

한 치의 검도 뽑지 않고 있었지만 그들의 몸에서 일어나는 무형의 기세는 그들 주위에서 무섭게 튕겨나가고 있는 작은 자갈들로 미루어 그 위력이 얼마나 큰지 알 수 있었다.

이때 남태천이 무섭게 검을 뽑아들며 사마천인에게 덮쳐갔다.

"반야대불검(般若大佛劍) 섬(閃)"

무서운 속도로 사마천인의 인중을 향해 검 끝이 다가가고 있었다.

엄청난 기세로 달려드는 검을 바라보는 사마천인의 눈에는 철저한 무심이 흐르고 있었다. 마치 생을 포기해버린 듯 그는 움직일 생각을 안 했다.

드디어 남태천의 검이 사마천인의 살갗에 닿으려고 했고, 그 순간 그는 움직였다.

한 줄기 섬광이 번쩍였다.

카캉!

보이지는 않았으나 검과 검이 부딪히는 소리가 분명했다. 그 기세에 이기지 못한 두 사람은 뒤로 일 보씩 물러설 수밖에 없었다.

남태천의 눈에는 불신의 빛이 흘렀다.

잠시 호흡을 가다듬은 그는 다시 검 끝에 온 신경을 집중시켰다.

그 검으로부터 반야대불검 환자결(幻字結)이 터져 나오며 검기가 일렁거리기 시작했다. 검기는 날카롭게 반짝이며 대지를 휩쓸고, 사마천인을 향해 쏘아져가고 있었다.

사마천인도 일 보를 앞으로 내딛으며 검을 휘둘러갔다.

채채챙~!

검과 검이 부딪히는 소리가 온 산야를 뒤덮었다. 현란한 소리는 들렸으나 그 모습만은 환영이 잠시 스치는 듯 보이지 않았다.

"크윽, 대단하군."

잠시 소리가 끊기더니 모습이 보인 남태천의 몰골은 가관이 아니었다.

여기 저기 핏발이 비쳤고, 옷은 이미 누더기가 되어있었다. 그가 한 번이라도 이렇게 어려운 싸움을 해본 적이 있었을까?

그는 눈빛을 빛내며 검을 고쳐 쥐었다. 공중으로 도약하며 수많은 초식을 섞어 시전을 하며 사마천인을 향해 쏘아갔다.

"종(終), 횡(橫), 극(極), 점(點)!"

수만 갈래의 검기와 검영이 사마천인을 향해 내리꽂혔다.

소실봉 위는 그들로 인해 먼지가 마치 구름처럼 피어나 산 봉우리를 온통 뒤덮고 있었다.

이때 사마천인 역시 검을 고쳐 쥐고는 떨어져 내리는 그를 향해 뛰어올랐다.

"야아앗!"

괴소를 지르며 뛰어 올라간 그는 검과 몸을 합체한 듯이 신검합일(身檢合一)의 신법으로 쏘아갔다.

두 개의 점이 공중에서 부딪치는 순간 천지를 가르는 듯한 폭음이 일었다.

콰쾅~!

결과는 누구도 예측할 수 없었다.

인간의 한계를 넘은 신의 무위(武威)에 감탄할 수밖에 도리가 없었다.

곧이어 척! 하고 땅으로 내려서는 가벼운 착지음이 들렸다.

그들은 자신의 발로 땅을 딛고 있었다. 다만, 남태천의 상세가 조금 더 깊을 뿐이었다.

그의 입가에는 붉은 피가 마치 물감을 뒤집어 쓴 듯 보였다.

사마천인 역시 얇은 핏줄기를 비추고 있었으나. 그의 상세 역시 녹녹치 않았다.

삼 인의 선승은 놀람을 금치 못하고 있었다.

이것이 자객의 무위라고 누가 믿을 수 있단 말인가? 그들이 생각했던 자객의 모습은 이런 것이 아니었다.

사마천인, 그의 무위는 능히 천하제일이라 칭할 수 있을 정도였다.

삼 인의 꽉 쥐어진 손에는 땀이 배어갔다.

"크크크, 대단하군. 컥! 대단해. 하지만 어느 누구도 나, 남태천을 꺾을 수는 없다."

줄기줄기 피를 쏟으며 말을 잇던 남태천이 발을 정(丁)자 형태로 만들더니 검을 기묘하게 꺾으며 말했다.

"반야대불검 멸(滅)!"

산악을 쩌렁하게 울리는 그의 목소리와 함께 그는 몸을 날렸다.

사마천인 역시 진기를 극한으로 끌어올리며 몸을 날렸다.

"무적검(無敵劍)!"

그의 입에서도 역시 통렬한 소리가 터져 나왔다.

파앙~!

그들이 검을 맞부딪치자 시퍼런 검기가 넘실거리고 있었다. 그런데 그들은 검을 맞댄 채 떨어질 줄 모르고 공중에 머물러 있는 것이 아닌가?

이때, 삼 선승 중 막내인 불선대사가 경악성을 터뜨렸다.

"아미타불. 이것은 내력 대결이다."

내력 대결이 극에 달하고 있었다.

그들의 내력은 이미 오 갑자를 넘었다. 일 갑자를 육십 년 공력이라고 한다. 그렇다면 오 갑자가 넘는다면 무려 삼백 년 공력 이상이 된다는 얘긴데, 두 사람 모두 이 갑자 이상의 공력을 갖고 있었단 얘긴가?

내력 대결이 극에 달할수록 남태천의 입에서는 쉴 새 없이 피가 흘러내리고 있었다.

이때 둘째인 불인대사가 말했다.

"이런, 태천이 위험하다!"

삼 선승이 참지 못한 채 몸을 일으켰다.

그러자 삼 선승의 첫째인 무한대사가 외쳤다.

"반야대장력을 최대한 끌어올려라."

불선 한우백도 망설이는 표정이긴 했지만 어느새 그들의 행동에 동조하고 있었다.

삼 선승은 푸르스름한 기광이 번뜩이는 기의 회오리 안으로 달려들었다.

"반야대장력!"

콰앙~~!

인간이 만들 수 있는 힘은 얼마인가?

엄청난 힘의 회오리였다.

지축을 울릴 듯한 충격과 소리에 숭산의 반이 날아가 버렸고, 먼지가 회오리가 되어 천지사방으로 날리고 있었다.

일대 장관이라 할 만하였다.

"커억……. 이, 이런 비겁한."

털썩~!

사마천인의 몸은 마치 바람에 휩싸인 낙엽처럼 땅바닥에 떨어져 내렸다.

그리고 남태천은 삼 선승의 부축을 받으며 천천히 떨어져 내리고 있었다.

"아미타불……."

"아미타불. 대단한 무위였다."

그들은 경이로운 눈으로 사마천인을 바라보고 있었다. 그중 불선 한우백만이 안타까운 표정으로 그를 바라보았다. 미안함과 죄책감이 이려 있는 표정이었다.

이때 갑자기 남태천의 눈빛이 달라졌다. 검 빛이 몇 번 반짝였다고 느껴졌을 때였다.

"크아악."

"컥!"

"으아악……!"

삼 선승에게 부축되어 있던 남태천이 일순 눈에서 마화를 흘리며 검으로 불선대사를 반으로 갈라버리고, 불인대사의 오른팔을 잘라버린 후 무한대사의 심장에 검을 박아 넣었다.

"네, 네가……!"

불인은 믿을 수 없다는 듯이 남태천을 바라보았다.

"크흐흐흐."

"당신 늙은이들은 이제 죽어줘야겠어."

그렇게 말하고 있는 남태천의 모습은 마인의 모습이었다.

"아미타불……."

심장에 검이 꽂힌 채로 아직도 쓰러지지 않은 무한대사가 불호를 외웠다.

"우리가 울 안에서 사자를 키웠다니. 업이로다."

"크흐흐! 이제야 그것을 알았다니, 죽어라 늙은이들. 마화참(魔火慘)!"

남태천의 두 손이 일순 푸르스름한 마화에 휩싸여 불인대사의 머리를 향해 날아갔다.

파삭! 퍽!

잘 익은 수박 으깨지는 소리가 들리며 놀라 멍청하게 서 있던 불인의 머리가 으스러져버렸다.

"이 천인공노할……."

무한대사의 두 손에 반야대장력이 시전되며 남태천을 향해 쏘아져 나갔다.

"크크크. 늙은이 마지막 발악이군! 마화참."

무한이 마지막 본 것은 푸르스름한 마화였다.

"크악!"

이제 숭산 꼭대기 위에 서 있는 자는 남태천 한 사람뿐이었다. 붉은 강기에 휩싸여 있는 그의 모습은 진정 지옥불에서 버티고 있는 악마의 모습이었다.

"크하하하하! 나에게 도전하는 자는 죽음을 면치 못하리라."

사마천인은 몽롱해지는 자신의 정신을 추스르려 안간힘을 썼지만 뜻대로 되어주지 않았다. 손끝에 단 한줌의 기력도 모을 수 없었다.

'이제 죽음인가? 이것이.'

그렇게 느끼는 순간, 불인과 남태천의 격돌로 인해 생긴 권풍으로 사마천인은 숭산 뒤쪽에 자리한 만장애(萬丈崖) 근처까지 날려갔다.

"큭!"

'주영. 당신도 이런 것을 느끼며 갔소?'

그는 움직이려고 버둥거려 보았다

'죽음이 이런 것이라니……, 허무하구나. 이것이 죽음인가?'

그러나 단 한줌의 기력도 일지 않았다.

'하지만 이제 당신을 만날 수가 있겠구려. 주영, 그것으로 족하오.'

마치 잘 구겨버린 종이 조각처럼 구겨져 벼랑 끝에 걸린 그는 점차 의식을 잃어가고 있었다.

아무리 버둥거려도 헤어날 수 없는 늪처럼 죽음은 그를 서서히 옭아매 오고 있었다.

마지막 기운을 다해 진주영의 피 묻은 체대를 꼭 움켜쥐며, 영원히 되돌아 올 수 없는 깊은 꿈의 나락으로 떨어지고 있었다.

한참을 광소를 터뜨리던 남태천이 갑자기 주위를 두리번거리기 시작했다.

"크크큭. 저기 있었군."

그는 한쪽 구석에 반쯤 시신이 되어 뒹굴고 있는 사마천인을 보고는 다가갔다.

"크크크, 미친 녀석! 어떤가? 죽음을 음미하는 기분이? 보잘 것 없는 살수 나부랭이가 나를 노리다니! 너무 무모했어. 하지만 고맙군. 어쨌든 너로 인해 그 세 늙은이를 죽일 수 있었으니 말이야. 크하하하!"

한참을 광소하던 남태천이 아직도 꿈틀대고 있는 사마천인을 보고 말했다.

"이런, 아직도 살아 있잖아. 제법 끈질긴데."

그는 신기하다는 듯이 말했다.

아마도 아까 불선 한우백의 망설임이 손속에 사정을 두게 했던 모양이었다.

"그 보답으로 고통 없이 죽여주지."

말이 채 끝나기도 전에 그의 발은 사마천의 옆구리를 걸어 찼다.

퍼억!

발길에 채여 한참을 날아가던 사마천인은 그 깊이가 얼마인지 모를 깊은 절벽의 암류 속으로 사라져버렸다.

"크하하하! 기다려라. 이제 이 남태천이 중원에 복수하리라. 철저하게 피의 복수를 할 것이다!"

그의 모습은 악마의 모습, 바로 그것이었다.

"크흐흐, 땡중들이 오시는군."

그는 경공을 시전해 달려오는 소림의 제자들이 멀리 눈에 들어오자 손에 공력을 끌어올렸다.

"마혈수(魔血手). 이것으로 모든 것은 바뀌어 질 것이다."

순간 그의 오른손이 붉으스름하게 빛이 났다.

"크윽."

그리고는 주저 없이 자신의 오른쪽 가슴에 쑤셔 넣었다.

그의 전신에 일었던 광기는 바람에 연기가 흩어지듯 걷히고, 아주 슬픈 신색이 되어 삼 선승의 시신 앞에 무릎 꿇고 있었다. 물론 경건하기 그지없는 자세였다.

얼마 후, 소림의 절대기재라 불리는 소림의 장문인 환우대사와 제자들이 달려왔고, 경악을 금치 못하는 시선으로 남태천과 삼 선승의 시신을 바라보았다.

누구도 방금 전에 있었던 음모를 눈치 채지 못한 채, 남태천의 슬픈 듯한 흐느낌만이 숭실봉을 맴돌고 있었다.

*　*　*

중원은 술렁거리고 있었다. 많은 사람들이 경악을 금치 못했다. 죽어버린 한 사내 때문이었다.

삼 선승과 무황 남태천의 몸에 남긴 상흔(傷痕)을 달리 무엇이라 해석하겠는가?

홍화객은 마교의 인물이었고, 소림의 활불이라 불리던 삼 선승이 그에 의해서 죽음을 당했다는 것이 사실로 받아들여졌다.

마교의 인물이 나타났다는 것은 거대한 회오리요 폭풍우였지만 세상 사람들은 안도의 한숨을 쉬었다.

홍화객이라는 마인은 삼 선승과의 대격전 끝에 무황의 손에 의해 죽음을 당했기 때문이었다.

모든 사람들이 삼 선승을 죽인 홍화객을 욕하며 무황 남태천을 찬양했다.

주점에 모인 사람들은 그를 향해 경배하는 술잔을 높이 쳐들었고, 빨래를 하는 아낙들의 입에서는 그의 무위(武威)와 출중한 용모를 얘기했다.

그리고 아이들에게 그는 동경의 대상이 되었다.

무황 남태천.

유복자로 태어나서 무림 최고의 권좌인 무림맹주에까지 추대되어 있는 그를 사람들은 경외의 눈길로 바라보았다.

그리고 그를 추종했다.

그러나 어느 누구도 눈치 채지 못하고 있었다.

아무리 마교의 인물이라 해도 일개 자객으로서, 아니 그보다 가공할만한 무위를 지녔다고 하더라도 단 한 명으로 소림의 삼 선승을 반항조차 하지 못하게 암습한다는 것이 가능한가에 대해서 말이다.

하지만 그런 의문을 제기히는 시람조차 없었다.

환우대사조차도 자신의 제자가 이 모든 사건의 범인이라는 사실을 짐작도 하지 못했고, 소림은 백여덟 번의 타종을 하며 세 선승의 입적을 추모했다.

* * *

절벽 사이로 울룩불룩한 바위들이 마치 창을 세워놓은 듯이 솟아있었다. 그 사이로 짙푸른 물이 흘러내리고 있었고, 바위들 틈엔 무언가 검은 물체가 걸려 있었다.

그 물체에서는 붉은 피가 흘러나와 주변을 온통 붉게 물들이고 있었으나, 이내 흐르는 물에 씻기어지고 있었다.

또 하나 피와 함께 물에 떠내려갈 듯 떠내려가지 않는 물건이 있었다. 그것은 여인의 요대처럼 보였다.

물체는 다름 아닌 사마천인이었다.

이곳은 안개가 어리어 절벽 위에서는 바닥조차 구분할 수 없는 형태였다. 뿌옇게 보이는 하늘이 너무도 멀게만 느껴지는 곳이었다.

죽었을까?

그는 조금의 미동도 하지 않았다.

이때 발을 딛기도 힘들만큼 날카로운 바위 위를 딛고 뭔가 검은 인영이 빠른 속도로 달려오고 있었다.

바위에는 물이끼가 끼어 자칫 잘못하면 미끄러질 위험이 도사리고 있었지만, 그 물체는 마치 다람쥐가 나뭇가지 사이를 헤집고 다니듯 돌을 밟고 뛰며 빠른 속도로 시신이 놓여 있는 곳에 당도했다.

시신 옆에 그 인영은 내려섰다. 인영은 의외로 작은 소년이었다.

어린아이를 통해 무엇을 볼 수 있을까?

천진함 웃음, 해맑은 눈, 악의 없는 모습, 아마 아이들에게서 쉽게 발견할 수 있는 것들일 것이다.

선함과 순수함의 전형적인 모습인 아이들이지만, 또 한편으론 가장 순수한 악의 결정체이기도 하다.

갖고 싶은 것과 먹고 싶은 것, 싫은 것과 좋은 것 등의 단순한 생각밖에 할 수 없는 그들로서는 갖고 싶으면 뺏는 것이고, 싫다면 버리면 되는 것이다. 어른들이 이런 모습을 보였다면 독단적이고, 편협하며, 독선적이란 소리를 들었을 것이다.

아이들이라는 이유로 이들은 용서를 받지만, 때로는 물건을 차지하기 위한 싸움의 정도나 질투심 등이 도가 지나쳐 보이기도 한다.

이 소년도 열 살쯤 되었을까?

소년에게서는 갓 태어나 세상을 처음 바라보는 어린아이의 순수함, 천진함 등이 보였다. 아직까지 단 한 번도 세상을 접해보지 못한 듯이 그의 눈에서는 그 어떠한 더러움도 찾아낼 수 없었다. 그럼에도 선천적인 강인함과 독선적인 자만심이 엿보이기도 했다.

비록, 식물의 줄기를 쪄서 만든 실로 얼기설기 짜 만든 옷감을 대충 걸치고 있었으나, 소년의 깨끗함과 강인함으로 인한 기이한 마력을 감출 수는 없었다.

해맑은 눈동자와 투명한 살갗으로 발갛게 달아올라 있는 두 볼, 그리고 입가에 흐르는 기이한 미소는 보는 사람의 마음에 친근감이 들게 하기에 족했다.

소년은 약간 상기된 얼굴로 손에 들고 있는 나뭇가지로 시신을 꼭꼭 찔러보고 있었다.

신기한 장난감을 발견해서 막 탐색전을 벌이는 모습이었다.

움찔!

그런데 이 장난감이 움직이는 것이 아닌가?

소년은 놀라서 뒤로 한 걸음 물러섰다. 하지만 그런 걸로 물러날 소년이 아니었다. 강한 호기심을 주체하지 못하고 조금씩 장난감을 향해 다가섰다.

장난감을 바라보는 소년의 눈은 투명하게 반짝이고 있었다.

높다란 절벽 위로 손바닥만한 하늘이 파랗게 반짝이고 있었다.

사마천인은 자신의 몸이 이제 더 이상 움직이지 않음을 알고 있었다. 원래부터 소생할 가망성이 없었지만, 하필이면 강가에 떨어져 피가 끊임없이 빠져나가고 있었다.

그에게 다행이라고 할 수 있는 건 오직 한 가지, 진주영의 체대가 아직 그의 손에 있다는 것이었다.

'주영, 기다리시오. 이제 곧 당신에게 가오.'

곧 주영을 만날 수 있다는 생각에 평온해지고 조금 들뜨기까지 했다. 사마천인은 미소 짓고 있었다. 비록 몸이 움직이지 않아 겉으로 드러나지는 않았지만…….

그는 끝없는 암연으로 빠져 들어가고 있었다.

그는 어딘가 동굴 속을 걸어가고 있었다. 직감적으로 저기 빛이 보이는 곳으로 가면 모든 것이 끝임이 느껴졌다.

'주영을 만날 수 있다.'

그는 휘적이는 몸을 앞으로 내밀었다. 그때 갑자기 눈이 부실 정도로 빛이 확 불어나더니 그 빛의 구멍에 작은 인영이 서 있는 것이 보였다.

진주영이었다.

'주영!'

빈가운 마음에 날듯이 뛰어갔지만 진주영괴의 기리는 기까워지지 않았다. 점점 빛이 멀어지는 느낌이었다.

진주영은 슬픈 표정으로 고개를 저었다.

'천인, 아직 때가 되지 않았어요. 가여운 사람, 당신은 해야 할 일이 남았어요. 가세요…….'

그녀는 그렇게 사라져 버렸고, 동시에 빛의 구멍도 없어지고, 어둠 속에 그 홀로 남아있었다.

'주영, 가지 마시오! 주영~!'

사마천인은 무슨 수를 써서라도 그녀를 잡고 싶었지만, 그의 그런 의지와는 상관없이 자신이 어떤 것에 의해 질질 끌려가고 있다는 걸 느껴야 했다.

＊　＊　＊

"그, 그 후 어떻게 되었는가? 홍화객은 그렇게 죽어버렸는가? 아니지, 소년이 발견한 게 홍화객이 아닌가? 그렇다면 살았겠지?"

노화자는 아주 다급해 보였다. 자신의 친족이 죽었다 살아난들 이렇게나 수선을 떨까 싶을 정도였다.

주위에 앉아있던 사람들까지도 동작을 멈춘 채 청년을 주시하고 있었다. 모두의 얼굴에 긴장과 호기심이 잔뜩 서려 있었다.

그러나 그에 대조되게 청년은 너무도 태평했고, 노화자의 물음을 듣지 못했다는 듯이 자신이 하고 싶은 말만을 계속했다.

"그렇게 칠 년이 흘렀습니다. 칠 년이라는 시간은 길다면 길고 짧다면 짧은 시간입니다. 하지만 그때는 그 칠 년이 길었나 봅니다. 칠 년 동안 정말 많은 것이 변했습니다."

청년은 멍하니 창밖을 바라보고 있었다.

주위는 밤의 장막을 드리운 듯 어두워져 있었고, 빗줄기는 더욱 거세어졌다.

청년은 마치 자신이 그 칠 년을 보내온 사람처럼 회상하는 표정으로 멍하니 밖을 바라보고 있었고, 그런 청년을 바라보는 노화자는 점점 속에서 답답증과 열불이 나서 미칠 지경에 도달해 있었다.

"이봐~! 그래서 어떻게 되었냐니까?"

"노형님은 아십니까?"

노화자의 벼락같은 다그침에는 전혀 상관없이 청년은 갑자기 이상한 질문을 꺼냈다. 붉게 물들어 있는 노화자의 눈이 동그래졌다.

"무, 무얼 말인가?"

"명예와 부(富), 뭐 그런 것을 말입니다."

"켈켈켈켈켈켈!"

노화자는 한참을 미친 듯이 웃어대다가 눈물마저 찔끔거렸다.

"갑자기 뜬금없이 명예와 부라니. 크크큭, 하지만 거지에게는 멀고도 먼 얘기로군. 그렇지 않나?"

노화자의 넉살스러운 모습에 주위에서는 낮은 웃음이 새어나왔다.

"허긴 어딜 가도 밥걱정 안 하고 잠자리 걱정 안 하니 이것도 명예라면 명예고 부라면 부일 수가 있지. 암암! 이보다 더한 직업도 없고 말고. 켈켈켈."

노화자는 자랑이라도 되는 듯 자신의 가슴까지 두드려 보였다. 청년은 노화자를 보며 씁쓸하게 웃었다.

"그 노 형님의 얘기를 들으니 그와는 대조적으로 살아온 사람이 생각납니다. 명예와 부에 자신의 모든 인생을 건 사람이지요. 아마 냉혹하기는 북해의 빙하보다도 냉혹하고 악랄한 자일 겁니다."

"아니 그럼 홍화객의 얘기는 거기서 끝인가? 그는 그렇게 죽어버렸단 말인가? 그리고 홍화객의 시신을 발견한 그 괴소년은 또 무언가?"

노화자의 입에서는 쉴 새 없이 질문이 터져 나왔다.

청년은 묘한 미소를 지었다.

"그렇게 한꺼번에 말씀하시면 어떡합니까? 제가 점차 얘기해 갈 테니 조용히 하세요. 우선 이 효웅부터 얘기를 꺼내야 또 다른 비운의 사내를 얘기할 수 있으니까요."

제4장
새로운 시작

총령은 창밖을 응시했다.

맑게 갠 하늘이 한 점 상처라도 나면 피라도 흐를 듯 투명해 보였다.

총령의 뒤로 한 사나이가 읍을 한 채 서 있었다.

사내의 외모는 준수했다.

몸에는 사치스럽게 보이는 옥으로 된 노리개와 금붙이가 많이 매달려 있었다. 거기에다 누구라도 매료될 만한 넉넉한 웃음을 머금고 있고, 호인의 인상을 풍기고 있어서 부유하고 호탕한 호족의 이미지였다.

그러나 한 가지, 그의 날카로운 눈에서 풍기는 사기가 그의 외모에 반(反)하고 있었다.

"자네의 이야기는 많이 들었네."

"감사합니다."

"백천우라 했는가?"

"그러하옵니다."

총령은 돌아서 백천우를 바라보았다.

"과연 얼굴만 봐도 남태천이 추천할만한 인재라는 걸 알 수 있겠군."

"과찬이십니다."

"대단한 능력을 지녔다지? 천문지리(天文地理)에서부터 신복지학(神僕地學), 그리고 귀모에도 뛰어나다고 들었네."

"미천한 재주이옵니다."

"자넨 참으로 겸손하군. 그토록 젊은 나이에 공도 많이 세웠던데, 재주가 미천할 리가 없지 않나?"

"시기와 행운이 저를 도왔을 뿐이지요."

"하하하. 시기와 행운을 자신의 편으로 할 줄 아는 것이 진정한 능력이지. 하여튼 열심히 해보시게."

"예, 알겠습니다."

백천우의 태도는 공손하기 짝이 없었다.

총령도 호탕한 웃음으로 백천우를 마주 대하고 있었으나, 그 눈만은 싸늘하게 식어있었다. 또한, 공손히 허리를 숙이고 있는 백천우의 입가에서도 그 심정을 헤아릴 수 없는 엷은 미소가 번졌다.

잠시 후 백천후가 나가자 총령은 그가 나간 문을 노려보았다.

"아주 재미있어 지겠어. 아주 말이야. 흐흐흐흐, 남태천! 그래, 지금은 네놈의 손아귀에서 놀아 주지. 지금은 말이야."

총령의 낮은 웃음소리가 방 안에 울려 퍼졌다.

$*$ $*$ $*$

만장애(萬丈涯)의 계곡 위로는 사철 안개가 드리워져 있어 한 조각의 하늘을 바라보기도 힘들었다.

빛이 들지 않아 음습했고, 바위에는 무수한 이끼와 이름 모를 풀들이 지천으로 널려있었다.

그런 바위들이 일렬로 늘어선 계곡의 중앙에는 작은 동굴이 하나 뚫려 있었다. 산짐승조차도 제 집으로 하기 꺼려할 듯한 음침한 동굴이었다.

그런데 그 동굴에서는 누군가의 목소리가 들려오고 있었다. 그 목소리는 지하 깊숙한 곳에서 들려오는 듯 나직이 울리고 있었고, 철을 긁어내리는 듯이 날카로운 목소리였다. 한편 팍 쉬어버린 노인의 목소리 같기도 했다.

동굴 안, 사람이 살기에는 너무도 협소하고 습기가 많은 곳이었다. 벽에는 끈끈한 액 같은 것이 흘러내리고 있었고, 그

액에서는 매캐한 냄새까지도 배어 나오고 있었다.

빛이 잘 들어오지 않긴 했지만 어느 정도 사물을 분간할 수 있는 모닥불이 피워져 있었는데, 그 옆에는 스무 살 정도 되어 보이는 청년이 앉아 있었다.

그리고 그의 앞에는 비쩍 마르고 수염이 얼굴을 덮고 있어서 그 나이를 예측하기 힘든 사람이 진흙으로 만들어진 자리에 누워 있었다.

그런데 그 모습은 분명 사마천인이 아닌가!

온몸이 비쩍 마르고 수염이 얼굴을 덮고 있었지만 그의 모습은 분명 사마천인이었다.

그의 몸은 예전과는 많이 달라져 있었다. 이제 갓 서른 정도의 그가 너무도 황폐해진 얼굴에 가죽과 뼈만 있는 몸 때문에 죽을 때가 다 된 노인으로 보였다.

자리에 누워 있는 사마천인은 기식이 엄엄해 보였다.

그는 목안에 가래를 끄르륵거리며 가쁜 숨을 몰아쉬고 있었다.

"아버님."

사마천인은 앞에 무릎을 꿇고 앉아 있는 청년을 바라보았다.

"적아! 사내는…… 콜록! 함부로 우는 것이 아니다."

그는 말하는 것조차 너무도 힘들어 보였다. 혼신의 힘을 모두 쏟아내듯 말을 하고는 가쁜 숨을 몰아쉬고 있었다. 얼굴은 고통으로 일그러졌다.

청년의 눈에서 굵은 눈물방울이 뚝뚝 떨어져 내렸다.

"아버님."

아니, 그럼 이자가 사마천인의 아들?

"이제 나는 너의 의모(義母)를 만나러 갈 수 있겠구나."

사마천인은 고통 중에도 그 사실이 기쁘다는 듯이 얘기하고 있었다.

"그래, 너에게 해주어야 할 이야기가 있다."

사마천인의 목소리는 너무도 작아 옆에 앉은 청년도 겨우 알아들을 정도였다.

그는 그마저도 힘겨운 듯 말이 뚝뚝 끊기곤 했다.

"나는 본시 한 사람에 의해서 만들어진 살인기계였다. 나는 고아였다. 아니 고아가 되었지. 나의 눈앞에서 관군에 의해 아버지가 죽게 되었고, 나를 돌보던 아비지의 동조자들과도 헤어지게 된 후 그에게 구원을 받았고, 그의 손에서 자랐지. 내가 열다섯이 되던 해, 그는 나에게 살인을 강요했다. 그는 나를 강하게 키워야 한다고 했다. 나는 그의 말을 따라 살인을 했지. 첫 살인은 나와 동갑 정도의 여자아이였다."

청년은 그의 말을 들으면서 일점의 흔들림도 없었다.

그저 묵묵히 무릎을 꿇고 앉아 그 말을 듣고 있었다.

"죽음이 뭔지 몰랐지. 아니, 지금 이 순간에도 나는 죽음이 뭔지 모른다. 하지만 나는 지금도 그 여자아이의 눈빛을 잊어 버릴 수 없단다. 무언가 강한 두려움과 절망을 보았지. 나는 그것이 싫었고, 또한 두려웠는지도 모른다. 그래서 그녀를 죽였지. 그 후에도 나는 무수히 많은 사람들을 죽였단다. 그는 나에게 살인을 시키면서 이렇게 말했지. "이 세상에는 많은 악당들이 살고 있다. 그리고 나 역시도 그 악당인지 모른다. 너는 그 악당들을 죽여야 한다. 그래서 너의 아버지가 당한 만큼 그들에게 복수하는 것이다." 난 그의 말이 옳다고 생각했다. 그러나 나는 죽이는 것이 두려웠단다. 하지만 바로 그랬기 때문에 난 사람들을 죽였어. 얼마나 많은 사람들을 죽였는지 나도 모른다. 너는 이해하지 못할 것이다. 왜 죽이기 싫어했음에도 많은 살인을 했는지. 콜록, 콜록!"

사마천인은 한바탕 자지러지게 기침을 해댔다.

청년은 미친 듯이 발작하는 사마천인을 누르며 한참을 진정시켰다.

"그는 나에게 많은 사람들의 명단을 가져다주었고, 그들을 모두 베어버리라고 말했었다. 그런데…… 그런데, 그들을 죽이고 나자 나는 더 이상 참을 수 없었다. 그러다 나는 아버지의 동지들을 만나게 되었다. 내가 이렇게 된 것도 어쩌면 하늘의 뜻인지 모르겠다. 나 역시 역린(逆鱗)을 했으니, 하늘을 거스른 대가일 게야."

사마천인의 눈에는 물막이 어렸다.

"지금도 나의 손에 죽어간 자들이 나를 괴롭히고 있다. 그런데 우스운 것은 나는 지금까지도 나에게 명령을 내리던 사내를 알지 못한다는 것이다. 그의 얼굴조차 본적이 없지. 너의 의모의 원수와 나를 이렇게 만든 자를 찾아 복수를 하겠다는 네 뜻은 알겠다만, 모든 것이 부질없는 것을⋯⋯. 커억! 너를 이렇게 만난 것이 어쩌면 나에게는 가장 큰 행운이었는지 모른다. 그러나 너는 나 같은 길은 가지 마라."

그의 입에서 시커멓게 죽은 핏덩이가 쏟아져 나왔다.

사마천인의 얼굴에는 이미 죽음의 그림자가 어려 있었다.

"너에게, 너무도⋯⋯ 억! 내가 순수하고 행복했을 너를 오히려 불행하게 하는 것은 아닌지⋯⋯, 세상에 나가더라도 부디⋯⋯."

청년의 손을 잡고 있던 사마천인의 손에 힘이 주어지는 것 같더니 어느 순간에 스르르 아래로 떨어져 내렸다.

청년은 그런 사마천인을 가만히 내려다보며 나직이 읊조렸다.

"아니요. 제가 무엇을 해야 할지 저는 압니다. 당신의 빚을 모두 갚아드리겠습니다. 한 마리 짐승으로 살아야 했을 저에게 말을 가르쳐 주시고, 글을 가르쳐 주신 당신이십니다. 그저 이름 모를 풀꽃처럼 죽어가야 할 저에게 아버지의 사랑을 나눠주신 당신이십니다. 저는 결코 당신을 이렇게 만든 자를 보고만 있을 수는 없습니다."

청년의 음성은 나직했으나 확고했고, 그의 눈은 의지로 불타오르고 있었다.

"그들은 한바탕 혈풍을 맞을 것입니다. 전 당신을 이용한 자들과 당신을 괴롭힌 자들을 용서하지 않을 것입니다. 절대로!"

그의 말에는 확고한 신념이 흘렀다. 그의 말이 끝나자 청년의 눈에서 눈물이 또 한 방울 떨어져 내렸다. 그리고 청년의 앞에 누워 있는 사마천인의 몸은 차갑게 식어가고 있었다.

* * *

약한 바람에도 흔들리며 현란함을 자극하는 홍등이 욕탕 안을 비추었다. 그 안에는 네 명의 미녀들이 알몸을 드러내 놓은 채 백천우의 몸에 감겨 전신을 애무하고 있었다.

물기가 흐르는 여인의 몸은 흔들리는 붉은 빛에 의해 더욱 뇌쇄적인 빛을 띠고 있었다.

"허억, 헉! 아……!"

"하아, 아…… 하아! 아아!"

그런데 욕탕 안에서 백천우를 상대로 몸을 비벼대는 여자들 중에는 머리를 곱게 밀은 여승도 있었고, 수궁사가 선명히 드러나 있는 여인도 있었다.

그녀들은 부끄러움도 잊은 듯 백천우의 전신을 핥아대면서 자신의 몸을 더욱 밀착시키지 못해 안달이었다.

그러나 그와는 상대적으로 백천우의 얼굴은 무표정했다.

"흥! 내가 누구의 밑에서 가랑이나 핥으며 살 수는 없지. 남태천, 그리고 총령! 나는 무공을 익히기 위해 나의 부모들을 죽였다. 그리고 기회를 위해 서슴없이 사부를 암습했지. 이제 난 성공해야만 해. 나에게 남은 건 하나도 없거든. 크크크, 남태천과 총령, 이들을 이용해야 한다. 철저하게……. 얼마 후 그들이 이루어 놓은 것은 모두 내 것이 되리라. 나를 막는 것이 있다면 서슴없이 베어 넘기고 부러뜨릴 것이다. 그 무엇이라도! 흠, 그러기 위해서는……."

그의 싸늘한 미소가 얼굴 전체로 퍼져나갔다.

"먼저 처리해야 할 자들이 있지."

그는 자신에게 달라붙어 있는 여인들의 유방을 서슴없이 주무르면서 광소를 터뜨렸다.

"하하하하! 권력이란 좋은 것이야. 부잣집의 여식도, 고매하신 승녀도, 나의 손끝에서 벗어나지 못하니. 모든 것이 나의 뜻이지. 나의 뜻! 크하하하!"

백천우가 사악한 웃음을 터뜨리는 사이, 사타구니에 얼굴을 박고 있는 여인의 눈에는 이미 이지라는 것이 없었다. 이 여인뿐 아니라 모든 여인들의 동공이 풀려 있었고 표정이 거의 없었다.

* * *

미세한 빛조차 없을 것 같은 두터운 어둠의 장막 사이로 천공을 밝히는 한 줄기 성운처럼, 촛불이 어둠을 물리치고 주위를 밝히고 있었다.

비록 작은 빛이었지만 주변의 거의 모든 사물들은 그 빛으로 인해 모습을 드러내고 있었다.

촛불의 불빛에 주위의 사물들과 그림자가 일렁거려 마치 살아 있는 생물처럼 꿈틀거리고 있었고, 석실의 정 중앙에 놓인 탁자에는 두 사나이가 마주 앉아 있었다.

팔십은 되어 보이는 노인과 이십 세쯤 되어 보이는 청년이 앉아 있었다.

무거운 침묵이 두 사람을 짓누르고 있었다.

"묵천아, 네가 이곳에 몸담은 지 오 년이 지났구나."

"예, 사부님."

"묵천아, 무(武)를 뭐라 생각하느냐?"

청년은 불빛 너머에 있는 노인을 바라보았다.

"몸짓이라고 생각합니다."

노인의 눈은 고요히 반짝였다. 그의 입가에는 엷은 미소가 어렸다.

"그래, 그럼 무(武)와 무(舞)의 차이는 무엇이냐?"

청년은 응당 노인의 질문이 나올 것을 알고 있었다는 듯 망설임 없이 손을 내보였다.

"이 손의 등과 바닥, 양면이라 할 수 있지요."

"그래? 손등과 손바닥이라. 무슨 뜻이냐?"

"손바닥은 무언가를 움켜쥐고 잡을 수 있지만 손등은 그렇지 않질 않습니까?"

노인은 의아스러운 눈빛으로 물었다.

"그런데?"

"저는 무(武)와 무(舞)를 실과 허로 보고 있습니다."

"허와 실이라? 겉껍질은 보았구나. 묵천아!"

"예."

"무(武)가 단순한 몸짓이더냐? 그저 칼부림에 지나지 않더냐? 진정한 무는 그런 것이 아니다. 무는 정신이고 혼이다."

"그러면 무(武)와 무(舞)의 차이는 무엇입니까?"

노인의 입가에는 자애로운 미소가 어렸다.

"묵천아! 너는 진정한 예인(藝人)의 춤사위를 본 적이 있느냐?"

"진정한 예인이라 하오시면……?"

"무(舞)에 혼과 기가 실려 있는, 그러면서도 자신을 잃지 않는 그런 사람을 일컫는다."

"없습니다."

노인은 지그시 눈을 감았다. 그의 목소리에는 회한이 어려 있었다.

"나는 딱 한 번 그런 사람을 본 적이 있다. 내가 검을 잡고 얼마 되지 않았을 때였다. 옥녀봉에 올라 수련에 열중하고 있을 때였지."

* * *

천산(天山) 옥녀봉(玉女峯).

기암과 괴석이 마치 서로 경쟁이라도 하듯이 솟아 절경을 이루고 있었다.

그 봉우리 정상에는 널따란 바위가 자리하고 있었고, 그곳에서 한 사나이가 검을 휘두르고 있었다.

"핫! 하이얍!"

사나이의 입에서 터져 나온 기합소리가 산을 쩌렁쩌렁 울렸다. 그의 검에서는 줄기줄기 검기가 새어나와 주변의 바위들을 바스러뜨리고 있었다.

그의 검이 춤을 출 때마다 바위 가루가 튀었고, 그의 검이 선을 만들어 갈 때마다 산이 요동을 했고, 그의 입에서는 용성이 터져 나왔다.

그러던 중 그는 누군가가 자신을 바라보고 있다는 걸 알았다. 사나이는 검을 늘어뜨리며 자리에 섰다.

사내가 눈을 들어 바라본 그곳에는 한 자그마한 중년인이 서 있었다.

사나이는 중년인을 바라보며 입을 열었다.

"뉘쇼?"

중년인은 사람 좋아 보이는 너털웃음을 터뜨렸다.

"허허허, 나는 홍윤성이라 불리는 사람이네만 자네는 누군가?"

"본인은 적철이란 사람이오."

"성격이 참 호방해 보이는구만. 그래, 무공을 익히고 있으신가?"

"그렇소."

적철은 상대의 유들유들한 말투부터 마음에 들지 않았다.

게다가 자칭 홍윤성이라 말한 자는 자신이 무슨 학이나 되는 양 온몸이 온통 하얀색 일색이었고, 게다가 도포는 무릎까지 내려올 정도로 기이하게 길었다.

그래서인지 그의 어투는 곱지 않은 빛을 띠고 있었다.

그런 적철의 생각을 아는지 모르는지 상대는 친근하게 말을 이었다.

"허허허. 기개가 대단하더군. 그런데 기개만 너무 앞세웠어. 강할 뿐 유하지는 못하네. 그리고 기교에 치우쳐 변(變)에는 능해도 정(正)에는 미치지 못하는군."

그의 말이 끝나기 무섭게 적철은 발끈했다.

본시 무인들은 호승심이 강한 법이다. 게다가 다혈질인 적철이 그냥 넘어갈 수 있을 리가 없었다.

"네놈은 누구이기에 나의 무공을 논하느냐?"

적철의 말투는 분노가 충분히 느껴질 만큼 강압적이고 거칠었다. 하지만 적철이 그러면 그럴수록 홍윤성이라는 자는 유들유들하게 그의 자존심을 긁었다.

"허허허. 나는 그저 풍류를 쫓는 백면서생일 뿐이네. 그러나 지금 자네라면 열이 와도 능히 피할 수 있을 걸세."

적철의 인내심이 툭 끊어졌다.

"무엇이? 그렇게 소원이라면 죽여주겠다!"

말이 끝나기도 전에 적철의 검은 상대의 명치를 노리며 달려들고 있었다. 일점(一點)을 베는 신룡출수(神龍出手)라 불리는 초식이었다.

기교면에서는 그리 우월하다고 할 수 없는 초식이었으나

그 빠르기가 탁월하여 순간적인 기습 공격에는 그 효과가 컸다.

휭~!

날카로운 소리와 함께 검영이 홍윤성의 가슴으로 쏟아져 들어왔다.

진정 무공을 모르는 자거나 간담이 약한 자라면 능히 기겁을 했을 진데, 그는 그것을 물끄러미 바라보며 태연한 신색을 유지하고 있었다.

'이런 개 같은!'

너무도 느긋한 모습에 뭔가 잘못됐다고 생각했지만 이미 검은 홍윤성에게 육박하고 있었고, 피할 길은 없어 보였다.

적철은 상대가 무술의 무자도 모르는 자라고 판단을 내렸다.

'이제 끝이다.'

적철의 검으로부터 사내의 옷 감촉을 느꼈다.

바로 그 순간 사내는 움직였다.

그리고 적철은 보았다.

마치 신천지를 발견한 자의 모습이 그러했을 것이다.

사람의 몸이 얼마나 부드럽게 움직일 수 있고, 사람의 몸이 얼마나 유연할 수 있으며, 또한 얼마나 아름다울 수 있는지를 바로 그의 모습을 통해 보았다.

그의 몸짓은 마치 바람을 타고 있는 새의 깃털과도 같았다.

적철은 당황할 틈도 없이 사내의 몸짓을 쫓기 위해 더욱 빠르게 검을 움직였다. 검은 바위를, 나무를, 그 외에 앞을 가로막는 것이라면 무엇이든지 갈라버렸다.

그러나 홍윤성이란 자만은 예외였다. 그는 검을 희롱하고 도망가는 바람이었다.

두 사람의 쫓고 쫓기는 추격전은 계속되었다.

그러나 그 순간 적철은 느끼지 못하고 있었다. 두 사람이 벌이는 모습이 얼마나 아름다운 춤사위인지, 또한 얼마나 완벽한 검무인지를.

검 날이 부딪히는 소리가 연이어졌다.

"크윽!"

적철은 제풀에 지쳐 쓰러져버렸다. 그는 검 날이 부러지면서 자신의 어깨에 깊숙이 박혀들었다는 사실조차 인식하지 못하고 있었다.

"이익!"

적철은 지금 무공을 알지 못하는 자에게 패했다는 사실에 분노를 느끼고 있었다.

"어떤가? 나는 무(武)를 알지 못하네. 하지만 무(舞)와 무(武)가 큰 차이를 가지고 있지는 않다고 생각하지. 어차피 둘은 인간이 만들어 낸 몸짓들이니 말일세."

적철 자신의 패배를 인정한 처음이자 마지막이었다.

＊　＊　＊

적철은 고개를 들어 묵천을 보았다.

묵천은 그저 고요히 앉아있을 뿐이었다.

"나는 그 후로 그를 보지 못했다. 나의 우매함을 보고 내려온 산신이 아닐까하는 생각도 했었다. 그러나 나는 그의 말뜻을 따를 수가 없었다. 이유는 나의 알량한 고집 때문이었다. 그래서 강함만을 추구했지."

적철의 눈에서 회한의 빛이 어렸다.

"나는 강했다. 그랬기에 부러졌던 것이다. 나는 강함만을 고집했고, 그랬기에 너의 사형이 나를 베고 떠났는지도 모르겠다. 묵천아!"

"예."

"너는 바람에 나부끼는 갈대를 보았느냐?"

"보았습니다."

적철의 눈에서 안광이 점차 스러지고 있었다. 동공이 풀리는 것이었다.

"갈대는 바람의 흐름을 거역하지 않는다. 그렇기에 태풍 속에서도 쉬이 꺾이지 않는 것이지. 너는 나와 기질이 너무나도 같다. 너는 강하다. 나를 떠나버린 백천우보다도 강하다. 그러기에 언젠가는 너 역시 나와 같이 부러질 때가 있을 것이다."

그는 잠시 눈을 감고 숨을 고르게 했다. 그의 눈이 번쩍 뜨여졌다.

"시간이 없다. 묵천아, 지금 이 순간부터 나에게서 단 한 순간도 눈을 떼어서는 안 된다! 알겠느냐?"

"예."

적철은 몸을 일으켰다. 적철의 손에는 언제부턴가 화선(花扇)이 들려있었다. 금세라도 쓰러질 것 같던 그의 몸이 움직이기 시작했다.

그리고 묵천은 눈을 부릅뜨고 말았다. 화선은 이미 단순한 부채가 아니었다. 나비의 신묘한 움직임이었고, 바람이었다.

적철의 손짓은 천변(千變)을 했다.

싹을 틔우는 농군의 손짓처럼 조심스럽다가, 음을 연주하는 악사의 손짓처럼 섬세하게 변했고, 바다와 싸우는 뱃사공의 손처럼 강하게도 변했다.

사랑하는 이의 몸을 애무하는 여인의 손길처럼 부드럽다가도, 천군만마를 지휘하는 장수의 손짓처럼 위엄이 서렸다.

일 보에 전신의 힘을 넣다가도, 마치 산보하는 자의 걸음처럼 가볍기도 했다.

적철은 온몸으로 자연을 만들었고, 음양조화를 부렸으며, 사람의 마음을 격하게도, 고요하게도, 때로는 미칠 듯 뒤흔들어 놓기도 했다.

"아, 아~!"

묵천의 입에서는 자신도 모르게 탄성이 터져 나왔다. 묵천은 자신의 눈을 믿을 수 없었다.

적철은 무(武)가 아닌 무(舞)를 하고 있었다.

가구와 집기들로 널려 있는 이 좁은 석실 안이 이 순간 너른 광야로 변했고, 적철은 그 광야를 좁다하고 뛰어다니는 한 마리의 사슴이 되어버렸다.

묵천은 느끼고 있었다.

천변(千變), 만변(萬變)하는 사부의 손짓이 산을 가르고 해일이라도 뒤엎을 듯한 중(重)한 것임을, 또한 물 찬 제비의 몸짓인 양 움직이는 자유롭고 경(輕)한 것임을 깨달았다.

사부의 손에 들린 것이 부채가 아니고 검이었다면 어땠을까?

묵천의 몸은 부르르 떨렸다.

"큭!"

묵천이 온몸으로 경동하고 있을 때, 적철은 한 움큼 핏줄기를 내뿜으며 허물어지듯이 쓰러져버렸다.

"사부님!"

"묵천아……."

"예."

"너는 버려야 한다. 네가 지금껏 배웠던 것들을 버려라. 검을 쥔 자는 아무것도 가지고 있어서는 안 된다. 형식도 틀도, 너는 이제 버려야 한다. 이제부터 너는 바람이 되어야 할 것이다. 모든 것을 포용하는 바람이. 너의 사형의 일은 용서하길 바란다. 이것이 나의 마지막…… 부탁이다……."

힘겹게 말을 잇던 적철이 이내 축 처져버렸다.

"아아아, 사부님!"

묵천의 입에서 비명이 터져 나오자 동굴 안의 박쥐들이 푸드득 몸을 날렸다.

그리고 이내 정적에 휩싸였다. 묵천의 흐느낌을 뒤로 한 채.

* * *

백천우의 손끝을 떠난 금조는 하늘을 한 바퀴 선회한 뒤 어둠 속으로 사라져갔다.

"흐흐흐, 이제야 일 보를 내딛었다. 이들 둘이 서로를 향해 이를 드러낼 때까지 나는 기다리기만 하면 된다. 두 맹수가 싸우면 이익은 그 싸움을 구경하던 여우가 취한다 했던가? 흐호호."

금조는 누구에게 날아간 것일까?

"지금은 당신의 말을 고분고분 들어주겠어. 후후후! 하지만 저 둘이 사라지고 당신의 정체가 드러나는 날이면 당신 또한 무사하지 못 할 거야. 내가 당신 위에 서 주지. 크크."

백천우는 잔인한 미소를 짓고 있었다. 그렇게 금조가 날아간 방향을 쳐다보던 그의 눈빛이 갑자기 달라졌다.

"천후성(天后星)이 빛을 잃었다. 사부가 죽어가고 있다는 말인가?"

백천우는 경악성을 터뜨렸다. 놀람의 표정은 잠시, 그의 얼굴에는 서서히 웃음이 번져갔다.

"하하하하! 하늘마저 이 백천우를 돕는구나. 그 늙은이를 죽여주다니. 하하하하! 그렇다면……."

백천우의 눈은 싸늘하게 반짝이고 있었다.

* * *

쏴아~! 쏴아아~!

비가 내렸다.

삼 일 주야를 퍼붓고 있는 비였다.

그리고 그 비를 친구 삼아 한 사나이가 봉분(封墳)을 지키고 앉아 삼 일을 지새웠다.

묵천의 얼굴은 많이 초췌해져 있었다.

그러나 묵천의 눈만은 섬뜩한 살광이 계속 피어 나오고 있었다. 그가 입술을 꽉 깨물자 입술에서는 한 줄기 선혈이 배어 나왔다.

"사부님. 당신은 나에게 말해 주시지 않았지만, 전 알고 있습니다. 사형이 사부를 벤 것이 대결에 의한 것이 아니라, 암습에 의한 것이라는 사실을! 전 당신의 뜻을 알기에 모르는 척 했던 것뿐입니다. 그를 용서하라는 말씀, 전 지킬 수 없습니다. 고아인 저를 길러주신 사부님을 벤 자입니다. 기필코 그자를 벨 것입니다. 기필코!"

묵천은 결연한 표정으로 일어나 삼배를 올리고 빗속으로 사라져버렸다.

그 모습이 사라져 더 이상 보이지 않게 되었을 쯤, 한 사나이가 나타났다.

사나이는 묘지 앞에 놓여 있는 묘비를 바라보았다.

묘비에는 〈나를 길러 주신 은인이 이곳에 잠들다.〉라고 적혀 있었다.

사나이는 준수하지만 사기가 가득한 얼굴을 하고 있었다.

그는 묘비를 손으로 살며시 쓰다듬었다. 마치 아이를 어르는 부모의 손길처럼 부드럽게.

그러다가 일순 그의 미간이 사악하게 일그러졌다.

파악!

그의 손아귀에 잡힌 묘비가 모래밭의 잡초처럼 뽑혀 나왔다.

"크흐흐흐, 사부. 당신은 어리석은 사나이요. 죽는 순간까지도 악독해지지 못했기 때문이오. 당신은 알아야 했어. 내가 이 세상에서 가장 두려워했던 인물이 당신이었다는 사실을 말이야. 그래서 난 당신을 죽이려 했지. 비록 성공하지는 못했었지만. 흐흐, 당신은 내가 뛰어넘어야 할 인물이었거든."

콰드득!

그의 손아귀에 들려 있던 석판으로 이루어진 묘비가 바스러져 버렸다.

"당신이 죽었다는 사실이 난 지금도 믿어지지 않아. 왜지 아시나? 당신은 너무 강했어. 너무!"

그의 손에서 푸른 마화가 이글거렸다.

그가 무덤을 향해 후려치자 무덤이 날아가면서 사방으로 흙이 튀어 올랐다.

옻칠을 한 붉은 목관이 그대로 드러났다.

"후후후. 이 순간 내가 얼마나 떨리고 있는지 당신은 모를 것이오. 당신이 죽었다면 나는 이 순간 이후 단 하나만을 위해 살아갈 것이오. 바로 나의 야망을 위해서!"

사내는 그대로 목관을 가격했다.

목관의 뚜껑이 그대로 날아가 버렸다.

그리고 목관 안에는 이미 부패하기 시작한 적철의 시신이 모습을 드러냈다.

"크하하하!"

사내의 입에서 광소가 터져 나왔다.

"나 백천우가 유일하게 두려워하던 자가 이렇게 형편없이 누워 있다니. 하하하하!"

광인의 모습이었다.

이자가 적철을 암습한 백천우였다니, 묵천이 증오하는 사형인 백천우였단 말인가?

퍼엉! 스스스스!

백천우의 일 장이 다시 움직이자 이미 썩어가기 시작한 시신은 허망하게 바스러져 버렸다.

"크흐흐흐."

그의 옷에 진흙과 시신의 살과 이미 검게 썩어가고 있는 피가 튀었지만 그는 개의치 않았다.

그가 다시 손을 까닥하자 적철의 머리가 허공섭물(虛空攝物)의 수법으로 그의 손으로 날아왔다.

"늙은이. 당신은 알아야 할 것이야. 저 애송이도 이제 곧 당신의 뒤를 이을 것이라는 사실을. 아마 저승에서 외롭지는 않을 것 같군. 크하하하!"

퍼억!

박 터지는 소리와 함께 적천의 머리는 으스러졌다. 그리고 그 피의 빗속에서 백천우는 환하게 웃고 있었다.

"이미 추격이 시작되었지. 애송이! 내가 만약 너를 당장 죽이고자 했다면 너는 이 산을 벗어나지도 못할 것이다. 크하하하. 그러나 너는 내 손에 죽어야만 돼! 그렇기 때문에 조금 시간이 걸리겠지. 흐흐흐."

한 광인의 모습이 더욱 짙어지는 폭우로 인해 점차 가리어지고 있었다.

쏴아~! 쏴아아~!

정말 지루한 빗줄기였다.

＊　＊　＊

홍화객이 죽은 후, 지난 칠 년간 중원은 태평성대를 누리고 있었다. 남태천의 무림맹(武林盟)에 눌려 도둑의 무리나 마적 떼들은 눈을 씻고 봐도 찾아 볼 수가 없었다.

각 파에서는 수많은 기재들이 무공 수련에 열을 올리고 있었고, 수많은 무도대회가 열려 수많은 인재들이 몰리고 있었다.

수많은 사람들은 남태천을 칭송했고, 무인들은 그를 선망하고 경배했다.

관(官)에서조차 그의 뜻이라면 한 수 양보하고 들어왔다.

그러나 알게 모르게 중원의 무인들은 썩을 대로 썩어 있었다. 너무나도 오랫동안 지속되어 온 평화가 문제였다.

각 파는 서로 이권을 위해 다투기 일쑤였고, 명예와 부를 위해 서로를 기만하고 배반하는 일은 허다했다.

각 파에서는 제자들을 키워 자파의 위세를 세우기에만 급급했을 뿐 진정한 협사나 영웅으로 키워내지는 못하고 있었다.

현 중원은 목표를 잃고 표류하는 거대한 배와도 같은 실정이었다. 이것이 남태천이라는 거인의 그림자로 인해 생긴 폐단이었다.

하여간 남태천, 그는 중원의 거대한 태양이었다.

이날은 그 태양으로 인해 중원이 술렁거렸다.

남태천이 월기신녀 조약빙과 약혼식을 치르는 날이었기 때문이다.

죽은 화혼녀 진주영으로 인해 이미 삼 선녀가 되어버린 사 선녀 중 하나인 조약빙은 미와 지를 고루 갖춘 여인이었다.

거기에 조약빙은 세외 삼대궁으로 손꼽히는 선천궁(先天宮), 빙궁(氷宮), 열화궁(烈火宮) 중 하나인 빙궁의 소주이기도 했다.

수많은 사내들이 조약빙의 미모와 그 세력에 군침을 흘렸지만 그들은 모두 남태천에 의해 김칫국을 마셔야 했다.

이번 약혼식은 세외 세력과 손을 잡으려는 남궁철민의 노력에 의해서 만들어진 일이기도 했다.

대소림사 대법원.

오늘 하루 소림사에는 수많은 무림명숙들이 찾아와 자리하고 있었고, 소림의 장문인이 친히 그들을 접대하고 수많은 하객들이 몰려들어 소림은 때 아닌 인파에 시달리고 있었다.

사방에서는 승들의 불경 소리, 목탁 소리와 시끄러운 폭음 소리가 들려오고 있었다.

그리고 본청에서 주인공인 남태천과 조약빙이 얼굴을 나타내길 사람들은 학수고대하고 있었다.

잠시 후 소림의 산문 쪽이 갑자기 소란스러워지고 사람들은 일제히 술렁거렸다.

그때 누군가가 외쳤다.

"월기신녀다!"

"와아!"

그리고 문이 열렸다.

조막만한 당혜(唐鞋)가 마차의 발판으로 내려섰다.

하얀 설묘의 털로 짠 당혜는 중원에서는 보기 힘든 물건이었다. 그렇게 한 여인이 모습을 나타내자 중원인들 사이에서 작은 소요가 일어났다.

"와아!

비단과 하얀 천으로 전신을 감싸고 얼굴마저 얇은 면사로 가리어져 용모를 알 수 없었으나, 그녀에게서는 형용할 수 없는 고귀함이 배어 나오고 있었다.

그녀는 사십여 인의 호위무사들의 호위를 받으며 전각 안으로 들어갔다.

거대한 대전의 안에는 비단휘장으로 꾸며진 나지막한 단(檀)이 있었고, 단 위에는 홍화(紅花)로 꾸며진 의자가 놓여 있었다.

단 앞에는 좌우로 길다란 탁자가 놓여 있었고, 그 위에는 미주(美酒)와 산해진미(山海珍味)가 놓여 있었다.

오늘만큼은 소림사에서도 어육(魚肉)을 준비하게 하였다.

탁자 주변에는 무림에서 혁혁한 신망을 드러내고 있는 무림명숙들이 자리하고 있었다.

소림의 장문인인 환우대사, 아미의 진우사태, 점창의 무적철추(無敵鐵錐) 진산, 현 남궁세가의 가주인 남궁성현, 개방의 소화자(小化子)와 제자인 호철, 무당의 태청노사(太淸老師), 공동의 벽개신(劈開身) 벽공 등 중원을 대표하는 스물두 개의 문파를 대표하는 대표자들과 방천화극(方天化戟)의 달인 황달, 쌍창(雙槍)의 전설로 남아 있는 우두척, 경공신법의 신인 풍운진인(風雲眞人), 궁의 달인 천위향 등 많은 기인이사들과 사십여 인의 전대 고수, 그리고 백여 명이 넘는 당대 고수 등이 자리를 하고 있었다.

그리고 젊은 기재들로 손꼽히는 무당의 운필, 천산의 독귀, 당문의 천독위 등 많은 사람들이 대전 안을 메우고 있었고, 소림승들만 해도 일백삼십여 명이나 되는 이들이 시중을 들고 있었다.

대전 안에 자리한 사람들이 이럴 진데, 소림사를 가득 메운 사람들의 수야 이루 말할 필요가 있을까?

월기신녀 조약빙은 대전을 가로질러 단 위로 올라가 의자 앞에 섰다.

그러자 그녀를 호위하고 나타났던 사십 인의 호위병들이 주변을 경계하던 십팔나한들의 사이에 늘어섰다.

호위병들은 하얀 백의에 가슴에는 빙궁 고유의 표식이 수놓아져 있었고, 은실로 수놓아진 영웅건을 질끈 동여매고 있었다. 그런 그들의 위용 앞에서 장내는 잠시 고요해졌다.

이때였다.

"와아!"

콰앙~!

바람소리와 함께 문이 열리며 한 사나이가 들어섰다. 당금을 대표하는 영웅 중의 영웅인 남태천이었다.

웅후한 기상과 패도적인 기세는 사람들을 압도하기에 충분했다. 남태천은 평소 그의 차림과는 다른 전통 예복에 신랑을 상징하는 붉은 꽃으로 가슴을 장식하고 있었다.

남태천이 단 위에 올라 조약빙의 옆에 나란히 섰다.

그러자 소림의 장문인 환우대사가 식을 진행시켰고, 명숙들과 무림인들은 술에 흠뻑 취해 중원무림의 경사를 찬양하며 술에 취해가고 있었다. 바야흐로 잔치 분위기는 무르익어 갔다.

그런데 식이 끝나가고 환우대사가 막 두 사람의 약혼을 선포하려는 순간이었다.

밖에서는 요란한 폭죽소리가 울리기 시작했다.

"컥! 독이⋯⋯."

"욱!"

"우욱⋯⋯!"

"산공독이다."

대전의 곳곳에서 많은 사람들이 토악질을 해대기 시작했고, 거품을 물고 쓰러지는 사람 역시 적지 않았다.

갑작스런 상황에 환우대사가 외쳤다.

"무슨 일이냐?"

그때였다.

음식을 나르며 손님 접대에 분주하던 백삼십 명의 소림승들이 입가에 사악한 미소를 흘리며 병장기를 휘두르기 시작했다.

"크윽, 컥!"

"이놈들!"

상황을 채 파악하지 못했던 사람들은 그들의 검과 도에 베어졌고, 극에 찢기어졌다.

그런데도 나한십팔승과 조약빙을 호위하고 나타났던 사십여 인의 호위무사들은 그런 모습을 그저 바라만 보고 있었다.

퍼펑!

환우대사의 일장에 검을 휘두르던 승 하나가 피떡이 되어 날아갔다.

"너희들은 소림의 제자들이 아니다. 어떤 놈들이냐? 정체를 밝혀라!"

그러나 환우대사 역시 갑작스런 장내의 상황에 판단을 제대로 하지 못하고 있었다.

만약 그가 상황 판단을 제대로 하고, 사람들을 구하기보다는 밖으로 탈출을 시도했다면, 전세는 역전되거나 상황은 크게 변하였을 것이다.

그러나 그는 간과하고 만 것이다.

어째서 남태천이 이런 상황을 보고만 있는 것인가?

십팔나한들은 왜 장문인을 보호하려고 하지 않는 것인가?

누가 음식에 독을 탈 수 있었는가?

왜 하필이면 이 시간에 폭죽이 터지기 시작했는가? 하는 것들을 깨닫지 못하고 있었다.

불행히도 그는 자신 앞에 쓰러지고 있는 사람들을 구하기에 급급했고, 그 순간에도 소림승을 가장한 자들은 산공독에 쓰러져 바둥거리는 사람들을 쳐죽이고 짓밟아 죽였다.

아미의 진우사태가 토악질을 하며 바닥을 구르다 한 승려의 발길질에 목이 꺾여 죽었다.

경공신법의 신인이라고 불리던 풍운진인이 단 한 걸음도 떼지 못하고 쓰러져 바닥에서 바둥거리다 일 검에 두 다리를 잃고 끝내 목마저 베어져 버렸다.

환우대사의 두 눈에서는 불똥이 튀었다.

'소림에서, 이 위대한 대소림사에서 이런 일이 벌어지다니! 안 된다.'

"아아아~!"

환우대사의 입에서 장소성이 터져 나왔다.

그러나 그 소리는 밖으로 새어나가지 못했다.

이미 사방으로 통하던 문들은 굳게 닫혀 있었고, 밖은 엄청난 양의 폭죽과 사자춤, 그리고 악공들의 반주소리로 인해 소란스럽기 그지없었기 때문이었다.

퍼억!

순간 환우대사는 등에 강력한 충격을 받았다.

"커억."

환우대사의 입에서 한 움큼의 선혈이 뱉어졌다. 그는 뒤돌아보았다. 자신을 암습한 자는 다름 아닌 남태천이었다.

"네, 네가!"

환우대사는 갑자기 머리가 밝아지는 것을 느꼈다.

최초에 누가 이곳에 연회를 베풀자고 건의했던가? 누가 초대장을 발송했으며, 누가 이런 음식 등을 준비시켰는가?

남태천의 마화가 일렁이는 손이 환우대사의 가슴을 관통하는 순간, 환우대사의 정신은 아득해졌다.

그는 허공을 향해 무언가를 거머쥐려는 듯 버둥거리다 쓰러져 이내 숨을 거두고 말았다.

그리고 그런 그를 보고 남태천은 사이한 미소를 지으며 누군가가 가져다준 수건으로 손에 묻은 피를 닦았다.

"시신들을 치워라."

어느새 대전 안에 있던 무림인들은 피에 절은 고깃덩어리로 변해 쓰러져 있었다.

주변에 늘어서 있던 무사들과 십팔 나한은 승들을 도와 시신을 치우기 시작했다.

단 아래에 자리하고 있던 비밀통로를 통해서!

이제 막 신(辛) 시가 다 되어가고 소림사의 산문 사이로 돌아가는 사람들의 모습이 하나 둘 비치기 시작했다.

그리고 대전의 문이 열리며, 여느 때와 같이 환우대사가 돌아가는 손님들을 배웅하기 시작했다.

환우대사의 입가에는 자애로운 미소가 머금어져 있었다.

개방의 소화자가 제자인 호철을 데리고 너털웃음을 지으며 걸쭉한 웃음과 농담을 내뱉으며 문을 나섰고, 아미의 진우사태가 고아한 미소로 환우대사의 환송을 받으며 돌아갈 차비를 차리고 있었다.

죽었던 사람들이 다시 살아날 수 있다는 것인가?

정말 알 수 없는 일이었다.

굵직굵직한 돌을 쌓아올려 만든 사각의 석실이었다. 이곳은 각 종 형구와 고문기구들로 가득 차 있었다.

한 사나이가 형구에 묶여 있었고, 온몸은 상처투성이로 이미 썩어 들어가고 있었다. 하지만 그 상처는 장시간이 지나야만 썩어 들어가는 것이 아니었다.

독을 주입해 고통스럽고도 빠르게 썩어 들어가고 있었다. 그로 인해 석실은 묘한 악취로 가득했다.

"으으으……."

나지막한 신음소리가 그의 입에서 새어나오고 있었다.

덜컹!

소리와 함께 문이 열렸다.

한 사나이가 들어와 형구에 묶여 있는 사나이를 향해 입을 열었다.

"작은 외숙, 전 진실을 알고 싶을 따름입니다."

"진실? 크흐흐, 너는 네 어미를 닮았어. 자신이 하고자 하는 일은 조금의 망설임도 없지. 콜록!"

형구에 묶인 남궁성현은 자지러지게 기침을 해대기 시작했다.

"나는 모른다. 왜 너의 어머니가 죽었는지."

"외숙, 당신은 알고 있습니다. 큰 외숙이 왜 제 어머니를 독살하였는지……, 전 분명히 알고 싶습니다. 물론 제 아버지조차도 죽이셨겠지요? 전 분명히 알고 있습니다."

남궁성현은 증오에 가득 찬 눈으로 남태천을 바라보았다.

"너는 미쳤다. 아느냐? 너 자신이 마성에 젖어 얼마나 위험한 짓을 하고 있는지 넌 몰라! 너는 결코 성공하지 못할 것이다. 콜록! 콜록!"

남궁성현의 입에서는 검게 변한 사혈(死血)이 흘러나왔다.

이미 그는 독이 심장까지 퍼져있었던 것이다. 그러나 그는 애써 태연한 신색을 유지했다.

"너는 절대 성공하지 못해."

"당신은 마지막까지 나의 화를 돋우는군요. 정말로 말씀입니다!"

남태천의 손길은 남궁성현의 볼을 서서히 쓰다듬어 아래로 내려가기 시작했다.

턱을 지나 목에 다다르자,

"큭!"

우두둑!

남태천의 손아귀에 힘이 주어지자 남궁성현의 목은 힘없이 꺾여버렸다.

남궁선현은 혀를 길게 빼물면서 생의 종지부를 찍었다.

"흐흐흐. 너희들이 자백하지 않아도 다 알아. 이제부터 시작이야. 모두 죽일 것이다. 나의 뜻을 거스르는 자들은!"

남태천의 사이한 미소가 석실의 구석구석으로 퍼져나갔다.

* * *

등룡촌(登龍村).

적성강이라는 작은 강의 하류에 자리한 이 마을은 백여 호가 넘는 집들이 자리하고 있는 제법 큰 촌이었다.

이 마을은 강변에 위치하면서도 마을 자체는 산의 중턱에 자리하고 있어 특이했다.

그러나 매년 팔월이면 일어나는 홍수를 피하기 위한 지혜였으니 그 사정을 아는 사람들에게는 그렇게 새삼스런 일도 아니었다.

쏴아아~! 쏴아~!

칠월에 접어든지 채 열흘도 지나지 않아 내리기 시작한 폭우는 며칠이 지났는지 셀 수도 없었다.

마을로 들어오는 우마차는 진창길을 헤집으며 앞으로 달려가고 있었다.

촤아악!

마차의 바퀴가 웅덩이를 지나자 진흙탕 물이 튀었고, 우립을 쓰고 지나가던 한 사나이는 그로 인해 낭패를 보았다.

고개를 든 사나이는 묵천이었다.

묵천의 얼굴은 심하게 일그러졌다. 그러나 이내 우립 아래로 얼굴을 가리고 길을 따라 묵묵히 걷기 시작했다.

천루(天樓).

등룡촌은 제법 큰 마을이기는 했지만 객점은 딱 한 곳밖에 없었다. 천루(天樓)라는 거창한 이름의 이 객점은 역시 이 마을의 유일한 주점이며 식당이고, 또 다점(茶店)이었다.

보통은 유일하다는 이유로 접대나 물품들이 형편없기 마련이지만, 이곳 천루는 그래도 훌륭하다는 평을 듣고 있었다. 물론 거대한 도시에 가면 중하급 정도의 객점으로 취급받을 것이 당연하겠지만 이런 작은 마을에서는 좀처럼 볼 수 없는 객점 수준이었다.

그런데 지금 이곳은 평온한 모습이 아니었다. 방금 전 이 객점에 한 사나이가 찾아들었기 때문이었다.

덜컹!

문이 열리는 소리에 실내는 일순 고요해졌다.

한 사나이가 비에 잔뜩 젖어 물이 뚝뚝 떨어지는 우립을 걸친 채 객점 안을 가로질러 구석진 곳으로 걸어가 자리에 앉았다.

철컥.

사내는 탁자에 검을 기대어 놓고 묵묵히 앉아 있었다.

이 등룡촌에 이런 무인이 찾아든 것은 처음이었다.

간혹 현감의 사병들이 돌아다니긴 했지만, 그들 중 무술을 제대로 알고 있는 자는 하나도 없었다.

그저 현감의 비호에 거들먹거리는 정도라고나 할까?

그런데 이자는 분위기부터 달랐다.

천루의 주인인 전추는 내심 두근거리는 가슴을 쓰다듬으며 사내를 향해 다가섰다.

"뭐, 뭐로 드시겠습니까?"

"밥, 돼지고기 볶음 한 접시에 소채, 죽엽청 한 말."

"예에. 그, 그럼 준비해 올리겠습니다."

사나이의 묵직한 목소리에 내심 식은땀을 닦으며 돌아서려던 전추는 순간 경직했다.

"그리고."

"예?"

대답을 하는 그의 목소리는 잔뜩 얼어 있었다.

"방 하나 준비해 주시오. 따끈한 목욕물하고."

"예. 예."

전추는 고개를 탁자에 박을 정도로 숙여가며 대답을 했다.

그때 다시 소리가 들렸다.

데구르르르.

무언가 묵직한 소리가 나며 그의 눈앞으로 굴러 들어왔다. 큼지막한 은자였다.

족히 닷 냥은 되어 보이는 거대한 은자가 아닌가?

순간, 전추의 신바람 나는 목소리가 터져 나왔다.

"감사합니다요!"

곧이어 함지박만큼 벌려진 입을 한 전추는 신바람이나 주방으로 달려갔다.

그도 그럴 것이 은자 한 냥이면 다섯 식구가 한 달은 떵떵거리면서 놀고먹을 수 있는 금액인데, 한 끼 식사와 방 값으로 닷 냥이니 횡재도 보통 횡재가 아니었다.

그런데 전추가 막 주방으로 들어섰을 때였다.

콰광~! 쾅~! 우르릉~!

어마어마한 소리와 함께 천루가 무너져 내렸다.

사방이 먼지와 파편으로 뒤덮였다. 이 빗속에서도 이렇게 많은 먼지가 일 수 있다는 사실이 놀라울 정도였다.

그리고 어느 샌가 천루를 포위하는 형식으로 이십여 명은 되어 보이는 사람들이 둘러서 있었다. 그 가운데에 폐허가 되어버린 천루를 보며 회심의 미소를 짓고 있는 사나이가 한 명 서 있었다.

백천우였다.

"명호."

백천우가 입을 열자 뒤에 읍하고 서 있던 사나이 하나가 앞으로 나섰다.

"예!"

"시신을 확인해라. 나는 본전으로 돌아가겠다."

"옛!"

백천우는 물을 차고 나는 물새처럼 허공을 가르며 사라졌다.

그러자 명호라 불렸던 사나이가 외쳤다.

"잔해를 들어내고 수색하라. 비록 고기 한 조각조차 발견하기 어렵겠지만!"

폭우의 양은 엄청나게 늘어나고 있었고, 등룡촌의 사람들은 그림자조차 찾아 볼 수 없었다.

아무리 호기심 많은 바보라도 이 상황에서는 나오지 않아야 목숨을 건질 수 있다는 걸 모르지는 않을 것이므로, 그들은 꼭꼭 숨어서 이 상황이 끝나기만을 기다리고 있을 것이다.

건물 주위를 포위하고 있던 사람들이 명호의 명령에 신속하게 움직이며 건물의 잔해를 뒤적이기 시작했다.

얼마쯤 지났을까?

"켁!"

한쪽 구석에서 잔해를 뒤적이던 사나이가 목을 감싸 쥐며 쓰러져 버리는 것이 아닌가?

"무슨 일인가?"

다른 사나이가 그것을 보고 다가서며 외치는 순간, 건물의 잔해 속에서 검은 그림자가 뛰쳐나왔다.

당황한 사나이는 그림자를 보고 뭐라 소리치려고 했지만 단 한 마디를 할 수 있었을 뿐이다.

"커억!"

사나이는 불귀의 객이 되어버렸다.

그와 함께 명호가 외쳤다.

"목표가 살아 있다."

하지만 건물 잔해를 뒤지던 사나이들이 채 검을 뽑기도 전에 튀어나온 검은 물체는 생선을 노리는 고양이처럼 재빠르게 움직였다. 그 모습은 알아 볼 수 없을 정도로 날쌘 동작이었다.

"크윽."

"컥!"

검은 그림자는 멋진 호선과 직선을 허공에 그렸다.

선혈이 빗속에 떨어져 빗물과 함께 흘러내리고 있었다.

얼마 후 지면을 밟고 서 있는 명호의 부하는 아무도 없었다.

단 한 사나이가 선혈이 질퍽하게 흘러내리는 지면을 밟고 서 있을 뿐이었다.

명호가 고개를 들어 그 사나이를 바라봤다.

짙은 눈썹에 회색빛의 낡고 더러운 건(巾), 고집스럽게 꼭 다문 입술, 그리고 그의 손에 들린 검이 그의 특징이었다. 그 검에서는 아직도 식지 않은 진홍빛 선혈이 흘러내리고 있었다.

그러나 명호는 그 사나이를 바라보면서 단 한줌의 분노도 느끼지 않았다.

'나의 수하들을 죽인 자인데…… 어째서?'

분노와는 다른 감정이라는 데에 명호는 놀라고 있었다.

'나에겐 원수와도 같은 자인데.'

지금 명호의 가슴을 지배하고 있는 것은 두려움이었다.

자신도 주체하지 못할 정도로 처절한 두려움, 바로 죽음에 대한 공포였다.

명호는 검을 꼭 쥐었다.

그러나 그의 떨림은 멈추지 않았다.

"너희들은 백천우의 수하인가?"

명호는 그의 말에 반박이라도 하듯이 통렬하게 외쳤다.

"아, 알 필요 없다."

그러나 그것은 이미 자신의 정체를 밝히는 행동이나 다름 없지 않은가.

더 이상의 훌륭한 대답은 없었다.

"그렇군, 그자였군!"

"큭. 죽어라."

명호는 손에 든 검을 공력으로 잘게 부숴 암기처럼 날려 보냈다. 무사가 검을 버린다는 것은 죽음을 각오한 일이다.

검의 피편들은 마치 잘 짜인 각본처럼 사내의 전신을 향해 무서운 속도로 날아가고 있었고, 사나이는 그 조각들을 피하기 위해 몸을 움직여야만 할 것이다.

그렇게만 되면 상대는 뭔가 틈을 보이게 될 것이라고 명호는 생각했다.

'미세한 틈이면 된다. 아주 미세한!'

명호는 속으로 외치고 있었다.

뱀의 그것처럼 번들거리는 눈으로 사나이의 작은 동작마저도 놓치지 않으려는 듯 예리하게 살피고 있었다.

팽팽한 긴장으로 그의 힘줄이 툭툭 불거져 나오고 있었다.

그러나 사나이는 자신의 미간에 검 부스러기가 날아오는 것을 보고도 조금의 놀람이나 반격의 차비를 차리지 않았다. 그저 자신의 온몸을 노리면서 날아오는 검 부스러기들을 자신의 숙명인 양 바라보고 있을 뿐이었다.

'자살이라도 생각하는가?'

명호는 그의 행동에 오히려 자신이 긴장을 하며 식은땀을 흘리고 있었다.

검이 사나이의 미간에 적중되었다고 느껴지는 순간, 명호는 자신의 양손을 교차하면서 장력을 방출시켰다.

바로 그때, 명호는 사내의 입가에 엷은 미소가 어리는 것을 보았다.

"이 미친!"

사내는 자신이 던진 검 부스러기를 향해 달려들고 있었다.

그리고 그가 본 것은 섬광이었다.

한 줄기 흰 선. 그리고 잠깐의 고통, 이것이 명호의 마지막이었다.

사나이는 지면을 딛고 내려섰다.

"어리석은 자군. 적은커녕 자신조차 제대로 알지 못하고 이런 뻔한 공격을 하다니. 백천우, 이런 자로 나를 상대하려 하다니 가소롭구나!"

사나이는 냉소를 머금으며 마을의 어귀를 향해 발걸음을 돌렸다.

그리고 그의 모습이 더 이상 보이지 않게 되었을 때, 한 사나이가 빗속에서 모습을 드러냈다.

그것은 돌아간 줄 알았던 백천우가 아닌가?

백천우는 사악한 미소를 짓고 있었다.

"그래, 너는 강했지, 나보다도. 나와는 달리 너는 무(武) 외의 일에는 관심조차 없었으니까. 그러나 너는 알게 될 것이다. 단지 무만으로 세상을 살아갈 수 없다는 것을! 나보다 더욱 뛰어난 감각과 무예를 지니고 있지만 너는 죽을 것이야. 이미 나는 너의 무(武)라는 것을 보았으니까."

그렇다면 백천우는 간 것이 아니라 자신의 부하를 희생시켜 그의 무술 실력을 기늠하고 있었단 말인가?

백천우는 하늘을 바라보며 말했다.

"묵천, 너는 시험 당할 것이다. 백 번이고 천 번이고 계속! 나에게 절대적인 자신이 생겼을 때 너는 죽게 될 것이다. 처절하게!"

그리고 그는 한 줄기 빗물과 함께 사라져버렸다.

　　　　＊　＊　＊

　사람이 자신의 감정을 감출 수 있는 방법에는 어떤 것들이 있을까?

　철저하게 무표정으로 일관을 하면 될까?

　자신의 억양이나 표정을 수시로 바꿔 상대를 혼란스럽게 하는 것은 어떨까? 그것도 아니라면 간단하게 자신의 얼굴에 천이라도 두르면 상대는 알아챌 수 없지 않을까?

　그러나 그것은 그렇게 간단하지가 않다.

　사람이 분노하고, 즐거워하고, 흥분하고, 슬퍼하는 것은 작고 미세한 동작 속에서도 느껴지기 때문이다.

　그러나 이곳에는 자신의 감정을 철저히 숨기는 법을 알고 있는 한 사나이가 있었다.

　인간이 웃을 때는 모두들 기쁘거나 행복할 때 일 것이다.

　간혹 슬픔이 극에 달해 허탈해질 때나 혹은 실성한 때에도 웃기는 한다. 하여튼 인간이 웃을 때는 한정되어 있다.

　그런데 이 사나이는 늘 웃고 있었다.

　이유는 없다. 그저 미친 듯이 웃어 제키거나 아니면 싱긋이 웃고 서 있는 것이, 이 사나이가 지닌 삶의 목표고 사상이라도 되는 냥 마냥 웃고 있는 것이다.

　그의 직업은 평범하기 그지없는 주방장이었다.

따다다닥.

칼과 도마의 마찰음이 경쾌하게 들려오고 주변에 늘어선 조리사들은 각자 자신들이 맡은 일에 열중하고 있었다.

치이익~ 칙! 칙!

기름 위에 야채가 얹어지자 요란한 소리를 내며 끓기 시작했다. 그리고 그 앞에는 몸이 코끼리를 연상케 하는 사람이 서 있었다.

주방의 열기 때문인지 그의 몸에서는 끈적끈적한 기름땀이 흘러내리고 있었다.

그의 몸은 보기만 해도 짜증이 날 정도였다.

한 사람이 겨우 지날 공간에 그가 서 있음으로 해서 그의 곁을 지나는 사람들은 그를 피해 다른 곳으로 움직여야만 했다.

이 좁은 주방에서 그는 어떻게 움직이고 있는지 신기할 지경이었다.

그는 주걱으로 열심히 냄비를 휘젓고 있었다.

그의 손이 움직이자 파란 불길이 피었다 사라졌다.

그는 예의 그 웃음을 머금고 있었다. 뚱뚱한 사람들이 그렇듯 그 역시 호인처럼 넉넉한 인상을 풍기고 있었다.

"소펑. 어이, 소펑!"

"왜 그러슈?"

"주인이 좀 나와 보라는데."

"젠장. 도대체 뭘 가지고 또?"

"몰라. 하여튼 나와 봐."

소평이라 불린 거대한 사나이는 몸을 뒤뚱거리며 주방에서 나가고 있었다. 짜증난 어투와는 달리 그는 만면에 예의 미소를 짓고 있었다.

"이봐, 소평!"

"왜 그러슈?"

이곳 주인인 금배의 얼굴에 골이 깊이 패었다.

'이 자식은 말끝마다 반말이야?'

금배는 하루에도 얼마나 많이 이 버르장머리 없는 주방장을 잘라버리고 싶은지 모른다. 아마도 그의 요리 솜씨가 뛰어나 손님의 대다수가 그의 음식만을 찾지 않았거나, 자신이 조금만 더 욱하는 성질이 있었다면 벌써 수 년 전에 잘라버렸을 것이다.

"이 손님이 자네를 찾아 오셨다는구만."

"바빠 죽겠는데, 손님은!"

소평은 금배가 가리키고 있는 자를 바라보았다. 그는 순간 움찔했다.

'대단한 기세다. 믿지 못할 정도로!'

소평이 바라본 곳에는 화려하게 수놓아진 비단옷을 입고

있는 한 사나이가 있었다. 어린아이에게나 맞을 것 같은 색동 옷이었다.

그는 홍화주(紅花酒) 한 병과 어포, 그리고 소채 한 접시를 놓고 술을 들이켜고 있었다.

그리고 그리 더운 날씨도 아닌데 사나이는 다른 쪽 손으로 연신 부채질을 하고 있었다.

"왜 날 찾으셨소?"

소평은 무공에 입문조차 하지 않은 듯한 자에게서 이러한 기세를 느낀 것은 처음이었다.

그는 자신이 놀랐다는 사실을 숨긴 채 입을 열었다.

"날 왜 찾으셨소?"

소평이 재차 묻자 싱글거리기만 하던 사내가 입을 열었다.

"흠! 자네의 요리 솜씨가 너무 좋아서 한 번 보자 했네."

"요리 솜씨요?"

"주인장에게 물으니 이 소채는 자네가 볶은 거라 하더군."

"아!"

사내는 소채를 집어먹으며 말했다.

그리고 사내는 맛을 음미하는 듯한 표정을 지었다.

"음. 훌륭해. 무릇 야채는 날로도 먹는 음식이라 많이 익히면 맛이 덜하지. 그리고 야채의 향을 내려면 센 불에 적당히 대치고 양념 또한 그 야채의 종류에 따라 다르게 배합을 해야

해. 거기에 기름이 많이 배어들면 맛이 나지 않으니 끓는 물에 한 번 살짝 데쳐 볶으면 그 맛이 일품이 되거든? 게다가 조금의 물도 스며 나오지 않았다."

소평은 여전히 웃고 있었다. 그러나 그의 얼굴에는 식은땀이 줄줄 흘러내리고 있었다.

'나만의 비법을 모두 알고 있다. 이자는 나에게 계획적으로 접근한 자⋯⋯!'

"다, 당신은 누구요?"

소평의 물음에도 아랑곳하지 않고 사내는 말을 이었다.

"하지만 믿을 수 없군. 이런 요리 솜씨라면 중원 최고의 살인 요리사라 꼽히는 적사(赤蛇)밖에는 없을 텐데? 그자는 인간의 미각을 현혹시키는 요리 솜씨를 지니고 있다고 하지. 그는 두 가지의 재료만 있어도 인간이 맛볼 수 있는 최고의 맛을 만들어 낼 수 있다고 해. 물론 죽음과 함께 말이야. 그런데 적사는 당신처럼 뚱뚱하지 않거든?"

그는 마치 자신을 잘 알고 있었다는 듯이 말하고 있지 않은가?

소평의 등골에 식은땀이 주르르 흘러내렸다.

그의 입은 더욱 거칠어졌다.

그리곤 그의 웃음 가면이 벗겨졌다. 소평의 얼굴은 꿈에도 무섭게 일그러졌다.

"네놈은 누구냐?"

"나? 하하하! 당신이 나를 알아 무얼 하겠나? 적사라면 혹시 모르겠지만."

소평의 얼굴은 벌겋게 달아올랐다.

"익! 죽어라!"

소평의 손에 들려 있던 주걱이 몇 개인지 조각으로 쪼개어지며 빗살처럼 쏟아져 날아갔다.

사내는 의자 채로 벌렁 드러누우며 발끝으로 주걱 조각들을 차냈다. 주걱 조각들은 날아오던 탄력으로 인해 나무기둥에 둔탁한 소리와 함께 박혀버렸다.

소평은 다시 조금의 주저함도 없이 사내의 면상을 향해 일권을 질러갔다.

"흥!"

하지만 이번에도 사나이는 몸을 굴리며 너무도 가볍게 사내의 일 권을 피해버렸다. 발끝으로 바닥을 구르자 사내의 몸은 뒤쪽으로 주르르 밀려가 버렸다.

퍼펑!

소평의 손에 걸린 탁자 하나가 바스러져 사방으로 튀었다.

"네놈은 누구냐?"

"네놈의 주인이지."

"미친!"

소평은 일갈을 하며 사내를 향해 대오장(大烏掌)을 날리며 수도(手刀)로 사내의 목을 노렸다.

그러자 그저 싱글거리던 사내는 퉁기듯 일어서며 이화접목의 수법으로 장력을 옆으로 흘려보내는 것이었다. 그러고는 옆 탁자 위에 놓인 나무젓가락으로 그의 손을 막아가며 좌수에 탄지신공을 운기했다.

"가소롭다!"

소평은 사내가 나무젓가락 하나로 자신의 수도를 막으려는 것을 보고 발끈하여 공력을 극도로 운기했다.

서너 자 정도의 대리석도 두부 가르듯 갈라지는 소평의 수도를 겨우 나무젓가락으로 막으려 하다니, 소평은 자존심에 금이 가는 소리를 들었다. 그의 이마에서 핏줄이 툭툭 불거져 나왔다.

따당!

나무젓가락과 수도가 맞부딪치자 불꽃이 튀며 둔탁한 소리가 났다.

"크윽."

반탄지력에 소평은 뒤로 세 걸음이나 물러서야 했다.

사내는 일말의 틈도 주지 않고 물러서는 소평의 몸에 지력을 날렸다.

"크악!"

소평은 붉은 선혈을 내뱉으며 뒤로 튕겨졌다.

쿠당탕~!

둔중한 소리들과 함께 소평의 육중한 몸은 탁자 서너 개를 부수며 벽에 부딪쳤다.

소평은 정신을 차리려고 몇 번 고개를 가로저었다.

그때였다.

땡그랑!

바닥에는 낡은 동전 일 문과 붉은 장미가 수놓아진 손수건이 떨어져 내렸다.

"이건!"

소평은 눈을 부릅떴다. 하지만 이미 사내의 모습은 그의 시야에서 보이지 않았고, 소평은 엽전과 수건을 집어 들고 미친 듯이 뛰쳐나갔다.

주루 안에는 금배만이 남아 있었다.

금배는 너무도 놀라 눈알이 다 튀어나올 뻔했다.

그 뚱뚱보 소평이 무림인이었다니, 그리고 쾅쾅! 하는 순간 마루바닥이 뚫리고 주걱이 단단하기 그지없는 기둥에 박힌다는 건 상상도 못했던 일이었다.

거기에 귀신처럼 사라지기까지 하지 않는가?

"귀, 귀신들이다."

금배는 자리에 털썩 주저앉으며 한 사발이나 되는 오줌을 바지에 지리고 말았다.

* * *

하늘은 금방이라도 무너져 내리기라도 할 듯이 검은 구름
으로 뒤덮여 있었다.

그 하늘 아래 짙푸른 잔디로 뒤덮인 언덕 위의 거대한 나무
옆에 한 사나이가 앉아 있었다.

그는 이곳에 앉아 있은지 벌써 칠 년이라는 시간이 흘렀다.

누더기가 되어버린 옷에 덥수룩한 수염, 이미 인간의 형상
이 아니었다.

이곳은 언덕 아래에 있는 마을 아이들의 놀이터였는데, 이
사나이가 온 후로는 사람의 인적이 끊어진 적막한 곳이 되어
버렸다.

그도 그럴 것이 이런 부랑아가 있는데 어느 부모가 아이를
보내겠는가?

이 사나이는 이곳에 앉아서 일곱 번의 겨울을 보냈다. 그
사나이는 이 자리를 한 번도 떠난 적이 없었다.

몇 해 전까지는 마을 사람들이 혹시 사나이가 얼어 죽기라
도 했을까 하고 올라와 보면 사나이는 싸늘한 눈으로 그들을
노려보곤 했다. 사람들은 더 이상 이 사나이에게 일체 신경을

쓰지 않게 되었다.

그리고 앉아 있는 사나이 앞에는 뭔가 길쭉한 물건이 땅에 꽂혀 세워져 있었는데, 그것 때문에 그가 도인(道人)이라는 얘기도, 무인이라는 얘기도 떠돌았지만 신경 쓰는 사람은 아무도 없었다.

신경 써 봐야 돌아오는 건 얼음 같은 눈빛뿐이니, 생계에 아무런 보탬도 되지 않는 이 일에 오래 신경을 쓸 한가한 위인들이 없는 게 당연했다.

그의 시선은 고정되어 있었다.

오직 한 점, 앞에 놓인 검 하나에 모든 신경을 집중했다. 그건 검이라기보다는 한 조각 쇳덩이라고 해야 옳을 정도로 녹이 시퍼렇게 서려 있었다. 간신히 검이라고 추측할 수 있을 정도의 형태만을 유지한 검이었다.

그 명목만을 유지하고 있는 물건 앞에 그 사나이는 그렇게 앉아 있었다.

문득 사내는 눈을 들어 하늘을 바라봤다.

"뭔가 내릴 것 같군."

나지막하게 읊조리는 사내의 눈에서 한기가 느껴졌다.

"비였으면 좋겠어. 시원하게 내려 줬으면……."

사내는 다시 검을 노려보기 시작했다.

습한 바람이 좌우에서 불어 나무와 풀잎들을 휩쓸고 있었지만 사내는 만년거석이라도 되는 냥 조금의 미동도 하지 않고 있었다.

사나이의 주위로 폭풍을 알리는 바람이 몰아쳐 들어오고 있었다.

* * *

"소주."

소평은 자신 앞에 앉아 있는 사나이를 유심히 살펴보았다.

한 서른쯤 되었을까?

약간 유들유들한 인상에 나이에 어울리지 않게 부잣집 막내도령이라도 되는 듯한 화려한 옷을 입고 있었다. 그리고 한가롭게 부채를 부치며 살며시 미소를 머금고 있었다.

그러나 그의 눈은 약간의 장난기마저 어린 채 신비롭게 반짝이며 자신을 바라보고 있는 것이 아닌가?

"소주. 나는 아직 당신을 인정한 것이 아닙니다."

정적이 흘렀다.

소평은 앞에 앉은 사나이를 바라보며 그를 향해 물었다.

"앞으로 어떡하실 작정입니까?"

소평은 자신이 묻고 싶은 말이 이루 말할 수 없을 정도로 많음에도 불구하고 물을 수가 없었다.

도대체 주인은 살아 계신가?

그렇다면 어디에 계신가?

그분을 어떻게 해야 만날 수 있는가? 그의 머릿속에서는 너무나도 많은 생각들이 뒤엉켜 정리가 되지 않고 있었다.

그랬기에 소평이 그를 향해 처음 던진 질문이 앞으로 어떻게 할 작정이냐는 말이었다.

그러나 사나이는 그의 모습을 물끄러미 바라보고 있었다.

"소주."

그가 다시 말을 잇기 전에 사나이가 입을 열었다.

"나는 사마적이라 하오."

"사마 씨 성을 쓰신다면 주인님과는⋯⋯?"

"후후후! 나의 아버님이시지."

"아버님이시라구요?"

믿을 수 없다는 느낌이 역력했다. 그도 그럴 것이 그가 주인과 헤어졌을 때 주인은 겨우 스물예닐곱을 넘기고 있었다.

그런데 칠 년 만에 서른은 넘어 보이는 사람을 자신의 양자로 삼다니 뭔가 맞질 않지 않는가?

"진정입니까?"

"그렇소."

"믿을 수 없습니다."

"후후. 내 나이가 너무 많아 그러시오?"

"그, 그렇습니다."

순간이었다. 아니, 찰나라고 해야 옳을 것이다.

그의 앞에 앉아 있던 서른 남짓하던 장년인은 어느새 갓 스물 정도의 청년 모습이 되어버렸다.

'변용술(變容術)!'

청년의 얼굴에는 천진한 아이의 미소가 어리어 있었다. 그 해맑은 눈은 소평의 가슴을 뻥 뚫어주는 듯한 충격을 주었다.

"아!"

나지막한 감탄사가 그의 입에서 터져 나왔다.

수려한 용모였다. 소평으로서는 전에도 보지 못했고 앞으로도 다시 보지 못할 얼굴이었다.

하지만 한 가지, 사마적의 눈에서는 그 준수한 용모와는 상반되는 차가운 한광이 흐르고 있었다. 마치 그 깊이를 알 수 없는 한 수를 바라보는 것과 같았다.

"우리는 할 일이 많네. 이만 일어나지."

사마적은 소평의 그런 맘을 아는지 모르는지 말을 마치자마자 자리에서 일어났다.

소평 역시 그의 뒤를 따랐다.

그런데 그들이 문 밖으로 사라지기 무섭게 구석에서 식사를 하던 장사치 둘이 눈을 마주치며 자리에서 일어나 그들의 뒤를 쫓아나가는 게 아닌가.

그리고 한쪽 구석에서 술에 취해 곯아떨어져 있던 사나이 역시 어디론가 사라져버렸다.

그제야 그동안 살벌한 분위기였던 객점 안은 평온을 찾을 수 있었다.

하지만 객점 주인에게는 평온보다는 돈이 더 중요했던 것 같았다. 뒤늦게 이들이 그냥 나간 사실을 안 주인이 노발대발하며 점소이들을 혼을 낸 것이다.

그로서는 손님을 다섯이나 공짜로 먹인 것이니 화가 나는 게 당연했겠지만, 나중에 그들 자리에 놓여 있는 은자를 보고는 가슴을 쓸어내리며 음식 값의 몇 배를 번 것이 좋아 어쩔 줄을 몰라 했다.

＊　＊　＊

번쩍!

허공을 가르는 한 줄기 빛살이 대지의 어딘가에 떨어져 내렸다. 번개는 나타난 것보다도 더욱 빠르게 그 모습을 감췄다.

우르르릉~!

이번엔 천둥소리가 천지를 진동시켰다.

하늘은 다시 한 번 개벽의 순간을 맞이하듯이 온통 난리를 피워대고 있었다.

온통 검은 하늘과 번개와 천둥뿐이 아니라 나무가 뿌리 뽑힐 것 같은 강한 바람마저 불어댔다.

마을 사람들은 모두 집안으로 숨어 들어가 문고리를 잡고 집이 바람에 날려가지 않기를, 번개에 맞지 않기를, 폭풍우에 떠내려가지 않기를 부처님께 빌고 또 빌었다.

이렇게 모두 살기 위해 버둥거리는데 전혀 삶을 도외시 한 듯한 사람이 한 명 있었다.

언덕 위에서 칠 년째 검만 노려보고 있는 바로 그 사나이.

그는 사방이 확 트인 언덕 위에서 유일하게 서 있는 거대한 나무 아래에 자리 잡은 채 움직일 생각을 안 하고 있었다.

점점 더 강하게 전전(雷電)이 허공을 난타하고 빛살이 전신을 때려댔지만 사나이는 눈 하나 깜빡이지 않았다.

그저 자신 앞에 놓인 검만을 노려보며 앉아 있을 뿐이었다. 무엇이 그를 그토록 무심하게 하는 것일까? 무엇이 그를 그토록 집중하게 하는 것일까?

지금 그의 마음속에는 하나의 선이 그려지고 있었다.

그리고 사방으로 뻗어나가는 검의 줄기들이 되돌아와 자신을 난타해대고 있었다. 하나의 선이 완성되고 나면 그는 곧 다른 선 하나를 만들어 내었다.

그는 무수히 많은 선을 그려대고 있었다.

이 짧은 순간에도 사나이는 자신의 뒤에서 폭풍우에 잡초처럼 나부끼는 거목을 얼마나 많이 난자했는지 모른다.

그러나 그는 만족을 느끼지 못하고 있었다.

'쾌와 변을 일 검에 이루어야 한다.'

사내의 눈에서는 절망의 빛이 떠올랐다.

'칠 년, 칠 년이 지났다. 그러나 더 이상의 빠름도 변화도 이루지 못하고 있다. 정녕 그 둘을 일 검에 이룰 방법이란 없는 것인가. 아니면 나의 노력이 부족한 것인가.'

번쩍~!

하나의 빛살이 허공을 휘감아 돌며 또 다시 지면을 할퀴고 사라졌다.

하나의 줄기에서 뻗어 나오는 수많은 가지가 허공을 점점이 수놓았다 사라져 버렸고, 그 순간 사내의 눈에서는 이채가 흘렀다.

'그래 바로 그거다. 번개! 나는 쾌와 다변(多變)을 동시에 시전하는 검식을 만들고자 했다. 그것만이 칠 년 전 사라진 주인의 복수를 할 수 있는 유일한 방법이기 때문이다. 그러나 다변에는 쾌가, 쾌에는 다변이 상극처럼 서로 어울릴 수 없었지.'

우르르릉~!

언제나 그렇듯이 천둥이 번개의 뒤를 따라왔다.

'천둥과 번개. 언제나 번개가 더 빠르다. 번개만큼 빠른 것을 본 적이 없지 않은가. 그러나 번개에도 변화는 있다. 무엇인가? 저것이 답의 열쇠가 되는 것 같기는 한데……. 수많은 무공초식을 머릿속에 넣고 있는 내가 해답을 발견할 수가 없다니……. 무엇이냐, 저 번개의 비밀은 무엇이냐?'

사내의 눈빛은 수시로 변하고 있었다. 무엇인가를 발견한 듯한 기쁨에서 혼란스러움으로, 그 혼란스러움은 급기야 절망으로 치달아갔다.

'답은 하나다. 어차피 둘 중 하나를 버릴 수밖에 없다. 둘을 융합시킬 수 있는 방법은 없어. 그러나 그렇게 한다면 편협해질 것이다. 그럼 나의 무공은 진일보를 하는 것이 아니라 오히려 퇴보한다.'

순간 사내는 등골이 오싹한 느낌을 받았다. 칠 년간의 노력이 물거품 정도가 아니라 해가 되어 돌아오려고 하지 않는가.

그렇게 그가 혼란해하고 있을 때, 그는 갑자기 하늘이 밝아지는 것을 느꼈고, 눈을 드는 순간 천공을 가르는 찬란한 빛을 보았다.

그 빛은 순식간에 사내의 온몸을 감싸 안았고, 고목에 내려 꽂혀 버렸다.

콰앙! 찌르릉~!

시퍼런 녹물을 흘리고 있던 검이 부르르 떨었다. 거대한 힘을 삼킨 듯 검명까지 내고 있었다.

쩍! 콰당탕!

하지만 나무는 번개에 의해 쩍 갈라져 버리고 말았다.

그리고 사나이 역시 온몸을 뚫고 지나가는 듯한 격렬한 고통에 정신이 아득해져가고 있었다.

하지만 바로 그 순간에 사내는 마음속으로 외쳤다.

'비로소 찾았다!'

이 생각을 끝으로 사내는 정신을 잃어버리고 말았다.

사내가 의식을 차렸을 땐 자신의 전신이 물먹은 솜처럼 무겁게 느껴지고 있었다.

전신은 화상으로 물집이 생겼고, 온몸에 아직도 찌릿찌릿한 통증이 내달렸다. 게다가 주위는 시커멓게 탄 나뭇조각들로 온통 아수라장을 이루고 있었고, 자신의 등 뒤에 서 있던 고목은 검게 그을려 반으로 갈라져 있었다.

사내는 힘겹게 고개를 돌렸다.

다 죽은 사람처럼 고개 하나 돌릴 힘도 모자라는 그였지만, 눈만큼은 희열과 총기로 번뜩이고 있었다.

'드디어, 드디어 찾았다! 극쾌에서 검을 다변화 시키는 방법을 찾았다. 그걸 여태껏 깨닫지 못하고 있었다니. 일순간 극쾌보다도 더 빠르게 움직이면 되는 거야. 어차피 검은 점에서 점을 잇는 하나의 선에 불과한 것. 방법은 탄력이다.'

어디에서 힘이 솟아났을까?

축 늘어져 죽은 사람처럼만 보이는 그 사내의 손에 검이 들렸다.

투박하고 느리게 검이 뽑혀지는 순간 그의 손의 움직임은 더 이상 죽음의 목전에 있던 사람의 그것이 아니었다.

허공에는 그가 상상해 놓은 무수히 많은 점과 점이 있었고, 그는 검을 들어 그 점들을 선으로 이어갔다. 허공을 수놓는 검영은 하나에서 둘로, 둘에서 셋으로 늘어갔고 이내 허공을 가득 메웠다.

거미줄처럼 허공에 집을 짓던 검영은 어느새 그의 전신을 둘러싸 버리고 말았다. 그의 모습은 검영에 가려 보이지 않을 정도였다.

슝! 슝! 슝!

사람은 보이지 않고 바람을 가르는 소리만이 사방으로 울려 퍼지고 있었다.

평범한 사람들은 귀신이라고 기겁을 할 일이었다.

이때, 쾅! 하는 소리와 함께 바위가 검 날과 부딪쳤는지 양단 되어 튕겨 나가버렸다.

그리고 드디어 검영은 사라지고 사나이가 보이기 시작했다. 그의 전신으로 성취감이 느껴졌다.

"크하하하. 드디어 이루었다. 절대검의 경지! 이제 뉘라서 나의 일 검을 당할 수 있으랴?”

그의 입에서 폭소가 터져 나왔다.

그러나 그의 말이 채 끝나기도 전이었다.

“나는 할 수 있다.”

누군가의 대답이 그의 뒤쪽에서 들려왔다.

“뭣이? 누구냐?”

일갈성과 함께 사내는 뒤쪽을 향해 일 검을 뻗었다. 다시 모습이 보이지 않을 정도의 빠른 공격이었다.

“크윽.”

사내가 검으로 후려치는 순간 상대는 저만치 튕겨 나가버렸다. 공격은 이루 말할 수 없이 정확했다.

그러나 사내는 경악으로 눈을 부릅뜰 수밖에 없었다. 그의 일 검이 저 광오한 자에 의해 막히는 것을 보았던 것이다.

“절대라고 생각했는데…….”

자신의 일 검이 실패했다는 것에 대해 어처구니없는 황당함과 분노를 느꼈다.

‘칠 년이라는 시간을 만들어 왔다. 이제야 겨우 완성했건만. 지난 칠 년간의 고통이 물거품이 되다니……, 크윽!’

검을 잡고 있는 그의 손이 부들부들 떨렸다. 얼마나 분노하고 있는가를 나타내 주고 있었다.

“대단하군.”

사내의 상념을 깨는 소리였다.

그제야 사내는 사마적을 처음으로 바라보았다.

"웬 놈이냐?"

사내의 입에서는 약간 쉰 듯한 목소리가 새어나왔고, 상대는 그런 그를 보고 싱긋이 웃고 있었다.

"대단하군. 정말 대단해. 나의 가슴을 베다니 말이야."

"넌 대체 누구냐?"

사내의 눈빛은 경계의 빛을 띠기 시작했다.

상대는 나이 꽤나 들어 보이는 데도 어울리지 않게 울긋불긋한 비단옷을 입고 있었다. 할아버지가 색동옷을 입은 격이었다. 저런 부류라면 속없는 부잣집 막내도령쯤 되거나 아니면 허풍떨기 좋아하는 건달이기 십상이지 않겠는가?

"내, 내가 이런 자에게 당하다니."

사내의 기분은 더욱 비참해져만 갔다. 그러나 상대는 그의 그런 기분을 아는지 모르는지, 자신의 앞가슴을 바라보며 궁시렁거리고 있을 뿐이었다.

"쯧쯧, 이게 얼마짜린데."

상대는 자신의 앞가슴이 찢어진 것이 못내 아쉬운 듯 연신 내려다보며 중얼거렸다.

사내는 가슴에서 불이 치솟아 올랐다.

"웬 놈이냐고 묻질 않느냐!"

바람이 없이도 나뭇잎이 떨어질 만큼 쩌렁쩌렁 울리는 커다란 목소리였다.

"나? 나 말인가?"

하지만 저 무례하고 버릇없는 자는 열 받아 있는 사내의 모습에 전혀 상관하지 않는 표정이었다. 그는 버릇처럼, 연신 호화롭기 짝이 없는 부채를 부쳐대며 말했다.

"나야 당신을 찾아온 놈이지."

그는 사내를 약 올리듯이 히죽거리며 말했다.

"미친놈!"

이런 상대에게 더 이상의 인내심을 낭비할 필요는 없었다. 사내는 검을 고쳐 잡으며 상대의 허를 찾으려 했다.

그때였다.

"자네 이름이 호귀인가?"

사내는 깜짝 놀랐다.

'나의 이름을 알다니…… 저인가?'

호귀는 그제야 상대방을 유심히 살펴보았다.

한 서른쯤은 되어 보이는 냉막한 표정의 사나이였다. 그는 어린아이나 입을만한 화복(華服)처럼 유치하기 짝이 없는 울긋불긋한 옷을 걸치고 있었다.

그러나 그런 옷차림으로 얕볼 수 있는 상대는 아니지 않는가?

자신의 혼신의 검을 막아낸 자이다.

호귀는 경계의 태세를 늦추지 않으면서 자신의 검을 고쳐 잡았다. 발검 할 순간만을 노리면서 상대방과 눈싸움을 계속 벌였다. 그 순간 그의 뒤에서 다른 사람이 한 명 걸어 나왔다.

그의 몸은 거대했다.

"소, 소평!"

경악성과 함께 호귀의 눈은 부릅떠졌다.

소평이라 불린 거구의 사내는 예의 그 웃음을 지으며 호귀를 바라보고 있었다.

* * *

소주(蘇州)는 강소성에 위치해 있는데, 대륙경제의 중심을 이루던 곳으로 예로부터 '소주에 풍년이 들면 천하가 풍요롭다'라는 속담이 있을 정도였다.

또한 항주와 함께 대륙의 이대 아름다운 도시이기도 했다. 상유천당 하유소항(上有天堂 下有蘇杭)이라는 말은 두 도시가 이루는 절경을 가장 잘 표현했다고 한다.

지금 소주는 푸른 녹초가 끝이 어디인지 알 수 없을 정도로 넓게 펼쳐져 있었다.

바람이 불 때마다 논의 벼이삭들은 푸른 물결이 치듯이 출렁거렸고, 이는 보는 사람들의 마음을 뿌듯하게 하고 있었다.

바라보기만 해도 배가 부를 지경이랄까?

자고로 풍요로운 곳에는 상업적인 도로가 발달하기 마련이다. 소주에도 상점과 객점 등이 어우러진 대로가 거미줄처럼 엉켜있었다.

그 중 한 거대한 대로 주변으로 많은 상점과 집들이 즐비한 것은 물론이고, 평소의 몇 배에 달할 정도로 셀 수 없이 많은 사람들이 돌아다니고 있었다.

바로 오늘이 오 일 주기로 열리는 소주의 장날이었기 때문이었다.

아이들은 무엇이 그리 즐거운지 이리저리 몰려서 온 시장 안을 헤집고 다녔다.

또 이곳저곳에서 파는 예쁜 장신구에 현혹된 아가씨들도 많았고, 생필품을 구하러 혹은 구경하러 나온 아낙네들과 술 한잔 걸쳐보려는 동네 청장년들이 거리를 꾁 메우고 있었다.

이렇게 시끌벅적한 장날에 구경거리가 빠진다면 말이 안 될 것이다. 지금도 시장 한곳으로 사람이 꾸역꾸역 모여들고 있었다.

어떤 구경거리일까?

퍼억. 퍽! 팍!

삼 인의 사나이가 한 노인을 복날 개 두들겨 패듯이 패고 있었다. 사내들의 얼굴에선 온갖 짜증과 분노가 느껴졌다.

한 번만 잘못 쳐도 죽을 것 같이 생긴 노인을 건장한 사내들 셋이서 두들겨 대고 있음에도 누구 하나 막으려는 자가 없었다.

노인은 그들에게 연신 두들겨 맞으면서도 쉴 새 없이 떠들어 대고 있었다.

"으. 마마, 통촉하시옵소서. 억!"

사내들의 발길질이 노인의 배와 등 그리고 얼굴에도 작렬했다.

"마마, 억!"

퍼억!

다시 복부에 한 대가 박혔다.

"마……."

빡!

이번엔 얼굴이었다.

주위에 늘어선 사람들은 그것을 바라보며 모두 한마디씩 중얼거렸다.

"에그그, 저러다 죽지."

"저런저런, 저걸 어쩌나 그래. 쯧쯧!"

"하필이면 저런 놈들을 건드려 가지고."

"아, 그러게 미쳐도 곱게 미쳤어야지."

사람들의 비웃음, 혹은 걱정스런 말소리에도 아랑곳하지 않고 세 명의 사내들은 노인을 두들겨 패기에 열중하고 있었다.

"아이고고, 마마! 통촉을, 아이고!"

빠각!

급기야는 어딘가 부러지는 소리와 함께 사내들은 발길질을 멈추었다.

"에이, 퉤! 이 미친놈의 늙은이!"

그 중 한 사내가 침을 뱉으며 다른 사내들을 이끌고 어디론가 가버렸다.

노인은 죽은 듯 누워 있었고, 사람들은 이내 뿔뿔이 흩어졌다.

노인은 초죽음이 되어 누워있었지만 재미있는 구경을 한 사람들은 그 구경거리가 끝나자 곧 자리를 떴다. 아무도 이 노인의 상태를 진심으로 걱정해서 도와주는 사람은 없었다.

그건 이 노인이 소주거리에서 가장 유명한 사람이기 때문이었다. 어른 아이 할 것 없이 그를 모르는 사람은 아무도 없었다. 그는 언제나 장날만 되면 이런 모습을 보였고, 항상 결말까지도 같았다.

노인의 이름은 광노(狂老)라 했다.

그는 평상시에는 그저 주점의 그늘이나 담의 구석에 앉아 멍하니 하늘을 보고 뭐라 중얼거리거나 아니면 연신 바닥에 무언가를 그려대고 지우기를 반복할 뿐이었다. 조금 정신이 이상해 보이기는 했지만 딱히 귀찮을 것 없는 평범한 노인이라고 할 수 있었다.

그러나 장만 서면 노인은 지나다니는 사람들을 붙잡고 황족에게나 쓰는 마마라는 호칭을 쓰며 사람들을 졸졸 따라다녔다.

처음 마마라는 높은 호칭을 듣는 사람이야 누가 싫어하겠는가? 아니, 싫다 하더라도 미친 자의 말이니 그저 허허 웃어 넘길 수도 있었다.

그러나 이 노인의 경우는 달라도 많이 달랐다.

하루 종일 따라다니며 마마라 불러 제키니 뉘라서 안 귀찮아 할 것이며, 뉘라서 열을 안 받겠는가. 그래서 급기야는 이렇게 두들겨 맞는 것이었다.

일어나기 힘들 정도로 두들겨 맞고 난 후라야 그는 그 사람을 쫓아다니기를 포기했다.

오 일 주기로 이런 일이 벌어지니 그의 몸은 성한 구석이 한곳도 없을 지경이었다. 하지만 어디서 그런 힘이 나는지 장만 서면, 그는 또 다시 끈질기게 사람들을 쫓아다니며 마마라고 칭하는 것이었다.

사람들은 모두들 그가 궁에서 일하던 사람이었을 것이라고 추측했다. 무슨 일이 생겨 미치게 되어 궁에서 쫓겨난 것이고……, 그래서 저렇게 미친 짓거리를 하고 다니는 거라고 모두가 생각했다.

하지만 추측일 뿐, 이 노인의 진정한 신분을 아는 자는 아무도 없었다.

오 일이 흘러 또 다시 소주에 장이 들어섰다.

어김없이 다시 나타난 광노, 그는 어슬렁거리며 시장 안을 맴돌고 있었다. 자신의 마마가 될 자를 찾아 헤매고 있는 것이 분명했다.

이때 노인 앞에 한 사나이가 나타났다.

서른쯤 되어 보이는 나이에 어울리지 않게 화복을 입고 있는 사나이, 바로 사마적이었다.

광노의 눈에서 일순간 섬광이 터져 나왔다. 미친 자의 것이라고 상상할 수 없는 현기였다. 그러나 그 섬광은 나타날 때보다 더욱 빠르게 사라져버려서 그것을 눈치 챈 자는 아무도 없었다.

"마마. 이곳엔 어인 일로 납시셨나이까?"

대로 가운데에서 노인은 넙죽 엎드려 절을 하며 예의 그 미친 행동을 하고 있었다.

그것을 바라보던 사람들은 설레설레 고개를 가로 저으면서도 사나이가 어떤 행동을 할지 궁금해서 사나이에게 시선을 집중시키고 있었다.

그러나 사나이의 반응은 의외였다.

"호오, 그래. 때마침 자네가 와줬군. 짐이 이렇게 왕림한 것은 다 자네를 보기 위해서이네."

아무리 장단을 맞춰도 그렇지, 사내는 노인보다 한 술 더 뜨는 것이었다.

아니, 딱딱 말을 받는 그 모습은 장난만이 아니었다.

손에 든 부채를 탁탁 부치면서 제법 무게를 잡고 말을 했다.

"그래, 그간 얼마나 고생이 많았는가?"

"마마. 소신의 고생이야 하잘것없는 것이옵니다. 마마의 옥체를 위해서라면 이 한 몸 불사른다 할지언정 무슨 원망이 있겠습니까? 통촉하여 주시옵소서."

"허허허. 그대의 충정은 예나 지금이나 변함이 없군. 내 그대를 다시 보니 반갑기 그지없다. 자, 어서 가세나 그려."

그리고서 그 둘은 총총걸음으로 어디론가 사라져버렸다.

사람들은 고개를 가로저었다.

"내 참, 오래 살다보니 별 미친놈들을 다 보겠군."

"그러게 말이야. 짚신도 짝이 있다더니 저 미친 노인에게도 같이 장단 맞춰줄 짝이 생겼구만 그래."

그 후 그 두 사람은 소주에 그 모습을 나타내지 않았다. 그

리고 그들에 대해 이러쿵저러쿵 떠들던 사람들 역시 얼마가
지나지 않아 모두 잊어버렸다.

제5장

추월(秋月)

덜그럭~!

탁자 위에 놓인 술 단지가 바꿔졌다.

쪼르르르~!

노화자는 절정의 솜씨로 술잔에 술을 채우고는 청년에게는 먹어보란 말 한마디 않은 채 훌쩍 마셔버렸다.

얘기를 듣고 있는 것만으로도 목이 탄다는 표정이었다.

"그래, 그런데 이해 할 수가 없구만. 왜 남태천은 정도의 인사들을 죽이고 마교에 들어가게 되었지? 그의 힘만으로도 충분히 중원을 좌지우지 할 수 있을 텐데. 게다가 원수라 생각되는 인물이라면 그의 힘만으로도 충분히 죽일 수 있고, 어쨌건 그는 중원의 절대강자가 아닌가?"

청년은 빙그레 웃었다.

"그의 목적은 그런데에 있지 않았거든요. 그의 목적은 그런 작은 것이 아닌 중원 무림의 말살에 있었습니다."

아!

일순간 주점 안이 술렁거리기 시작했다.

대다수의 사람들이 청년의 말에 귀를 기울이고 있었다. 사람들은 경악에 찬 얼굴로 서로를 바라보았다.

"그게 정말인가?"

"그렇습니다."

콰앙~!

쏴아아아~!

이때 갑자기 문이 열리며 흑의의 사내가 문을 밀어젖히고 안으로 들어섰다.

사람들의 이목은 당연히 그 사나이에게 집중되었다.

사내에게서는 음산한 분위기가 흘러나오고 있었다. 정말로 저승사자가 나타난다면 그런 모습이 아닐까?

그는 검은 옷에 검은 가죽신발을 신고 검은 장갑을 끼고 있었다. 얼굴마저 검은 두건으로 가린데다 검은빛의 죽립을 쓰고 있었고, 의도적인지 그렇지 않으면 그의 평소 버릇인지 죽립으로 얼굴 전체를 가려 눈빛마저 보이지 않았다.

그리고 사내의 등에는 검은 천으로 둘러싼 길쭉하면서도 뭉툭한 막대가 걸려 있었다.

아마도 창이나 도(刀) 같았다.

"어서 오십쇼."

의자에 기대어 연신 꾸벅거리던 주인은 구르듯 달려가 그 사내에게 굽신거렸다. 그렇게 졸면서도 손님이 오는 건 어찌 그리 귀신처럼 아는지 신기할 지경이었다.

그러나 흑의사내는 그런 주인은 안중에도 없는지 술잔을 기울이는 노화자와 청년에게로 다가갔다.

뚜벅 뚜벅~!

순식간에 주루 안은 긴장감으로 조용해져서 오직 흑의 사내의 발걸음 소리만이 크게 울리고 있었다.

철컥~!

그는 등에 지고 있던 길쭉한 물건을 탁자에 기대어 놓았다.

"앉겠소."

그러고는 의자에 앉았다.

하지만 더욱 이상한 것은 노화자와 청년이었다.

흑의인이 두 사람의 동의 없이 자리에 앉았는데도, 둘의 반응은 잠시 자리 비운 일행이 돌아온 것처럼 아무런 내색도 하지 않고 자연스럽기만 했다.

"켈켈켈켈. 어디서 피 냄새가 물씬 나는구만."

그 말에 문가에 앉은 우락부락하게 생긴 세 사나이는 움찔거리더니 음산한 눈길을 노화자에게 보내왔다.

노화자는 아는지 모르는지 더욱 호탕하게 웃으며 마치 제 술인 냥 주인장이 잽싸게 가져다 놓은 술잔을 채워주며 말했다.

"켈켈켈. 소형제도 술 한 잔 드시게."

흑의인은 아무 말 없이 술잔을 바라보고만 있었다. 아니 바라보고 있는 것처럼 보였다. 눈조차도 보이지 않으니 그러리라고 추측할 뿐이었다.

청년은 흑의인으로 인해 끊긴 자기의 얘기를 계속하기 시작했다.

"그럼 다시 시작하겠습니다. 문제는 황궁에서도 있었습니다. 그 시기에 말입니다."

＊　＊　＊

자금성의 거대한 전각들이 달빛에 바다 가운데 솟아난 암초처럼 그 모습을 드러내고 있었다.

가을밤 그대를 그려보다가
서늘한 하늘
노래하며 거닐자니.
빈 산에 솔방울 떨어지고

그대도 잠 못 이루고 계시리.

위응물의 시로 〈가을밤〉이란 제목을 지닌 시 자락이 태자전에서 흘러나오고 있었다.

누가 누구를 기다리고 있는 것인가?

가끔가다 가을을 알리는 낙엽의 사각거리는 소리가 바람에 묻혀 들려오고 있었다.

한 사나이가 창을 등지고 서 있었다.

당금 황제인 주익균이었다.

지금 그의 모습에서는 황제로서의 위엄은 드러나지 않았다. 단지 패도적인 기세뿐이었다.

"후우~!"

그의 입에서 나지막한 한숨이 터져 나왔다. 무슨 일이 있어 당금의 절대자인 황제를 잠 못 이루게 하는 것일까?

"아버님은 전경황후의 치맛자락에서 벗어나지 못하고 있다. 중신들은 서로의 이권에 혈안이 되어 백성들의 안위나 평안에 대해서는 관심이 없다. 이렇게 혼란스러운 때에 무림에서조차 뭔가 음모가 진행되고 있으니……."

달빛에 물들은 주익균의 얼굴은 창백하기 그지없었다.

"이제는 결단을 내려야 할 때가 온 것이다. 아주 단호한! 종사를 위해……. 사악한 황제로 역사에 남는다 하더라도 결정을 내려야만 한다."

그가 지그시 눈을 감고 상념에 젖어 있을 때였다.

그의 그림자 뒤로 한 사나이가 나타나 부복을 했다.

"황상."

"그래, 중원의 일은?"

"천명단이 조사해 보고한 바에 의하면 현 중원에 암중의 세력이 활동을 하고 있는 것이 확인되었습니다."

"음, 암중 세력이라 하면?"

"마교로 추정되고 있으나 아직 확실한 실체를 파악하고 있는 것은 없습니다. 그러나 중원 무림맹만으로도 충분히 제압할 수 있는 정도의 세력으로 추정하고 있습니다. 헌데……."

"헌데?"

천위는 바짝 부복하며 말을 이었다.

"중원에서 활동 중이던 전대 거마들이 약속이나 한 듯 일시에 모습을 감추고 모두 은거해 버렸습니다. 그것이 마교의 소행이 아닌지가 염려스럽습니다."

"그렇다면 무림맹에서는 그 일에 대해 어떻게 대처해 나가고 있는가?"

"전혀 움직임이 없었습니다. 그저 수수방관하는 듯 보였습니다."

"중원 무림맹이라……."

주익균은 지그시 감았던 눈을 떴다.

"천위."

"옛!"

"중원 무림맹에 대해서 조사해 보도록 하라."

"옛!"

"그리고 마교에 대해서도 좀 더 조사해 보도록 하게. 분명 뭔가가 있을 테니."

"옛."

천위의 그림자는 스르르 사라져버렸다.

"건주(建州)의 누루하치는 야심에 찬 인물. 중원을 넘보고 있다. 그러나 나 주익균은 그것을 용납하지 않겠다. 그렇다면 방법은 하나뿐, 사분오열되어 있는 중원이 하나가 되는 것! 그것뿐이다."

주익균의 눈에서는 굳은 결의의 빛이 반짝였다.

* * *

한 소년이 있었다. 그는 외숙이나 그 밖의 모든 어른들을 두려워하는 심약한 소년이었다.

그리고 소녀가 있었다. 그녀는 너무나도 맑은 영혼의 소유자였다. 비록 천하고 하잘것없는 신분의 소녀였지만 소년은 그 소녀가 하염없이 좋을 뿐이었다.

그것이 사랑인지 무엇인지도 몰랐지만 어쨌든 소년은 자신의 어머니 다음으로 그 소녀를 좋아했다.

하지만 소년은 편할 날이 없었다. 소년에게는 외숙이 있었고, 외숙은 소년에게 완고하기만 한 분이었다.

소년은 언제나 외숙에게 붙들려 무술을 익혀야만 했다.

소년은 무술이 싫었다.

그러나 외숙의 벼락같은 호통이 무서워 소년은 불평 한 마디 못하고 무술을 익힐 수밖에 없었다.

소년이 무공을 익히기 시작한 후부터는 더욱 소녀에게 집착하기 시작했다. 소년이 피곤에 지친 심신을 쉴 수 있는 때가 바로 소녀와 함께 있는 그 순간이었기 때문이었다.

그러던 어느 날 소년은 열 살이 되었고, 순진하기만 했던 소년은 절망을 맛봐야 했다. 그건 죽음보다도 더 진한 절망과 분노였다.

'어머니!'

소년은 울부짖고 있었지만 그것은 소리가 되어 밖으로 나오지 못하고 있었다. 소년은 어떻게 해서든 누군가에게 이 사실을 알려야 한다고 생각했지만, 그의 입에서는 뜻 모를 기괴한 신음만이 나올 뿐이었다.

"아아…… 어…… 으…….”

그리고 소년의 눈에서는 눈물이 줄줄 흘러내렸다.

항상 침착함을 잃지 않던 소년이었다. 그래서 나이에 비해 조숙해 보이기까지 하던 소년이었다.

그러나 오늘 그는 정신을 잃지 않은 것이 용하다 싶을 정도로 창백한 얼굴에 후들거리는 몸짓을 보였다.

소년의 어머니는 너무나도 아름다웠다. 그리고 소년은 어머니가 바느질을 하고 있는 모습을 정말 좋아했다.

약간 피곤할 때마다 살포시 짓는 인상마저도 소년의 눈에는 아름답기 그지없었다.

그러나 오늘 소년의 어머니는 아름답지 않았다.

그녀의 손에는 바느질감이 들려 있었으나 더 이상 바느질을 할 수 없었다.

죽은 자는 바느질을 할 수 없지 않겠는가?

그녀는 늘 앉아 있던 의자에 바느질감을 앞에 놓고 앉아 있었지만, 그녀의 손은 바닥을 향해 축 처져 있었고, 그녀의 눈은 천장을 향해 있었으며, 하얗게 뒤집혀 있었다.

소년은 그런 어머니의 모습이 무서웠다.

문 앞에 들어서는 순간부터 이 서늘한 분위기는 소년에게 너무나도 낯설었다.

그래서 소년은 어머니에게 와락 달려들지도 못한 것이었다.

"어머니!"

드디어 소년은 한 마디 내지를 수 있었다.

그러나 소년은 방에서 뛰쳐나와 마구 달렸다. 지금 이 상황을 그로서는 주체할 수 없었다.

어디로 달리고 있는지는 소년도 몰랐다. 그저 마구 달리다 돌부리에 걸려 넘어지더니 소년은 바닥에서 엉엉 울었다.

지금 이 순간 소년이 할 수 있는 일이라고는 우는 것 이외엔 아무것도 없었다.

소년은 그렇게 밤새 엎드려 울었다.

그리고 으슬으슬 추워오자 소년은 발걸음을 옮겼다. 어느 곳으로 향하는지 소년 자신도 몰랐다. 그저 망연히 걸음을 떼었고 한곳에 다다랐을 때 자신의 외숙이 기거하는 누각의 앞이었다.

그렇게 무섭게만 느껴지던 외숙이었지만, 지금의 소년에게는 그 무엇보다도 피붙이의 따뜻한 위로기 필요했다.

소년은 외숙의 방문 앞에 다가섰다.

"아아악…… 학, 아아……."

방 안에서는 끊어질 듯한 신음소리가 새어나오고 있었다.

소년은 그 소리가 무엇인지 알지 못했지만, 문득 호기심이 일어 방 안을 들여다보게 되었다.

그곳에는 바로 그 소녀가 있었다.

소녀는 소년보다 예닐곱 살 정도가 많았었다.

그녀는 지금 침상 위에 실오라기 하나 걸치지 못한 채 누워 있었다.

비명소리는 그녀의 입에서 새어나오고 있었다. 그리고 그녀의 몸 위에서는 자신의 외숙이 몸부림치고 있었다.

"아악, 아아! 흐흐흑."

소녀는 몸부림치며 흐느끼고 있었다.

외숙은 우악스럽게 몸부림치고 있었고, 소년은 그런 외숙에게 분노를 느꼈다.

소녀는 힘이 없었다.

소녀가 할 수 있는 일이라곤 눈물을 흘리는 게 전부였다.

그 외에 어떤 일을 할 수 있겠는가?

노비는 반항할 힘이 있다 해도 반항할 수 없었다. 그래서도 안 된다. 주인에게 반항이란 곧 죽음과 직결한다는 것이 바로 법이었다.

그러나 소년은 그런 그녀에게도 묘한 분노를 느끼고 있었다. 자신의 운명에게 반항조차 하지 못하는 그녀가 미웠다. 차라리 죽음을 택하라고 부르짖고도 싶었다.

소년은 더 이상 참을 수 없어 그곳을 빠져나왔다. 그리고 달려간 곳은 자신이 자주 찾던 곳이었다.

비석조차 세워지지 않은 낡은 사당이 있는 그곳은 거대한 단풍나무가 한 그루 서 있었다.

소년은 밤새 그 사당에서 어쩔 줄 몰라 했다. 그러던 소년의 눈에 사당 가운데 놓인 거대한 목판이 들어왔다. 그 목판은 거미줄과 먼지로 둘러싸여 있었다.

"허억."

남태천은 침상에서 구르듯이 일어섰다.

"허억! 헉!"

남태천은 거친 숨을 몰아쉬다가 정신이 들었는지 힘을 빼며 침상에 걸터앉았다.

"빌어먹을……."

그는 자신의 머리를 감싸 쥐었다.

'벌써 열흘째다. 이런 악몽을 꾸기 시작한 지가. 나의 어머니와 아버지. 그리고 그녀…….'

남태천의 눈에서는 섬뜩한 마화가 피어올랐다.

"이제 얼마 남지 않았다. 위선자들의 종말이!"

우두둑!

남태천이 주먹을 꽉 움켜쥐자 침상의 한 구석이 부서져버렸다.

그리고 이런 남태천의 모습을 가을 하늘에 휘영청 뜬 달은 조용히 비추어 주고 있었다.

남태천에게는 정말 기나긴 밤이었다.

* * *

가을 달빛에 물들어 있는 동정호(洞庭湖)의 아름다운 모습은 바라보기만 해도 세상의 시름을 모두 잊을 수 있을 것처럼 맑고도 투명했다.

풍류를 아는 사람이 본다면 아마도 시 한 수를 읊지 않고서는 자리에서 일어설 수 없을만한 풍경이었다.

그러나 지금의 동정호는 적막하기만 했다.

이때 동정호의 한쪽에서 한 사나이가 나타났다.

그는 죽갓을 쓰고 있었다.

철저히 가리어져 아무것도 보이지 않았지만 죽갓에 가려진 사내의 턱은 웃고 있었다. 비록 달빛에 비친 모습이라 확신하긴 힘들어도 그의 입가는 미소를 머금고 있는 것이 틀림없었다.

그것은 조소와도 같았다. 아니 명백한 비웃음이었다. 그리고는 귀신처럼 그 자리에서 사라져버렸다.

직후 두 사나이가 그곳에 모습을 드러냈다.

"빌어먹을! 놓쳤잖아."

그 둘은 장사치 모습을 하고 있었다. 거리에 서 있으면 하

루에도 열은 볼 수 있을 것 같은 평범한 봇짐장수의 모습이었
다.

"어디로 갔지?"

"분명히 이 근처 어딘가에 있다!"

둘은 주변을 샅샅이 훑었다. 그러나 주위에서는 아무런 인
기척도 느껴지질 않았다.

"놓쳐버린 게 아닐까?"

"낭패다. 그분께 뭐라고 보고를 드린단 말인가?"

"이대로 돌아간다면 우리의 목숨은 없어."

그들의 신색은 초조함의 극치를 달리고 있었다.

이때 한 사나이가 모습을 드러냈다.

"낄낄낄. 너희들이 나를 쫓아다니던 그 쥐새끼들이냐? 그
런데 그분이 과연 누구일까? 응?"

"뭣이 쥐새끼?"

"이 자식. 일부러 숨어 우리들의 말을 엿들었구나!"

"너희들은 마교의 떨거지냐, 아니면 황궁에서 보낸 첩자들
이냐!"

"알 필요 없다! 하얏!"

두 사나이는 사나이의 말이 끝나기를 기다렸다는 듯이 검
을 뽑아들며 동시에 달려들었다.

둘은 마치 수백 번을 연습한 것처럼, 죽갓을 쓴 사나이의

상단과 하단을 노리며 베고 들어왔다.

한 사나이는 신룡번신의 수법으로 죽갓 사나이의 목을 베어왔고, 다른 사나이는 토룡신수(土龍身受)의 수법으로 죽갓 사나이의 하단전을 노려왔다.

완벽한 합격술이었다.

죽갓 사나이는 몸을 띄워도 당하고 몸을 낮춰도 상대의 검에 당할 수밖에 없을 것만 같았다.

그러나 사내는 몸을 틀면서 공중에서 몸을 빙글 돌리고는 손목에 감춰 감겨 있던 철추를 돌려 상대방의 검을 모두 쳐내 버렸다.

두 사람은 당황할 수밖에 없었고, 죽갓의 사내는 그 순간을 노려 죽갓을 벗어 상대를 향해 던져버렸다.

그들은 놀라서 피하려고 했지만 곧 자신의 허리가 화끈해지는 것을 느껴야만 했다.

철추가 한 명의 몸을 헤집고 지나가 버린 것이었다.

"크윽."

죽갓의 사내는 허공에 떠 있던 몸을 틀면서 도망하려고 허둥대는 다른 한 사나이를 향해 되돌아오던 철추를 던졌다. 되돌아오던 탄력을 이용한 것이었다.

철추는 도망하려고 버둥거리던 사내의 뒤통수에 정확히 적중했다.

퍼억! 와작!

사내의 뒤통수에 맞은 철추는 대단한 위력으로 사내의 뒤통수를 뚫고 이마로 튀어나와 사내를 산적 꿰듯 꿰어 쓰러뜨려 버렸다.

죽갓의 사내는 죽갓을 들어올렸다. 그 아래로 드러난 사내의 얼굴은 삼십대의 냉막한 표정, 바로 사마적이었다.

사마적은 철추를 거두어들이며 자리에 섰다. 그리고 한곳을 응시하며 씩 웃었다.

"쥐새끼는 한 마리도 살려둘 필요가 없지. 마교든 황궁이든 나를 붙잡을 수는 없을 것이다."

사사사삭.

밤중에 산길을 미친 듯이 헤치며 달려가고 있는 한 사나이가 있었다.

그리고 그는 달리는 도중에도 자신의 다리가 느리다는 사실에 대해 한탄하고 있었다.

자신이 경공술의 대가라고 자부하고 있었음에도 말이다.

"빌어먹을!"

위적. 그는 이 일대에서 알아주는 도둑이었다. 또한 자부하는 경공술의 대가였다.

그는 어느 날 한가하게 낮잠을 즐기고 있었다.

그런데 한 사나이가 찾아왔다.

그는 기이하게 햇볕이 쨍쨍한 날인데도 우(雨) 갓을 쓰고 있었다.

그래서 사내의 얼굴을 볼 수조차 없었다.

사내는 그에게 금 닷 냥을 내놓으며 말했다.

한 사나이의 동정을 자신에게 알려주면 매일 이만큼의 돈을 주겠다는 것이었다.

'바람난 마누라의 정부라도 잡으려고 그러나?'

그는 잠시 의문을 느꼈으나 황금 다섯 냥의 매력은 너무나도 거대했다.

그날 이후로 그는 한 사나이의 뒤를 쫓아 그들의 일거수일투족을 모두 파악해 이곳 동정호까지 이르게 된 것이다.

그런데 그가 본 것은 신출귀몰한 무위와 살인 장면이었다.

자신보다 앞서 그를 뒤쫓고 있던 두 사내가 그의 손에 죽임을 당한 것이다.

불안이 엄습했다.

황금 닷 냥이 아무리 크다고 하나 목숨보다 클 리 없었다. 이대로 가다간 자신도 저렇게 죽임을 당하고 말 것이 분명했다.

그 후 그는 미친 듯이 밤길을 달렸다. 어떻게 해서든 의뢰를 한 자와 자신이 쫓고 있던 자로부터 벗어나야만 했다.

위적이 여기까지 생각했을 때였다.

"이 쥐새끼 같은 놈, 감히 나 소평을 벗어나려 하다니! 가소롭구나!"

그의 앞을 가로막는 거대한 육벽(肉壁)이 있었다.

퍼억, 와직!

위적은 더 이상 생각을 할 수 없었다. 황금 닷 냥, 그것으로 위적은 한 많은 이 세상을 등져야만 했다.

* * *

"헉! 허억……."

묵천은 이미 인간의 형상이 아니었다.

온몸은 상처와 선혈로 낭자했으며, 그의 옷은 자신의 피인지 누구의 피인지도 모르나 이미 혈의로 탈바꿈해 있었다.

그러나 아직 그의 눈은 상처 입은 늑대의 눈처럼 살아 있었다. 마치 피에 굶주린 마인의 눈빛과도 같았다.

묵천은 검에 기대어 서 있었다. 아무리 그렇다고 해도 지친 몸은 어쩔 수 없었다.

그의 주위에는 이미 수십 구의 시신이 널려 있었다.

싸움은 이미 끝난 것이 아닌가? 하지만 묵천은 무엇 때문인지 쉬 움직이려 하지 않았다.

'둘! 아니 측면에 하나 더! 셋이다!'

지금 묵천은 쓰러지기 일보 직전이었지만, 적의 기척을 알 아채지 못할 정도는 아니었다.

섣불리 움직이면 이 상태에서는 당할 것이 틀림없었다. 그는 바싹바싹 타오는 속과는 다르게 담담하게 말했다.

"나와라!"

묵천의 목소리가 채 끝나기도 전이었다.

그의 등 뒤로 두 사나이가 모습을 드러냈다.

"켈켈켈. 어떤가, 오늘은 죽기 좋은 날이지 않나?"

"암암. 이렇게 날이 좋으면 유난히 피가 그리워지는 법이라고. 흘흘흘."

촌노의 모습을 한 두 사내는 다정하게 이야기를 나누며 걸어오고 있었다. 한 명은 기형적으로 길쭉했고, 또 한 명은 난쟁이처럼 작달막해서 심한 대조를 이루고 있었다.

그들은 마치 주위에 널려 있는 시신들을 보지 못한 것처럼 피로 질척해진 땅을 자연스럽게 걸어 묵천을 향해 오고 있었다.

묵천은 훤한 대낮이었지만 그들이 나타나자 왠지 음습함이 느껴진다고 생각했다. 도살자에게서나 맡을 수 있는 짙은 죽음의 향기라고나 할까?

"낄낄낄."

두 사내는 묵천을 보지 못한 듯 서서히 다가서고 있었고, 연신 농담을 해대고 있었다. 그러면서도 그 둘은 묵천에게 서서히 다가섰고, 또한 일정한 거리를 두고 팔을 기묘하게 흔들어 댔다.

묵천은 그들이 어느 정도까지 다가오자, 얼굴을 기묘하게 일그러뜨리며 입을 열었다.

"난 당신들을 알고 있습니다."

그들이 서너 발 앞까지 다가서고 있을 때였다.

그들은 그의 말이 떨어지자마자 멈춰 섰다.

"우리를 안다고?"

그들 중 난쟁이 노인이 말했다.

"그렇습니다."

"호오, 어떻게 우리를 알고 있지?"

이번엔 긴 노인이었다.

"사부님께 들었습니다."

두 노인의 얼굴에는 소손을 바라보는 듯한 인자한 빛이 돌고 있었다. 다시 작달만한 노인이 입을 열었다.

"그래, 뭐라 그러던가?"

"저희 사부님께서는 강호에서 마주치면 필히 피해야만 할 사람 둘이 있다고 말씀하셨습니다."

"그래'?"

"그 둘은 늘 같이 붙어 다니며 살인을 한다고 했습니다."

"낄낄낄. 우리에 대해 비교적 정확히 알고 있구만."

방정맞은 웃음소리로 길쭉한 노인이 웃으며 맞장구를 쳤다.

"그리고 그들은 합격의 명수이며, 무기는 천잠사와 극이라는 사실도 알고 있습니다."

"그래, 그 외에 알고 있는 것은?"

"예. 특히 친손이라도 바라보는 듯한 미소를 보일 때면 살인이 시작된 거라고 하셨습니다."

"그래?"

너무나도 잘 알고 있다고 생각되자 두 노인의 얼굴에는 의문의 빛이 떠올랐다.

"그런데 왜 우리를 너에게 이렇게 가까이 오게 만들었지?"

역시 난쟁이 노인이었다.

그러자 묵천은 실소를 흘리며 말했다.

"흐흐, 그건 제가 단 일 검을 펼칠 수 있는 기력밖에는 남지 않았기 때문입니다."

두 사람은 흠칫 놀랐다.

찌리링~!

묵천은 자신이 짚고 있던 검을 뽑아들었고, 상대는 방천화극을 꺼내어 방출하려고 했다.

그러나 묵천의 검이 이미 그들의 몸을 양단해버리고 난 후였다. 알아채는 게 너무 늦어버렸다.

"크윽."

"컥, 빌어먹을!"

턱!

털썩~!

둘은 더 이상 이 세상 사람이 아니었다.

묵천의 주위에는 두 구의 시신이 더 늘었다.

묵천은 거의 쓰러질 지경이 되어 있었으나 용케 버티며 쓰러지지는 않고 있었다.

"당신들은 내가 상처 입었다는 사실에 대해 너무도 과신하고 있었소이다. 무용쌍괴(武龍雙怪) 나으리들."

무용쌍괴.

그들을 모르는 자는 중원인이 아니거나, 지독히도 깊은 산골에 치박혀 산 촌놈이거나, 그것도 아니면 바보일 것이다.

그들이 나타난 것은 삼십 년 전이었다.

그들은 단 오 년 동안 괴이한 합격으로 수많은 사람들의 목숨을 앗아갔으며, 그들은 대부분이 무림인이었다.

이들은 주로 천잠사와 방천화극을 이용해 상대를 물리치는 것으로 알려졌다. 하지만 그들은 그 후 잠적을 해버렸고 한 번도 나타나지 않았었다.

그러던 그들이 이십오 년 만에 다시 활동을 시작한 것이다. 하지만 그들의 위명은 다시 세상에 나오자마자 꺾여버렸다. 바로 곧 쓰러질 것 같은 한 명의 청년에 의해서.

묵천은 검 집을 짚고 힘겹게 서 있었다. 아직 한 명이 더 남아 있었다.

'나와라.'

그렇게 말하고 싶었지만 그는 버티는 것조차 힘들었고, 그런 모습까지도 오래갈 수 없었다.

'빌어먹을!'

무릎이 꺾이고야 말았다.

"허억, 헉!"

무릎을 꿇은 묵천은 거친 숨을 몰아쉬고 있었다. 그리고 그때 그에게 한 사나이가 다가섰다.

"대단하더군."

묵천은 눈을 들어 상대를 바라보고 있었다. 상대가 눈에 들어오자마자 묵천의 눈에서는 바위라도 얼려버릴 듯한 한기와 살기가 방출되었다.

"백천우!"

"사제, 이제는 사형이라 칭하지도 않는가?"

"나는 너 같은 자를 사형으로 둔 적이 없다."

묵천은 으르렁거렸다.

"그래. 흐흘, 호칭이야 아무래도 좋아. 나 역시 너를 사제로 보지 않으니까. 너의 무위를 보았다. 대단했어. 십오 일, 십오 일이었다! 너는 단 한 시진도 쉬지 못하고 싸워야 했지. 정말 대단해. 아마 나라면 그렇게 못했을 거야."

묵천은 절망적인 목소리로 말했다.

"더 이상 개소리 하지 말고 죽이려면 죽여라!"

"흐흐흐, 아니 나는 너를 그렇게 쉽게 죽이지 않을 거야. 그건 너무 간단하잖아?"

"날 어떻게 하려고?"

그 순간에도 묵천은 기력을 모으기 위해 안간힘을 쓰고 있었다. 마지막 한 번의 칼질이라도 할 수 있는 힘이 생기기를 빌고 또 빌었다.

"흐흐. 나는 너에게서 열등감을 느끼고 있었다. 너는 천부적인 자질을 갖고 태어났지. 그래서 사부는 너만을 편애했어. 그렇지 않은가? 그것이 나의 열등감을 자극했지."

"크크크. 개소리."

"그러나 나는 너보다 훨씬 뛰어난 것이 있지. 바로 이것 말이야. 머리!"

그는 자신의 머리를 가리켰다.

그 순간에도 묵천은 버둥거리며 몸을 일으키려고 했으나 단 한줌의 공력도 모을 수 없었다. 급기야 머리가 무거워지며 자꾸만 정신이 혼미해지고 있었다.

"그것이 너와 나의 차이지. 나는 완벽하게 자신 있지 않으면 일을 시작하지 않거든? 하지만 너는 그렇지가 않아."

백천우는 묵천의 눈앞에 독주머니를 들고 흔들어댔다.

"우둔하게도 앞만 바라보거든? 그게 너와 나의 차이지."

"개자식!"

묵천은 희미해져 가는 정신을 추스르려고 버둥거렸으나 그의 고개는 점차 바닥을 향해 곤두박질쳐갔다.

점차 아련해지는 묵천의 귓가로 백천우의 말이 아스라하게 들려왔다.

"너는 나의 천적이야. 그러므로 너는 나에게서 벗어나지 못해. 너를 놔두면 내가 위험하거든? 이제 너는 개가 될 거야. 목숨을 구걸하는 한 마리 개가. 아주 영원히 말이야. 영원히! 크하하하하!"

묵천의 귓가에는 백천우의 영원이라는 말이 메아리쳐왔다. 그 순간에도 그는 속으로 외치고 있었다.

'정신을 차려야 하는데…….'

하지만 이미 독이 몸에 퍼져버려 더 이상 정신을 차리고 있는 건 불가능했다.

＊　＊　＊

정방형의 석실이었다.

바닥에는 썩은 물이 질퍽하게 출렁였다. 벽에는 독충들이 바글바글 했고, 사방에서 시체 썩는 냄새가 진동했다.

이렇게 지옥 같은 곳의 한쪽 구석에 한 사나이가 족쇄와 수갑에 묶여 있었다.

사내의 손등으로 한 마리 벌레가 버둥거리며 기어가고 있었고, 사내는 번개 같은 손길로 그 벌레를 주워 입으로 가져갔다.

아삭!

"쩝, 쩝."

벌레까지 잡아먹어야 할 정도의 상황이라면, 보통 인물은 단 한 시진도 견디지 못하고 자해를 하며 미쳐버렸을 것이다.

그러나 이 사나이는 이런 곳에서 무려 이십여 년의 시간을 갇혀 있었다. 이미 그 사나이의 손가락 마디마디는 시독으로 썩어 문드러져서 끊어져 나가버렸다. 이제는 그 형체조차 찾아보기가 힘든 손가락 마디였다.

그럼에도 그는 그 얼마 남지 않은 손가락 마디로 또 다른 벌레를 낚아채어 입 속에 넣고 우물거리기 시작했다.

으드득!

벌레의 겉껍질이 부서지는 섬뜩한 소리가 들려왔고, 이내 사내의 목구멍 속으로 무언가 넘어가는 소리와 함께 사라져버렸다.

왕삼은 몸을 부르르 떨었다.

이 사나이를 볼 때마다 왠지 섬뜩함을 금치 못했기 때문이었다. 왕삼이 다가설 때마다 사내는 서늘한 눈으로 그를 바라보곤 했다. 그러면 왕삼은 더욱 등골이 오싹해졌다.

왕삼은 녹림에서는 그래도 알아주던 고수였다.

그러나 이곳에서는 일개 옥지기에 불과했다. 그가 이곳에 온 것은 오 년 전의 일이다.

항시 죽음과 관의 쫓김 속에서 살던 그는 무림을 벗어나 어딘가에 은거하고 싶다는 생각이 굴뚝같았다. 평범한 모습으로 숨어 살 수만 있다면 천국이 따로 없을 것 같았다.

그러나 마지막으로 시도했던 암행에서 실수로 한 가족을 죽이게 됐고, 목숨을 보존하기 위해서 이 단체에 가입하게 된 것이다.

그리고 첫 발령지가 바로 이곳 뇌옥이었다.

제법 큰 간담을 가지고 있다고 자부하고 있었으나, 아무리 아랫배에 힘을 넣고 가도 그의 곁에만 다가서면 왠지 힘이 쭉 빠지는 것이었다.

지난 오 년간 이 사내가 단 한 마디의 말도 하는 것을 보지 못했다. 사람이 다가서면 그저 그 회색빛의 눈을 들어 멀거니 바라보는 것이었다.

옥에서 그에게 배식을 끊은 지 벌써 이 년이 지났으나 그는 끈질기게도 죽지 않고 있었다.

벌레를 잡아 연명하고 있었다.

벌레까지 잡아먹는 그 사내 옆으로 갔다가는 생살이 뜯길 것 같다는 생각도 들었다.

그런 사내이므로 그가 굶어 죽을 염려는 없을 것이다.

이곳에는 독충과 독물에서부터 바퀴벌레까지 흔하디 흔하게 굴러다니니 말이다.

그런데 오늘 이 감옥에 육 개월 만에 처음으로 한 사나이가 들어왔다. 그것도 얼마나 많은 고문을 당했는지 사내의 육신은 그 형체를 알아볼 수조차 없을 정도로 일그러져 있었다.

그는 그 끔찍한 괴인이 살고 있는 그 감방 안으로 배정을 받아 들어갔다.

왕삼은 누구인진 몰라도 그 사나이가 열흘을 채 넘기지 못할 것으로 보였다. 독에 문드러져 죽거나, 쥐도 새도 모르게 저 괴인에게 잡아먹혀 죽거나 할 것이라고 생각했다.

그러나 그의 그런 생각은 여지없이 깨어지고 말았다.

＊　＊　＊

　노인은 구겨진 종이 조각처럼 널브러져 있는 묵천을 예의 회색빛 눈으로 물끄러미 바라보고 있었다. 간수들의 모습이 더 이상 보이지 않을 때까지 그렇게 바라만 보고 있었다. 그 어떤 표정도 없이…….

　그리고 간수들의 모습이 더 이상 보이지 않게 되자 달려들어 묵천의 몇 조각 남지 않은 옷을 찢어발기기 시작했다.

　묵천의 알몸이 드러나자 노인은 묵천의 몸 이곳저곳을 주물렀다. 흉부, 거궐, 천돌, 이두 등 전신을 이 잡듯이 샅샅이 뒤적였다.

　그리고 곧 노인의 얼굴에는 환희의 빛이 떠올랐다. 그러나 순식간에 바람에 휩쓸린 먼지 마냥 그 빛은 사라져버렸다. 그리고는 예의 그 자리로 돌아가 그저 묵묵히 앉아 있었다.

　얼굴은 무표정했으나 그 회색빛 눈만은 번쩍였다.

　묵천은 옴짝달싹할 수 없었다.

　이미 그의 주요혈이 파해 되어 단 한줌의 내공도 끌어 모을 수 없었을 뿐만 아니라 팔목과 발목의 근육이 모두 끊어져서 아무리 움직이고 싶어도 그럴 수 없었다.

　'움직여야 한다.'

　그러나 그것은 마음뿐이었다. 단 한줌의 기력도 없었다.

"큭!"

철푸덕!

일어서려고 발버둥 치던 묵천은 바닥에 깔린 썩은 물에 얼굴을 처박아야만 했다.

"백천우, 아아악! 백천우~!"

썩은 물이 묵천의 입 속으로 꿀떡꿀떡 넘어 들어왔다. 그러나 그 따위 것들은 그에게 중요치 않았다.

백천우에 대한 원망, 분노, 증오, 그리고 더 이상 회생할 수 없다는 것에서 온 절망감으로 가득 차 있을 뿐이었다.

그의 비명은 뇌옥의 구석구석으로 퍼져나갔다. 그러나 그럴수록 그에게 찾아드는 것은 모멸감과 패배의식 뿐이었다.

"우웩! 우욱!"

그는 잔뜩 들이마신 구정물을 그제야 게워냈다. 그렇게 한참을 토해내더니 돌아누워 이제는 광소를 터뜨리기 시작했다. 그는 미친 것이 분명해 보였다.

"크하하하, 하하!"

노인은 묵천을 물끄러미 바라보고 있었다.

그동안 열흘의 시간이 흘렀다.

그는 미치기도 했고, 광소를 터뜨리기도 했다. 때로는 흐느껴 울기도 했고, 멍청히 누워 있기도 했다.

그는 지난 십여 일간 무수히 많은 감정의 변화를 겪었다.

그러더니 이제는 잠잠해져서 그저 물끄러미 천장을 바라보고 누워 옴짝달싹하지 않았다.

죽은 것인가? 아니면 모든 것을 포기한 것일까?

노인의 회색빛 눈빛에 의문의 빛이 떠올랐다. 노인은 달려가 그를 잡아 흔들어보고 싶었다. 그러나 노인은 참기로 했다.

아직은 때가 아니었다.

　　　　＊　　＊　　＊

사마적은 탁자를 사이에 두고 앉아 있는 세 사나이들의 얼굴을 바라보았다.

'과연 아버님의 수하들이다. 그렇게 긴 시간이 흘렀음에도 옛 주인에 대한 충정을 잊지 않고 서슴없이 나를 따르다니.'

사마적은 주머니에서 서찰을 꺼내어 세 사나이에게 건네주었다. 그 서찰을 받아 본 세 사나이의 얼굴에는 감회의 빛과 놀람의 빛이 어리고 있었다.

동료들에게.

이렇게 서신으로 말할 수밖에 없는 이 우형을 용서하시게.

이 몸은 더 이상 움직일 수 없는 몸이기에 이렇게 글로 인사를 전하는 것일세.

이 아이는 내가 우연히 접어든 계곡에서 나를 구해준 은인이자 나의 양자이기도 하네. 나는 이 아이에게 내가 가지고 있던 무공들을 조금씩 전해주었네.

그런데 이 아이는 천부적인 재질로 나의 무공을 흡수하기 시작하지 않겠는가. 그리고 오래지 않아 나보다도 더욱 능숙하게 시전하더군.

하지만 이 아이는 나의 이야기를 듣고 나더니 복수를 하겠다고 난리란 말이야.

나는 만류를 했네. 그러나 이 아이의 고집을 꺾을 수가 없다는 것을 누구보다 내가 잘 알지.

어쩔 수 없이 일단은 자네들을 찾으라고 했네.

부탁이네. 나에겐 이미 친자식과도 같은 아이일세. 나를 대신하여 이 아이를 보살펴 주게나.

홍화객.

그들은 편지를 읽고 다시금 사마적의 얼굴을 바라봤다.

세 사람은 모두 같이 사마적의 얼굴을 보았지만 각기 다른 생각을 하고 있었다.

'주인님이 그렇게 된 것이었다니. 그런데 어떤 정도의 상세이기에 이렇게 서신만을 전하는 것인가?'

광노는 이해할 수 없었다. 그는 조심스럽게 사마적에게 물었다.

"어떻게 된 것입니까?"

사마적에게서는 한망과 살망이 피어올랐다.

"나의 아버지는 무림 정도라 칭하는 자들에게 배반당하셨다. 그래서 삼선승과 남태천의 합격에 중상을 입고 절벽으로 떨어지셨지. 그리고 이제껏 나를 키워주시고 십 일 전 돌아가셨다."

콰앙~!

주인이 죽었다는 말을 들은 소평은 주체할 수 없는 격한 감정에 탁자를 내려쳤다. 탁자는 금방이라도 부서져나갈 듯 휘청거렸다.

"크윽!"

소평의 눈에서는 눈물이 주르르 흘러내렸다.

"주인께선 별 볼일 없던 우리를 구해주시고 무공까지 가르쳐 주셨습니다. 별 볼일 없던 우리들을 친형제처럼 아끼셨습니다. 크윽, 그런 주인이 돌아가셨다니. 정말로 하늘도 무심하십니다."

거구에 어울리지 않게 그는 감정이 풍부한 것 같았다.

"소주, 지금껏 주인을 혼신을 다해 모셔왔던 것처럼 소주를 모시겠습니다. 주인의 양자이시면 저희에게 역시 주인이십니다.”

호귀와 광노 역시 적사(赤蛇) 소평의 말에 동의하는 표정이
었다.

사마적은 그들의 충의에 감동했다.

‘역시 아버지께서는 대단한 분이시구나. 칠 년의 세월이 지
났어도 이들은 아버지를 그때 이상으로 존경하고 따르고 있지
않은가. 나 역시 이들에게 아버지만한 신의를 얻을 수 있을
까?’

“소주! 앞으로 계획은 세워져 있습니까?”

“물론!”

“무엇입니까?”

사마적은 입가에 고소를 머금으며 말했다.

“만한루라 했었지? 아버지처럼 주점을 해볼 작정이야. 바
로 그곳에!”

세 시나이는 눈을 부릅떴다. 그리고 이구동성으로 외쳤다.

“그건 말도 안 됩니다.”

그러나 삼 인의 마음을 아는지 모르는지 사마적은 싱긋이
웃고 있었다.

＊　＊　＊

한적한 달밤에

님 그리워 강가에 나갔더니,

어디선가 불어오는 피리소리가 나의 마음을 녹이는구나.

지쳐 돌아와 밤새 울다가

밤새소리 요란해 창문을 열었더니,

기다리던 님은 오시지 않고

문소리에 놀란 밤새만이 푸드득 날아오르네.

애심곡(愛心哭)이었다.

여인은 밤새 뜬눈으로 지새우며 이 노래만을 불러댔다. 그
리고 수척해질 대로 수척해진 여인의 손에는 낡은 동경이 하
나 들려 있었다.

여인은 동경에 비추인 자신의 얼굴을 바라보며 애심곡만을
계속 불러댔다.

그녀의 모습은 실성한 여인이랄 수밖에 없었다.

하지만 그런 여인을 안타깝게 바라보는 한쌍의 눈이 있었
으니, 그는 바로 남태천이었다.

그녀가 과연 누구이기에 그가 이렇게 바라보고만 있는 것
인가?

남태천의 눈에서는 실낱같은 눈물까지 비치고 있었다. 철
의 사나이이고 중원을 농락할 만큼 대담한 이 남자가 한 여인

을 위해 눈물을 흘리고 있다.

소녀는 주인님의 부름을 받고 그의 처소로 갔다. 무슨 일인가 싶어 가슴을 졸이고 있었다. 주인은 항상 엄했기 때문이다.

그런데 처소에 이르니 주인은 제정신이 아닐 정도로 술에 취해 있었다. 그러고는 막 도착하여 어쩔 줄 모르고 서 있는 그녀를 게슴츠레한 눈으로 훑어보는 것이 아닌가? 그것은 도마뱀의 눈빛처럼 징그러운 것이었다.

그녀는 묘한 위기의식을 느꼈고, 그곳에서 도망치기 위해 몸을 돌려 사력을 다해 달렸다.

하지만 아무리 술에 취해 비틀거렸지만 남자의 힘을 당해 낼 수는 없었다. 그것도 평범한 남자도 아닌 무림고수의 손을 벗어날 길은 막막했다.

그녀는 그날 밤 처참하게 범해지고 말았다.

옷은 찢기어지고 그녀의 전신은 한 마리의 야수에 의해 핥아졌고 더럽혀졌다.

그녀는 울부짖었으며 수십 번을 혼절했다.

혀를 깨물까 하는 생각도 했지만 그녀에게 그럴 용기는 없었다. 자신이 죽으면 그걸로 끝이 아닌 것이다. 역시 하인이고 하녀인 자신의 아버지, 어머니가 봉변을 당할 것이 소녀는 두려웠다.

그런데 눈을 돌리니 설상가상으로 자신을 그렇게도 따른 소년이 그 장면을 보고 있는 것이 아닌가?

그 소년은 자신보다 훨씬 어렸지만 어떤 땐 측은하고 어떤 땐 대견한 그 모습에 이미 마음을 줘버렸던 터였다.

소녀의 가슴은 찢어지는 것 같았다.

그렇게 악몽 같은 시간이 흘러갔다.

며칠 후 그녀는 주인에 의해 사창가로 팔려가 버렸다. 소년과 함께 꾸었던 소녀의 분홍빛 꿈은 깨어졌고, 소녀는 사내들의 한낱 노리갯감으로 전락해버렸다.

그리고 이십 년 후 소년이 성장해 소녀를 찾아갔을 때, 소녀는 이미 폐인이 되어 있었다.

지금처럼 소년이 어린 시절 건네주었던 동경만을 바라보며 애심곡만을 불러대고 있었다.

그리고 지금 그 소년은 중원을 오시하는 무사가 되어 있었다.

남태천은 그녀의 처소에서 발길을 돌렸다. 보일 듯 말 듯 하던 그의 눈물이 어둠 속으로 스며들어갔다.

*　*　*

당금의 세상에서 문천(文天)이라 불리는 대석학 우문성.

기라성 같은 석학들이 그에게 글을 배우고자 청했고, 황제마저도 그의 글 한 줄을 얻기 위해 친히 자금성을 나와야 했을 정도로 모든 이에게 추앙을 받는 그야말로 문(文)의 하늘이었다.

하지만 지금의 그가 있는 곳은? 그는 사람들을 피해 은거해버렸다. 예전에 어떤 명성을 가졌건 간에 반백이 된 지금 그에게 남은 것은 한 줄기 회한과 허무뿐이었다.

딸칵!

그의 손에 들려 있던 찻잔이 내려지고 그의 얼굴에서는 더욱 짙은 향수가 느껴졌다.

'그 아이는 유난히 이 가을을 좋아했지.'

그가 손수 꾸며놓은 정원은 가을바람을 타더니 붉게 물들었다. 거기에 황혼마저 짙게 깔리어 단풍들은 그야말로 불타고 있었다.

하지만 아름다운 정원의 모습과는 상관없이 그의 입에서는 낮은 한숨이 새어나왔다.

"허허허. 이제 그 모습이 희미해질 때도 됐건만……."

허탈한 웃음이었다.

그는 고개를 들어 하늘을 바라보았다.

그의 눈빛은 지난 세월을 회고하는 것처럼 보이기도 했고, 이미 모든 것을 잊어버린 것처럼 보이기도 했다.

확실한 것은 그가 지금 깊은 상념에 빠져 있다는 것이다. 자신의 제자가 저녁이 다 되었다고 부르는 소리도 못 들을 만큼 깊게 빠져 있었다.

세속을 떠나 은거해버린 이 노인을 저토록 사로잡고 있는 생각이 무엇일까?

　　　　　*　　*　　*

가을 밤하늘 스산한데

달마저 휘황해,

한 조각 남은 마음마저 훔쳐가고.

낙엽 지는 나무 아래선

연인들의 속삭임 소리가 들려온다.

날 두고 가신 님은

어디에 계신지 소식 없네.

이 달 밝은 밤에…….

산정의 어디에선가 피리의 소리로 이 노래가 불리고 있었다. 이 노래는 달밤에 연인을 기다린다는 내용의 〈추월곡(秋月哭)〉이었다.

스스스.

한 줄기 바람이 불자 나무 잎새들이 서로의 몸에 부딪히며 소리를 내고 있었다. 마치 방울뱀이 먹이를 노리고 있는 듯한 소리였다.

하늘에는 휘영청 뜬 달이 세상을 밝게 비쳐주었다. 달에 의해 드러난 산정에는 한 사나이가 서 있었다.

남태천.

중원의 절대자, 무엇하나 부러울 것 없어 보이는 사나이, 그러나 그는 어딘지 모르게 고독해 보였다.

그가 왜 이 산정에서 소적(小笛)을 입에 대고 있는 것인가?

삐리리 삐리리~!

천공을 베는 듯한 검음(劍音)처럼 피리소리는 허공을 갈랐다. 그 소리에 밤새들은 푸드득 몸을 날렸고, 산짐승들은 제 굴을 찾기에 바빴다.

그의 피리소리는 고음이었고 강했지만 사람의 심금을 울리는 슬픔도 배어 있었다.

그렇게 오직 소적소리만이 들리는 시간이 얼마나 흘렀을까?

문득 사내의 입에서 피리가 떼어졌다.

"누구냐?"

"호호호호!"

남태천의 옆쪽에 보이는 숲 쪽에서 간드러진 웃음소리가

들려왔다.

"대단하시군요. 마교의 소종사 나으리께서 이런 풍취가 다 있으시다니……. 정말 놀라운 일이에요."

어두운 숲에서 달빛에 몸을 드러낸 그녀는 남태천과 약혼한 것으로 알려진 월기신녀 조약빙이었다. 높은 무공 수위를 보여주듯 치렁치렁한 옷차림인데도 풀에 끌리는 소리 하나 나지 않았다.

"여긴 웬일이시오?"

남태천은 소적(小笛)을 내려놓으며 싸늘하게 식은 얼굴로 말했다.

그녀는 다시금 미소를 지어 보였다.

"호호호! 그렇게 정색하실 필요 없어요. 단지 잠이 오지 않아 산책을 나왔다가 당신의 고아한 피리소리에 이끌렸을 뿐이니까."

남태천은 묵묵히 앉아 달만을 쳐다보았다. 그의 그런 모습은 그녀의 말 따위는 귀에 들어오지 않는 것처럼 보였다.

조약빙의 아미가 잔뜩 치켜졌다.

그녀는 약혼자로서 이곳에 오고 난 후, 항상 이런 대접을 받아왔던 것이다.

그녀가 누구인가?

중원의 사선녀로 추앙을 받아온 그녀가 아닌가.

난다 긴다 하는 세도에, 미모로 보나 지혜로 보나 자신을 따라올 여자가 없다고 생각했다. 그래서 어떤 남자라도 자신 앞에서는 무릎을 꿇을 것이라 여겼거늘 남태천의 태도는 너무도 냉담했다.

게다가 항상 무시하는 듯한 저 태도를 그녀는 용납할 수 없었다. 그녀의 높기만 한 자존심은 처음 남태천을 본 순간부터 금이 가기 시작했다.

그러나 그녀는 미소 지었다. 차가운 미소였다.

"호호호! 아버님께서는 당신과 조속한 시일 내에 결혼할 것을 강요하고 있어요. 그것이 우리 빙궁과 마교를 위해서는 좋은 일이니까요."

남태천의 무심한 눈이 조약빙을 한차례 바라보았다.

"내가 알아서 하겠소. 더 이상 신경 쓰지 마시오."

그렇게 무뚝뚝한 대답만을 남겨두고 그는 어둠 속으로 몸을 날려 사라져버렸다.

그가 보이지 않게 되자 그녀의 참았던 분노가 터져 나왔다.

"아아악!"

콰앙!

신경질적인 비명소리와 함께 그녀의 손에서 빙혼신공(氷魂神功)이 운기 되어 애꿎은 바위 하나만 얼음 조각이 되어 바스러져 버렸다.

"오호호호! 좋아! 나 조약빙은 언젠가 네놈을 내 앞에 무릎 꿇게 할 것임을 맹세하겠어. 언제까지 그렇게 당당할 수 있는지 두고 보겠어. 남태천!"

그녀의 말소리 뒤로 청명한 밤하늘의 달과 함께 가을밤은 더욱 깊어가고 있었다.

제6장
절망을 딛고

또 한 명의 중원 사선녀 중 한 명인 천녀(天女) 신예원(愼禮元)은 먼 하늘을 바라보고 있었다.

"유모."

"예."

그녀의 뒤에는 일흔도 넘어 보이는 노파가 자리하고 있었다. 노파는 지극히 공손한 자세로 대답했다.

"내 나이가 이제 스물일곱이에요. 이제는 중원에 나갈 수 있는 때가 왔어요."

"그, 그것은……."

노파가 뭐라고 말하려하자 신예원은 고개를 가로 저어서 그녀의 뒷말을 끊었다.

"아니에요. 이제 아버님마저 돌아가신 지금, 어머님의 유언을 들어드리고 싶어요.”

“궁주, 그건 안 됩니다. 궁주는 이제 궁의 모든 이들을 책임지실 몸입니다. 궁주님 혼자만의 몸이 아니십니다.”

노파는 그녀가 왜 그런 결심을 했는지 이해는 하고 있었다.

그녀를 자신의 손으로 직접 길렀으므로 그녀에 대해서는 너무나도 사소한 것까지 잘 알고 있었다.

궁주가 너무도 사랑했던 그녀의 어머니가 궁주에게 무엇을 심어주고, 어떤 것들을 꿈꾸게 했었는지를 노파는 알고 있었다. 어떤 것보다도 우선시했던 어머니의 마지막 소원을 들어주고 싶어 하는 것은 당연한 것이리라.

궁주의 어머니는 무림인의 아내답지 않게 여리고 청초했었다. 그녀는 그 일대에서 볼 수 있는 여인들과는 다른 독특한 분위기와 기품을 풍겼고, 신예원은 그것을 그대로 물려받았다. 그 여리고 순수한 감수성까지.

그리고 어머니가 항상 중원을 그리워했던 탓이었는지 신예원은 지나치다 싶을 정도로 중원을 동경하고 있었다.

“궁주.”

노인은 애처롭게 소리쳤다.

그러나 궁주의 고집을 꺾을 수는 없을 것이다.

“내일이면 아버님의 삼년상이 끝납니다. 전 내일 떠나겠어요. 중원으로!”

그녀의 의지는 결연해 보였다. 그러면서도 눈은 뭔가를 꿈꾸는 듯 몽롱하면서도 슬픔에 젖어 있었다.

그런 그녀가 알을 품듯이 꼭 움켜쥐고 있는 것은 작은 단지였다. 그것은 죽은 이를 화장시키고 그 재를 담아 두는 작은 항아리였다.

"저는 갈 거예요. 어머님이 살아서 돌아가시지 못한 중원에 그분의 뼈를 묻어드릴 겁니다. 어머님의 마지막 소원을 꼭 들어드릴 거예요."

신예원을 바라보는 노파의 눈에서는 애잔함이 묻어 나왔다. 그녀의 효성이 갸륵하기는 했지만 불안이 엄습해 오는 것을 막을 수는 없었다.

'궁주님, 강호는 거친 곳입니다.'

＊　＊　＊

묵천은 지금 아무것도 보이지 않는 안개 속을 걷고 있었다. 앞이 어디이고 뒤가 어디인지 도저히 알 길이 없는 끝없는 어둠이었다. 그가 할 수 있는 일은 그저 무턱대고 앞만 보며 걷는 것뿐이었다.

'이곳이 어디지?'

그는 궁금해서 두리번거리면서도 계속해서 걸어 나갔다.

잠시 후 그의 앞에 희멀건 그림자가 나타났다.

"사부님!"

그 그림자는 죽은 사부의 모습이 아닌가?

'내가 죽은 것인가?'

사부는 묵천을 바라보며 울고 있었다. 한 방울 한 방울 떨어진 눈물이 곧 피가 되어 떨어져 내리기 시작했다.

사부는 묵천에게 뭔가 말을 하려다 이내 멈추고 말았다. 묵천을 바라보며 울고 있는 사부의 모습은 괴기하기 짝이 없었다.

그렇게 머뭇거리던 사부의 모습은 점점 멀어지기 시작했다. 묵천은 사부를 그렇게 보낼 수가 없었다. 사부를 향해 사력을 향해 뛰었다.

하지만 뛰면 뛸수록 사부는 그에게서 더욱 멀어지고 있었다.

"사부님! 사부님!"

그는 울부짖었다. 그러나 안개들이 더욱 짙어지며 묵천의 앞을 가렸고, 묵천은 제자리에서 버둥거리기만 할 뿐 좀처럼 달려 나갈 수가 없었다.

"헉!"

묵천은 눈을 번쩍 뜨며 자리를 박차고 일어났다.

"사부님."

당황한 눈빛으로 사부의 모습을 찾아보았지만 그의 눈에 들어온 것은 검은빛의 뇌옥벽이었다.

'꿈이었군.'

묵천의 눈에서는 절망의 빛이 떠올랐다. 그의 고개는 푹 꺾이어졌다.

* * *

사마적의 계획을 들은 삼 인은 고개를 가로 저을 수밖에 없었다. 그것은 너무도 터무니없고 위험한 계획이었다.

"적이 호시탐탐 노리고 있는데, 그들의 표적이었던 주점을 다시 연다는 것은 자살행위가 아닙니까!"

소평은 가당치도 않다는 듯이 펄펄 뛰었다.

호귀 역시 검을 만지작거리며 고개를 설레설레 흔들었다.

"소주, 다시 생각해 보십시오. 만한루는 이미 천하에 알려질 대로 알려져 우리의 은신처 역할을 할 수가 없습니다."

하지만 광노만은 무슨 생각인지 말이 없었다. 그저 그들의 말을 물끄러미 듣고 있을 뿐이었다.

사마적이 광노를 의아스럽다는 듯이 쳐다보았다.

"왜 아무 말도 하지 않으시오?"

"후후후. 소인은 주인의 뜻에 따를 뿐입니다."

"광노!"

소평과 호귀는 안일하게 대답하는 광노를 질책했다. 그런 그들의 모습을 보던 사마적은 갑자기 호탕하게 웃음을 터뜨렸다.

"하하하. 걱정들 마시오. 내게 다 생각이 있어서 꺼낸 계획이니."

말을 마친 사마적은 의미심장한 미소를 지었고, 삼 인은 알 수 없다는 듯이 서로를 마주보았다.

사천성에 있는 백제성(白帝城) 중심대로 옆에는 칠 년여 전부터 만들어진 공터가 하나 있었다. 백제성에 사는 사람이라면 노소를 불문하고 모두들 왜 그곳이 공터가 되어버렸는지 알았다.

그곳은 바로 홍화객, 칠 년 전 전 중원을 주름잡았던 희대의 살수인 홍화객이 경영하던 만한루라는 주점이 있던 곳이었다.

원래는 당당하게 객잔이 서 있던 곳이었으나, 그가 무림의 태양인 남태천을 암습하고 무림의 삼선승을 죽인 후, 곧바로 관부에 의해 헐려버렸다.

그래서 지금은 백제성에서 가장 번화한 거리의 중심에 이렇게 잡초가 무성하게 자란 폐허로 자리하게 된 것이다.

삼국시대에 촉의 군주인 유비가 오와의 싸움에서 패한 비분을 삼키며 죽었기 때문에 더욱 유명해진 곳이 바로 이곳 백제성이다.

당금의 이 백제성의 성주는 만거충이라는 자였다.

백제 성민이면 이구동성으로 그를 가리켜 금쥐라고 부를 만큼 뇌물이라면 자다가도 벌떡 일어날 정도로 그는 돈을 밝혔다.

돈 되는 일이 아니면 웃는 것조차 꺼려할 정도인 그가 오늘은 입이 귀까지 찢어질 정도로 벌어져 있었다. 그것도 좋아서 어찌할 줄 몰라 하고 있었다.

"허허허허!"

만거충은 금자를 연신 들었다 놓았다하며 쳐다보았다.

그도 그럴 것이 이른 아침부터 누군가가 찾아왔다기에 귀찮아 내쫓으려다가 너무도 간곡하기에 만나줬더니 금자로 백 냥을 내어놓는 것이 아닌가?

그의 태도가 바뀐 것은 말할 필요도 없었다.

"허허허. 자자, 우선 자리에 앉으시오. 그리고 뭐든지 얘기하시오. 내 들어드릴 수 있는 부탁이라면 뭐든지 들어드리리다."

오히려 만거충이 부탁할 것 없냐고 물어댈 정도면, 그의 기분이 지금 어느 정도라는 것은 말할 필요가 있을까?

금자를 내놓은 사내는 비굴하다 싶을 정도로 굽실거리면서 말하고 있었다.

"다름이 아니오라……."

"그래, 뭐요?"

"뭐 별거 아닙니다만, 저 만 대인 나리."

"허어. 기탄없이 말씀하시라니까 그러시는구려."

사내는 머뭇거리다가 결심한 듯 더욱 비굴하게 웃으며 말을 이었다.

"그러니까, 관내에 놀고 있는 땅이 있다면 만 대인께서는 어떻게 하시겠습니까?"

"관내에 놀고 있는 땅이라 했소?"

"예에!"

"그렇다면 빨리 개발을 해야지요."

"제 말이 바로 그 말입니다."

사내는 만거충의 바로 그 말을 기다렸다는 듯이 신나서 맞장구를 쳤다.

"하지만 그런 곳이 어디에 있단 말이오?"

"만한루가 있지 않습니까? 만한루 자리를 저에게 파셨으면 하구요. 헤헤헤."

순간 웃음이 번들거리던 만거충의 눈가에 주름이 잡혔다.

"허허. 그곳이 어떤 곳인지 알고서 하시는 말이오?"

사내는 움찔했지만 곧 태연스레 대답을 했다.

"물론이지요."

"허허허. 만한루라……. 거긴 좀 곤란한데……."

만거충은 살짝 말꼬리를 늘였다.

"만 대인. 제가 가격은 넉넉히 쳐 드리겠습니다요. 헤헤
헤."

사내는 만거충의 옆으로 다가서며 징그러울 정도로 살살거
렸다.

"허허. 그래요? 이미 그 사연을 알고 사는 것이고, 값까지
넉넉히 쳐 주신다니 안될 것이 없구려. 그 정도야 흔쾌히 들
어드리리다. 허허허!"

만거충은 제법 호탕한 웃음을 지어 보이며 말했다. 그러나
아주 짧은 순간 만거충의 눈에서는 야릇한 빛이 스쳐 지나가
고 있었다.

＊　＊　＊

대전, 아니 암전(暗殿)이라고 해야 옳을 그런 곳이었다. 육
중한 기둥들이 늘어서 있고, 군데군데 놓인 철 솥에서는 마화
들이 피어올라 주위를 희끄무레하게 비추어 주고 있었다.

암전의 앞에 놓인 석단 위에는 거대한 의자가 놓여 있었고,
그 위에는 총령(總領)이 자리하고 있었다.

그 앞에는 한 사나이가 오체투지한 채 총령의 다음 말이 떨어지기만을 기다리고 있었다.

"그래, 만한루가 팔렸다고?"

"그렇습니다."

"흠. 그래, 그걸 사들인 자는?"

"서역에서 비단과 향신료를 사고파는 중계상이라고 합니다. 이번에 아주 고향에 내려와 터를 잡고 싶다고 했답니다."

"신원은 확인 됐나?"

사나이는 더욱 머리를 숙이며 대답했다.

"예. 확인 결과 그런 자가 있었다고 합니다. 그런데 인상착의까지도 확인이 됐으나 그자가 확실한지는 아직……."

퍼억!

가벼운, 어찌 보면 장난 같은 발길질이었다. 그러나 그런 발길질에 환인은 단 위에서 굴러떨어져 무려 삼 장여를 굴러 갔다.

하지만 아파할 겨를도 없이 그는 재빨리 되돌아와 총령의 앞자리에 오체투지를 하고 있었다.

그는 신음소리는커녕 입가에서 흘러나온 선혈을 닦을 틈도 없었다.

"본좌는 정확한 것이 아니면 듣지 않겠다."

"옛!"

"더 조사해 보도록!"

"옛!"

"환인."

"예."

"우리의 대업을 위해서는 단 한 치의 실수도 용납할 수 없다. 알겠나?"

"옛!"

쿵!

환인은 바닥에 머리를 한 번 부딪쳤다.

그리고는 환인의 모습은 바람처럼 어디론가 사라져버렸다.

"우리의 대업을 방해하는 것은 뭐든지 없애버리겠다. 그 무엇이든지. 설사 황궁이라 할지라도!"

그의 목소리는 텅 빈 대전의 구석구석에 울려 퍼졌다.

＊　＊　＊

'소하…….'

남태천은 그 이름을 부르려다 꿀꺽 삼켰다. 그녀가 그 이름만 나오면 발작을 했기 때문이었다.

"한적한 달밤에, 님 그리워 강가에 나갔더니……."

그녀는 나지막한 소리로 언제나 했던 것처럼 예의 그 애심곡만을 읊조리고 있었다.

낡은 동경에 자신의 모습을 비추면서.

남태천은 그녀의 그런 모습을 지긋이 바라보다가 그녀의 손을 감싸 쥐며 무릎을 꿇었다.

"예전에 아름답던 당신의 손은 어디 가고 이제는 앙상하게 마른손만이 남았구려."

순간 그녀의 눈은 경계의 빛을 띠기 시작했다.

남태천은 그녀의 얼굴을 살며시 쓰다듬었다.

"그러나 당신은 여전히 아름답소. 나의 소녀여."

그 순간에도 그녀는 바르르 떨며 몸을 사렸다.

남태천은 그녀에게서 손을 떼며 일어섰다.

"당신은 그저 보고만 있으시오. 이 땅에 위선자들이 자멸하는 순간을."

남태천이 이 말을 남기고 문 밖으로 사라지자 그녀의 입에서는 다시 끊어졌던 애심곡이 흘러나왔다. 그 소리는 언제까지고 그칠 것 같지 않았다.

"문소리에 놀란 밤새만 푸드득 날아오르네."

그녀의 노랫소리는 너무나도 공허하게 울려 퍼지고 있었다.

* * *

만한루의 옛터를 돌아보는 사마적은 착잡함을 금할 수 없었다.

잡초가 무성하게 사람의 허리까지 자라 있었고, 주루는 이미 흔적도 찾아보기가 힘들 정도로 부서져 있었다.

"후후. 아버님! 이제부터 저는 멋있게 장사를 해볼 작정입니다. 이 세상을 상대로. 아버님은 말씀하셨죠. 장사에서는 손해를 봐서는 안 된다고. 전 손해 보지 않을 작정입니다. 절대로 말입니다."

우두둑!

사마적의 손아귀에 잡힌 한 움큼의 풀들이 뽑혀나갔다.

*　*　*

묵천은 서서히 몸을 움직이기 시작했다. 손가락 마디 하나부터 조금씩 움직어갔다.

그는 자신의 몸을 하나하나 추스르고 있었다. 벌써 이 뇌옥에 들어 온 지도 한 달이 지나갔다.

계속해서 몸을 움직였더니 처음에는 꼼짝도 하지 않던 몸이 이제는 제법 걸음도 걸을 수 있을 정도가 되었다. 거리래야 서너 평 남짓 되는 뇌옥 안이 전부여서 몇 걸음 걷지 않아도 되었지만.

'벌써 한 달여가 지났다. 몸은 제 기능을 찾아가고 있지만 상처가 썩어들어 간다. 오늘도 상처에서 고름을 한 사발은 짜낸 것 같구나.'

묵천은 하루하루가 지옥처럼 느껴졌다.

옆에 앉아 있는 노인은 자신이 무엇을 하던지 무슨 일을 하던지 관심이 없었다.

그저 벽을 타고 기어 다니는 벌레들을 잡아먹는 것이 자신이 해야 할 모든 것이라도 되는 냥 벌레 잡기에 여념이 없었다.

그리고 시간이 나면 기분 나쁜 눈초리로 자신을 빤히 쳐다보는 게 그의 일과처럼 하는 것이었다.

그렇게 하루하루를 보내야만 했다.

＊　＊　＊

왜인들이 호시탐탐 기회를 노리고 있고, 위로는 누루하치가 전쟁을 일으킬 준비를 하고 있습니다. 그런데 이런 위험한 시국에 한 나라의 종사라는 사람이 아녀자의 치마폭 아래서 놀아나고 있으니 어찌 이 나라가 평안하기를 바랄 수 있겠습니까?"

달대는 고개를 가로 저으며 말했다.

"무릇 한 나라를 꾸려 나간다는 것은 단순히 사람들을 지위 한다고 해서 되는 것이 아닙니다. 천의(天意)가 있어야하며 민심이 있어야 합니다. 그런데 천심과 민심을 두루 살피셔야할 마마께서 천륜을 저버린다면 어느 누가 마마를 따르오리까?"

주익균은 비통한 표정으로 말했다.

"저는 껍데기뿐인 황제입니다. 아버지는 황제의 자리는 물려 주셨지만, 힘은 넘겨주지 않고 계십니다. 게다가 중신들은 아직도 아버님을 추종하고 있습니다. 이는 모두 태상황녀의 농간이 아니고 무엇입니까?"

달대는 있을 수 없는 일이라는 듯이 다시 잘라 말했다.

"인간에게는 도(道)가 있는 법입니다. 무릇 만인의 어버이인 황제폐하께서 그것을 지키지 않는다 하시면 이 나라는 어떻게 흘러가겠습니까!"

주익균은 자리에서 일이서 밖을 향해 니서며 말했디.

"국사의 의중은 잘 알았습니다. 지금은 참겠습니다. 그러나……!"

그는 잠시 말을 끊었다.

"그녀가 더 이상 종사를 어지럽힌다면 가만히 두고 보지는 않을 것입니다."

"아미타불……!"

주익균이 그리고 나가자 달대의 입에서는 나지막이 불호령이 터져 나왔다.

달대의 얼굴에서는 고뇌의 표정이 흘러나오고 있었다.

비록, 다른 이들이 보기엔 기분 나쁜 표정으로밖에는 보이지 않겠지만.

*　*　*

검을 사랑하는 자 검으로 망하리라.

검을 증오하는 자 검을 얻게 되리라.

검이란 무엇인가?

검을 다루는 무사라면 이런 질문을 한 번씩 해보았을 것이다.

무식자는 이렇게 말하리라.

"검이 뭐라니? 베는 것 아뇨. 어부의 손에 들리면 생선 자르는 칼이고, 조각가의 손에 들리면 조각칼이고, 살인자의 손에 들리면 사람 죽이는 검이고, 뭐 그런 거지."

그러나 무를 익히고 검을 든 자에게는 검이 단순히 베는 도구이자 연장만은 아니었다.

무사에게 검은 자신이고, 자신은 곧 검이어서 불가분의 관계였다. 또한 검은 예(禮)이고, 도(道)임으로 사람들은 검에서 세상을 다스리는 진리를 찾기도 했다.

그러나 같은 검이라도 무식자의 말처럼 도살자의 손에 들어가면 단순한 흉기로 전락하는 것은 당연한 것이다.

그렇다면 검은 무엇인가?

풀리지 않는 질문이면서 무사가 없어지지 않는 한 멈추지 않을 질문이었다.

묵천은 안개가 짙어 자신의 발등도 보이지 않는 그런 곳에서 있었다.

양손으로는 한 자루의 검을 감싸 쥐고 그저 묵묵히 정면을 겨누고 있었다.

무엇을 배려는 것인가?

그것은 자신도 알지 못했다.

다만 '검이 무엇인가'라는 질문만 입 속으로 우물거리고 있을 뿐이었다.

그런데 어둠을 가르고 한 사내의 모습이 선명하게 드러나기 시작했다. 그것은 바로 죽기 전에는 잊을 수 없는 백천후의 얼굴이었다.

묵천은 검을 들어 상대를 베고자 했다.

그러자 그가 들고 있던 검이 천 근이나 된 것처럼 무거워지는 것이 아닌가?

그저 들고 있기만 하는 것도 힘이 들었다.

백천후는 자신 있게 웃으며 묵천의 목을 베어왔다. 사악한 미소였다.

그러나 묵천은 검조차 가누지 못하고 서 있었고 곧이어 상대의 검을 고스란히 받으면서, 그는 검이 자신을 관통하는 서늘한 기운을 느꼈다.

"아악!"

묵천은 비명과 함께 정신을 차렸다.

입에서 비릿한 맛을 느낄 수 있었으나 그게 무엇인지 알 수는 없었다.

묵천의 눈앞에 괴노인이 앉아 있었다.

"무, 물!"

노인은 뭔가 한 움큼 주먹에 쥐더니 묵천의 입가에 떨어뜨려 주었다.

묵천은 타는 듯한 갈증에 그 액체를 받아 마셨다.

그의 입 안에 뭔가 비릿함이 가득 퍼졌다. 그러나 그런 것을 따질 겨를이 없었다.

그리고 다시 정신을 잃었다.

희뿌연 뭔가가 움직이는 것이 보였다.

묵천은 정신을 가다듬으려고 눈을 깜빡거려 보았다.

괴노인이 자신을 걱정스러운 듯 바라보고 있었다. 그를 보며 묵천은 자신이 살아 있다는 것을 느꼈다.

'살아났구나! 그런데 어떻게?'

묵천은 손을 까딱거려 보았다.

움직였다.

얼마를 누워 있었는지는 몰라도 몸을 움직이려하자 조금씩 움직여졌다.

몇 발자국의 걸음을 걷기 위해서 한 달을 고생했던 그가 아닌가. 그런데 정신을 잃었다 다시 차린 후 몸이 더욱 좋아지다니 이게 어떻게 된 것일까?

묵천이 몸을 일으켜 앉으려고 했다.

"끌끌끌. 아직 움직이지 않는 것이 좋아. 시독은 그렇게 흔한 독이 아니거든."

쇠로 돌을 긁어도 그런 소리는 나지 않을 것이다. 그 목소리를 듣고 있는 것만으로 칠공에서 피가 솟을 것 같은 느낌이었다.

"노인은 누구요?"

"나? 무명인이라고나 할까? 이미 잊혀진 이름이니 말해도 모를 거야."

"무명인?"

묵천은 그 노인에게서 진한 비애감이 느껴진다고 생각했다.

그것은 운명이었는지도 모른다. 아니 숙명이었다.

$*$ $*$ $*$

백제성 주민들에게 커다란 관심사가 생겼다.

초토화된 만한루 자리에 커다란 주점이 세워진 것이다.

주인은 엄청난 부호라고 했다. 그래서 그랬는지 몰라도 주위에 서 있던 건물들까지 사들여 예전의 만한루보다 세 배는 크게 불려서 장사를 하기 시작했다.

삼 층의 누각이 세워졌고, 누각의 옆으로는 연못이 생겨 잉어들이 노닐고 있었다.

악공들의 음악소리가 끊이지 않았으며, 정원의 산책로 가에는 그 이름을 알 수 없는 나무들이 빽빽이 심어져 있었다.

그리고 그곳에는 천루(玼累)라는 현판이 걸렸다.

천루는 순식간에 백제성의 명소가 되었다.

하지만 누구도 천루의 저 깊은 곳에서 또 다른 장사가 시작되고 있다는 것을 눈치 채지 못하고 있었다.

천루의 한 곳 밀실에서는 사마적과 삼 인의 사나이들이 뭔가 은밀하게 대화를 나누고 있었다.

사마적은 삼 인을 둘러보며 말을 꺼냈다.

"먼저 우리가 해야 할 일은 상대방을 알아야 하는 것이다. 그래서 상대방의 이목을 이곳에 집중시킨 후 어둠 속의 그들을 끌어내는 것이 주목적이야."

"하오시면?"

소평이었다.

"먼저 표면에 드러나 있는 적들부터 죽인다."

"그렇다면 첫 표적은 무엇입니까?"

"후후. 아직 정해지지 않았다. 그러나 하나하나 제거될 것이다. 잔가지부터 처치하고 나서 마지막 순간 일거에 제거할 것이다. 나의 손으로!"

순간 삼 인은 사마적의 눈에서 일어나는 그 광기를 보았다. 그리고 이 순간 한 사나이는 또 다른 결심을 하기에 이른다.

"우선 이곳을 거미집처럼 만들어 놓아야 해. 날아드는 나방은 하나도 도망 할 수 없는 그런 곳을 만들어야 한다. 그리고 나서 이곳을 그들의 표적으로 만들어 놓는 것이지."

"하오시면."

"먼저 살생부(殺生簿)를 만들어 오도록!"

그들에게 사마적의 첫 임무가 부여 되었다. 중원을 혈우(血雨)로 덮게 할 첫 임무가…….

* * *

노인의 뇌리를 괴롭히는 것은 한 소녀였다.

열일곱 남짓으로 순결하기만 하던 한 소녀의 모습. 단 한시도 노인의 곁을 떠나지 않았던 그녀가 제 어미와 아비를 따라 절에 공양을 드리러 가는 데서부터 비극은 시작되었다.

여느 때처럼 그들 세 식구는 인근에 자리한 절로 가기 위해 집을 나섰다.

소녀는 밝은 얼굴로 할아비의 장수를 빌겠다고 다짐하며 집을 나섰다. 그리고 노인은 그런 아들부부와 손녀를 밝은 미소와 함께 배웅을 했다.

하지만 저녁에 돌아온 것은 아들 부부의 싸늘한 시신과 손녀딸의 처참한 모습이었다.

노인은 분노했다.

대명천지에 어떻게 이런 일이 있을 수가 있는가?

대로에서 사람이 죽고, 한 소녀가 짓밟히는데도 그 누구도 돌아보지 않았으며, 돌봐주지 않았다니 이게 말이나 되는가.

노인은 지방의 관리에게 그 사실을 알렸다. 그러나 그에게 돌아온 것은 차가운 냉대와 멸시뿐이었다.

그 후 그는 우연히 알게 되었다.

자신의 손녀를 짓밟은 자는 인근에서 그 세력을 떨치고 있던 무적세가의 삼공자로서, 지방관에서는 그들의 사주로 이 사건을 무마시키려 했다는 것이었다.

노인은 절망했고, 세상을 원망했다.

그는 궁에 상소를 올려 자신의 억울함을 풀려고 했다.

하지만 상소를 올린 바로 그날 밤, 상처를 입고 돌아왔던 노인의 손녀가 그날 이후 정신 이상을 보이더니 노인의 눈앞에서 자살을 하고 만 것이다.

노인은 울부짖었다.

세상은 썩었노라고 소리치면서 자신의 머리를 쥐어뜯었다.

그 후 그의 상소가 받아들여져 관료는 삭탈관직(削奪官職) 당했고, 무적세가의 삼공자와 그 일당은 형을 받았다.

그러나 그런다고 노인의 아들이, 며느리가, 손녀가 살아 돌아오겠는가?

노인의 마음은 황량한 벌판처럼 메말라 가고 있었다.

그 후 노인에게는 더욱 큰 일이 닥쳤다.

일단의 흑의 무리들에게 가족들과 온 식구들이 죽임을 당하고 노인도 중한 상처를 입었다.

노인은 분노했다. 그것은 무적세가의 짓이 분명했다. 그는 여러 차례 그런 내용의 상소를 올렸으나 증거가 없다는 이유로 묵살되어버렸다.

황궁 측에서도 무적세가와 대치하기에는 껄끄러웠던 것이다.

자신이 그토록 자신 있어 하던 문(文)의 이치와 도(道)와 예(禮) 따위는 아무짝에도 쓸모없다는 것을 절실히 느끼고 있었다.

이 세상엔 더 이상 도덕과 정의가 숨 쉬지 않는다는 사실을 깨달은 노인은 결심했다. 살아 숨 쉬는 위선자들을 모두 없애기로, 이 세상을 오염시키고 있는 인간들을 말살해버리기로 작정한 것이다.

그 후로 십여 년이 흘렀다.

우문성의 손에는 여인의 노리개가 들려 있었다.

"란아."

손녀 생각에 그의 눈시울이 뜨거워졌다.

방 안은 생전(生前) 자신의 손녀딸과 아들 내외가 쓰던 물건들로 가득했다.

우문성은 하나하나 둘러보았다.

그것들이 가슴 아픈 추억일 뿐이라는 것을 누구보다도 그가 잘 알고 있었다.

노리개를 쥔 손에 점점 힘이 들어갔다.

'그래, 이제는 결심해야만 한다. 나의 아이들을 위해서!'

바짝 마른 손등에 힘줄이 불거져 나오고 있었다.

* * *

"백천우!"

묵천의 입에서 터져 나온 소리는 온 뇌옥 안을 진동시키고 있었다. 그는 백천우를 바라보며 이를 갈았다.

그러나 어찌할 것인가?

그는 이미 폐인이나 다름없는데다가 이렇게 백천우의 손에 잡혀있기까지 하니 더 이상 어쩔 도리가 없었다.

백천우는 철창 저쪽에 팔짱을 끼고 선 채 느물거리는 웃음으로 묵천을 바라보고 서 있었다.

"후후후. 아직도 살아 있었군."

"백천우……."

콰앙!

뇌성과 함께 묵천은 철창에 몸을 부딪쳤다. 그가 어깨로 들이박은 것이었다.

그러나 폐인이나 다름없는 그의 몸에 아이 팔뚝만한 철창이 꿈쩍이나 하겠는가?

"크윽!"

철창은 흠집하나 없이 멀쩡했고, 묵천의 입에서만 피화산이 뿜어져 나왔다.

그리고 나서 묵천은 고통 때문에 뇌옥의 바닥에 나뒹굴었다.

"크흐흐. 사부가 지금의 네 모습을 보면 몹시도 좋아하겠군. 너에게 밀려났던 나는 이렇게 멀쩡하고 너는 폐인이 되어버렸다니, 재미있지 않은가? 정말 재미있어!"

"익!"

묵천은 몸을 일으키려고 버둥거렸으나 뜻대로 움직여지지 않았다.

그런 모습을 바라보던 백천우는 일양지(一樣指)를 날려 뒹굴고 있는 묵천의 중극을 강타했다.

백천우에게는 무척이나 장난스러운 손동작이었다.

하지만 묵천은 어마어마한 고통에 진저리치듯 부르르 떨더니 온 뇌옥 안을 뒹굴며 굴러다니기 시작했다.

"크아악. 아악!"

머리를 벽에 찧었다. 온몸을 뒤틀며 고함을 질러댔으나 고통은 조금도 사그라지지 않았다.

그리고 잠시 후 잠잠해졌을 때 그는 입에서 토혈을 하고 있었다.

"컥. 우웩!"

그가 다시 정신을 차렸을 때는 이미 백천우의 모습은 보이지 않았다.

묵천은 실의에 빠졌다.

이제는 무공은커녕 거동조차 힘든 몸이다. 어떻게 백천우에게 복수를 한단 말인가?

'사부…….'

그는 사부의 모습에 사무치는 것 같았다.

그때였다.

"복수하고 싶은가?"

그저 멍하게 한쪽 구석에서 그를 바라보고 앉아 있던 노인이 입을 열었다.

무명객이라 했던가?

묵천은 그의 모습을 바라보았다.

헝클어질 대로 헝클어진 머리, 때에 찌들어 얼룩덜룩한 피부, 썩어서 이미 떨어져나간 손가락이 보였다.

묵천은 씁쓸하게 웃으며 말했다.

"그렇다한들 길이 있습니까?"

"크크크. 길은 있지. 암! 있고말고."

그러나 묵천의 얼굴에 떠오른 것은 허탈한 웃음이었다.

"노인이 무슨 재주로 내 복수를 돕겠다는 말입니까?"

"크크크. 나는 재주가 없지만 네놈은 있지. 네놈은 말이야."

묵천의 눈은 번뜩였다. 물에 빠진 사람이 지푸라기라도 잡는 심정이랄까?

"그게 무슨 소리요?"

"어떤가? 복수를 하고 싶은가?"

"그렇소이다. 만약 백천우 저자만 죽일 수 있다면 내 영혼이라도 팔아 당신에게 주겠소!"

노인은 회색이 번뜩이는 눈으로 묵천을 보며 말했다.

"좋다. 그럼 네놈이 회생할 수 있는 방법을 일러주지. 아니 네놈은 이미 알고 있는지도 몰라. 클클클."

노인은 묵천을 바라보았다.

"고통은 참을 수 있겠지?"

묵천은 말없이 고개만 끄덕였다. 그러나 그의 얼굴에는 비장한 각오가 서려 있었다.

"크윽!"

묵천의 꽉 다문 입술 사이로 선혈이 흘러나오고 있었다.

그러나 비명은 새어나오지 않고 있었다. 나지막한 신음을 제외하고는 말이다.

노인은 묵천의 등에 입을 대고 한 움큼의 살점을 뜯어냈다.

"큭."

"퉤!"

"마지막 하나다. 하나만 제거하면 네놈의 몸에 박힌 침들은 모두 제거된다."

노인은 지금 묵천의 삼십이대혈에 박힌 금제 침을 모두 뽑아내고 있는 중이었다.

지금 묵천의 고통은 이루 말할 수 없을 정도였다.

그의 전신은 땀으로 이미 범벅이 되어 있었다.

으드득! 찌익~!

"퉤!"

노인의 입 안에서 이를 마주치는 소리가 들리자 다시 한 움큼의 살점이 노인의 입에서 뱉어내졌다.

일이 다 끝나자 묵천은 마지막으로 잡고 있던 의식의 끊을 놓아버렸다.

– 다음 권에 계속 –